# 荒海の槍騎兵 1

## 連合艦隊分断

横山信義

*Nobuyoshi Yokoyama*

C★NOVELS

地図・図版　安達裕章
編集協力　らいとすたっふ

目次

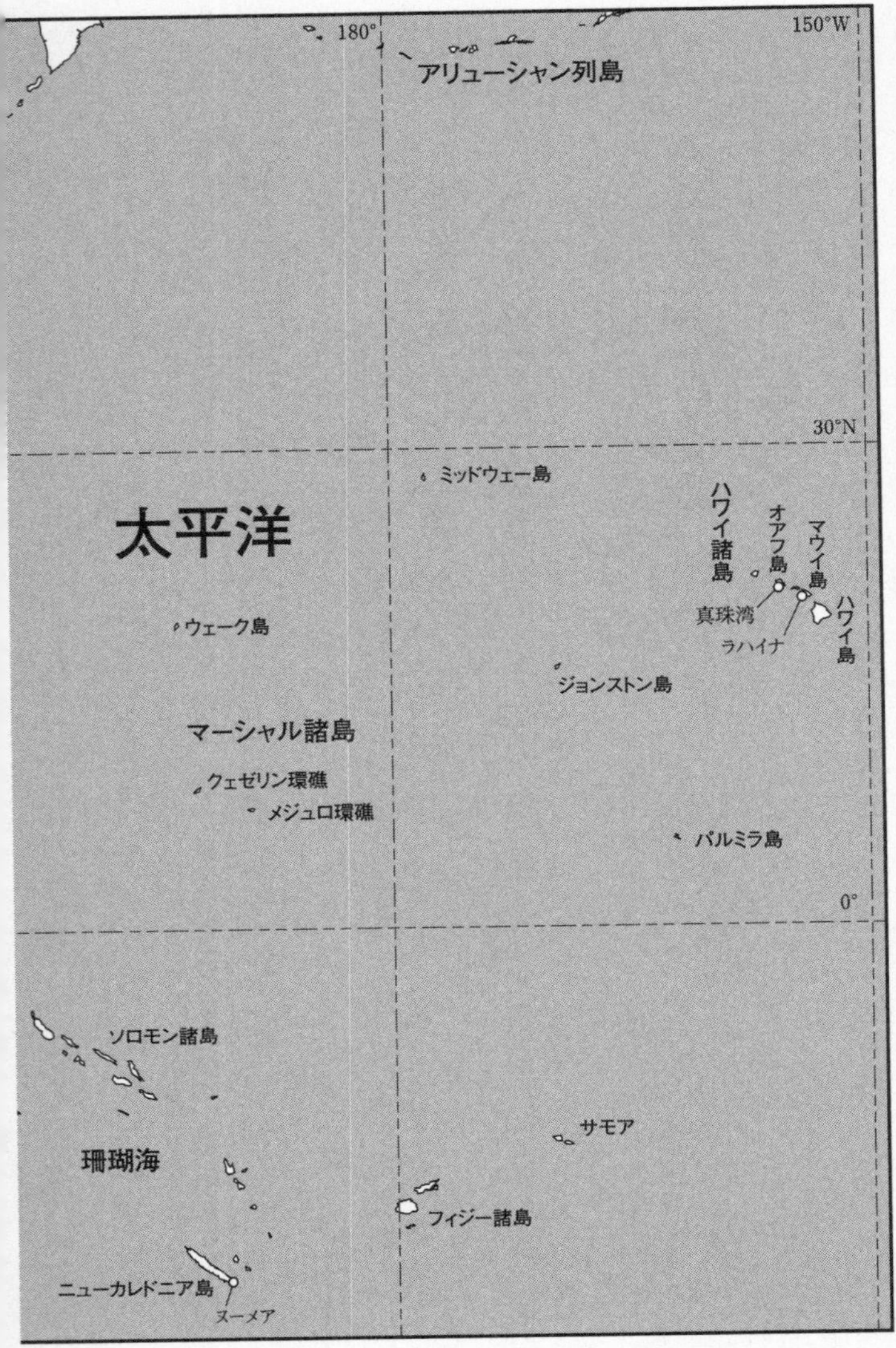
180°
150°W
アリューシャン列島
30°N
ミッドウェー島
太平洋
ハワイ諸島
オアフ島
マウイ島
真珠湾
ラハイナ
ハワイ島
ウェーク島
ジョンストン島
マーシャル諸島
クェゼリン環礁
メジュロ環礁
パルミラ島
0°
ソロモン諸島
サモア
珊瑚海
フィジー諸島
ニューカレドニア島
ヌーメア

# 西太平洋要図

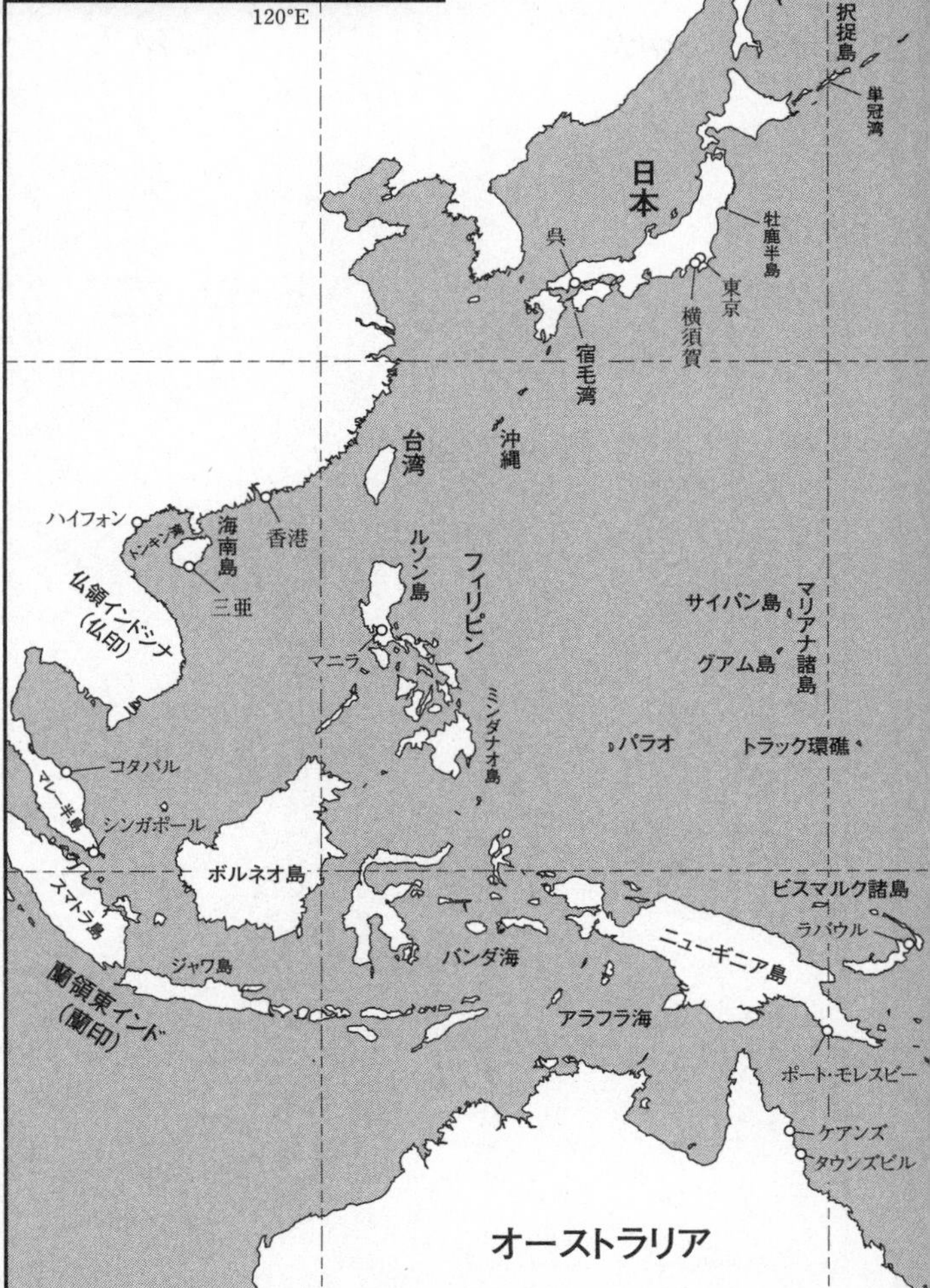
120°E
150°E
択捉島
単冠湾
日本
牡鹿半島
呉
東京
横須賀
宿毛湾
沖縄
台湾
香港
ハイフォン
トンキン湾
海南島
三亜
仏領インドシナ
(仏印)
ルソン島
フィリピン
マニラ
ミンダナオ島
サイパン島
マリアナ諸島
グアム島
パラオ
トラック環礁
コタバル
マレー半島
シンガポール
ボルネオ島
スマトラ島
ジャワ島
蘭領東インド
(蘭印)
バンダ海
アラフラ海
ビスマルク諸島
ラバウル
ニューギニア島
ポート・モレスビー
ケアンズ
タウンズビル
オーストラリア

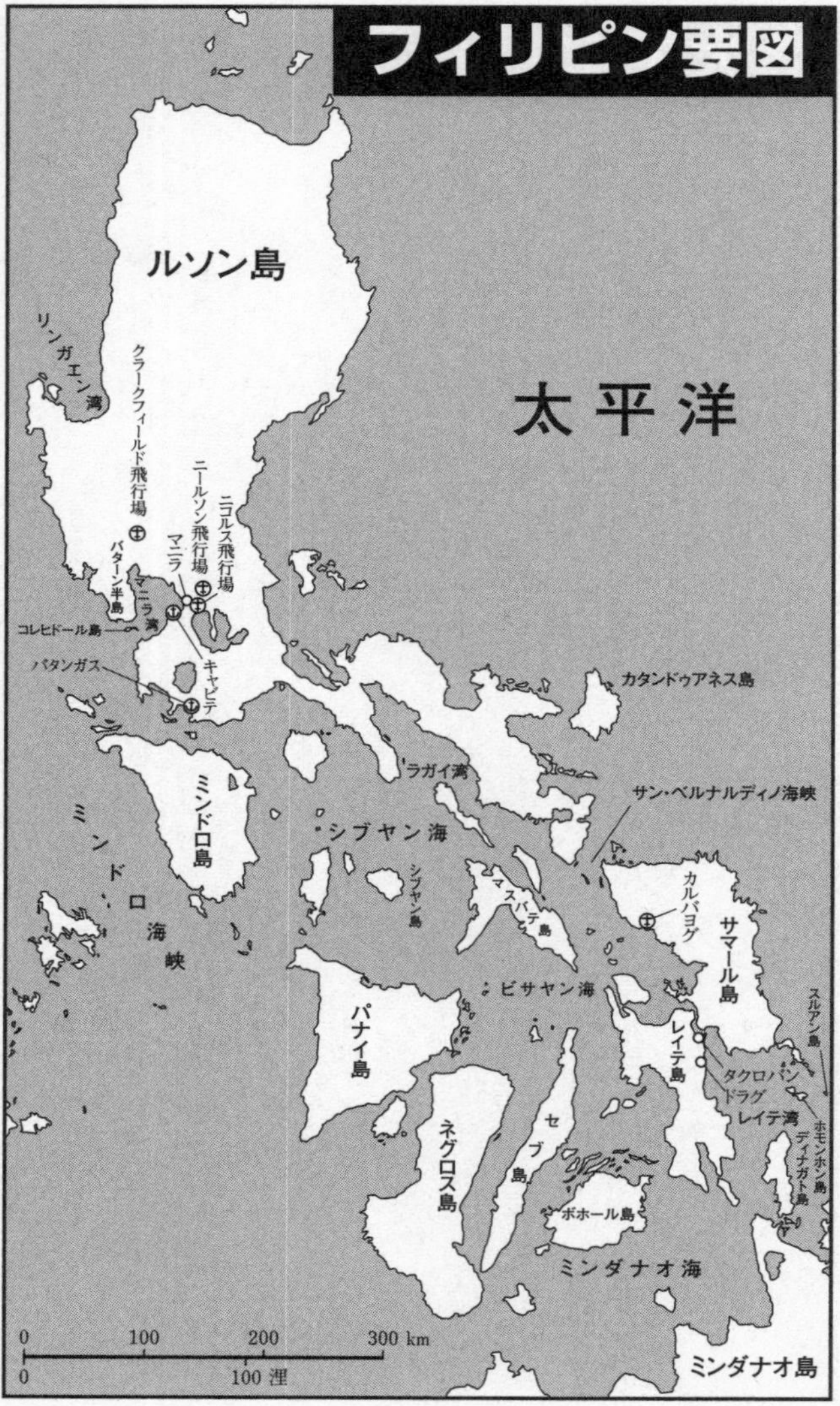

フィリピン要図
ルソン島
リンガエン湾
クラークフィールド飛行場
ニールソン飛行場
ニコルス飛行場
バターン半島
マニラ
マニラ湾
コレヒドール島
キャビテ
バタンガス
太平洋
カタンドゥアネス島
ラガイ湾
サン・ベルナルディノ海峡
ミンドロ島
ミンドロ海峡
シブヤン海
シブヤン島
マスバテ島
カルバヨグ
サマール島
ビサヤン海
パナイ島
レイテ島
スルアン島
タクロバン
ドラグ
レイテ湾
ホモンホン島
ディナガト島
ネグロス島
セブ島
ボホール島
ミンダナオ海
ミンダナオ島
0 100 200 300 km
0 100 浬

荒海の槍騎兵
連合艦隊分断
1

# 序章

亜熱帯圏のぎらつく陽光の下《もと》、大小二十数隻の艦が認められた。

航跡は、さほど長くない。速力は一四、五ノットといったあたりだ。

「巡洋艦《じゅんようかん》が七隻、残りは駆逐艦《くちくかん》だな」

アメリカ合衆国陸軍第一四爆撃飛行隊《14BS》の指揮《しき》を執《と》るマイケル・ウォーカー中佐は、敵艦の様子を観察して呟《つぶや》いた。

荒野をゆく幌馬車《ほろばしゃ》と、護衛の騎兵隊《きへいたい》を思わせる陣《じん》形《けい》だ。

巡洋艦一隻を中央に配置し、他の巡洋艦と駆逐艦が周囲を囲んでいる。

「『セター』より『ハンター』、目標の指示願う」

二番機の機長ジェフ・ロッドマン大尉の声が、無線機のレシーバーに響《ひび》いた。

「さて、どうするかな」

ウォーカーは即答せず、思案《しあん》を巡《めぐ》らした。

指揮下にあるボーイングB17〝フライング・フォートレス〟は、ウォーカー自身の機体を含めて四機。

爆弾槽《ばくだんそう》には一〇〇〇ポンド爆弾六発ずつを搭載しているから、合計で二四発を投下できる。

重要目標に全機を集中するか、全艦をまんべんなく叩くか。

「『ハンター』より『猟犬《ハウンズ》』。中央の艦を狙《ねら》う」

ウォーカーは断《だん》を下《くだ》した。

中央の艦は、旗艦《きかん》と推測できる。

現代の戦争は、指揮官の首《くび》を取って終わりになるほど単純ではないが、司令官や参謀《さんぼう》の喪失《そうしつ》は、日本軍にとり、かなりの打撃になるはずだ。

「『セター』了解」

「『ポインター』了解」

「『ビーグル』了解」

各機の機長が復唱《ふくしょう》を返し、一番機を先頭に、縦《たて》一列に展開する。

# アメリカ陸軍 B17D 重爆撃機

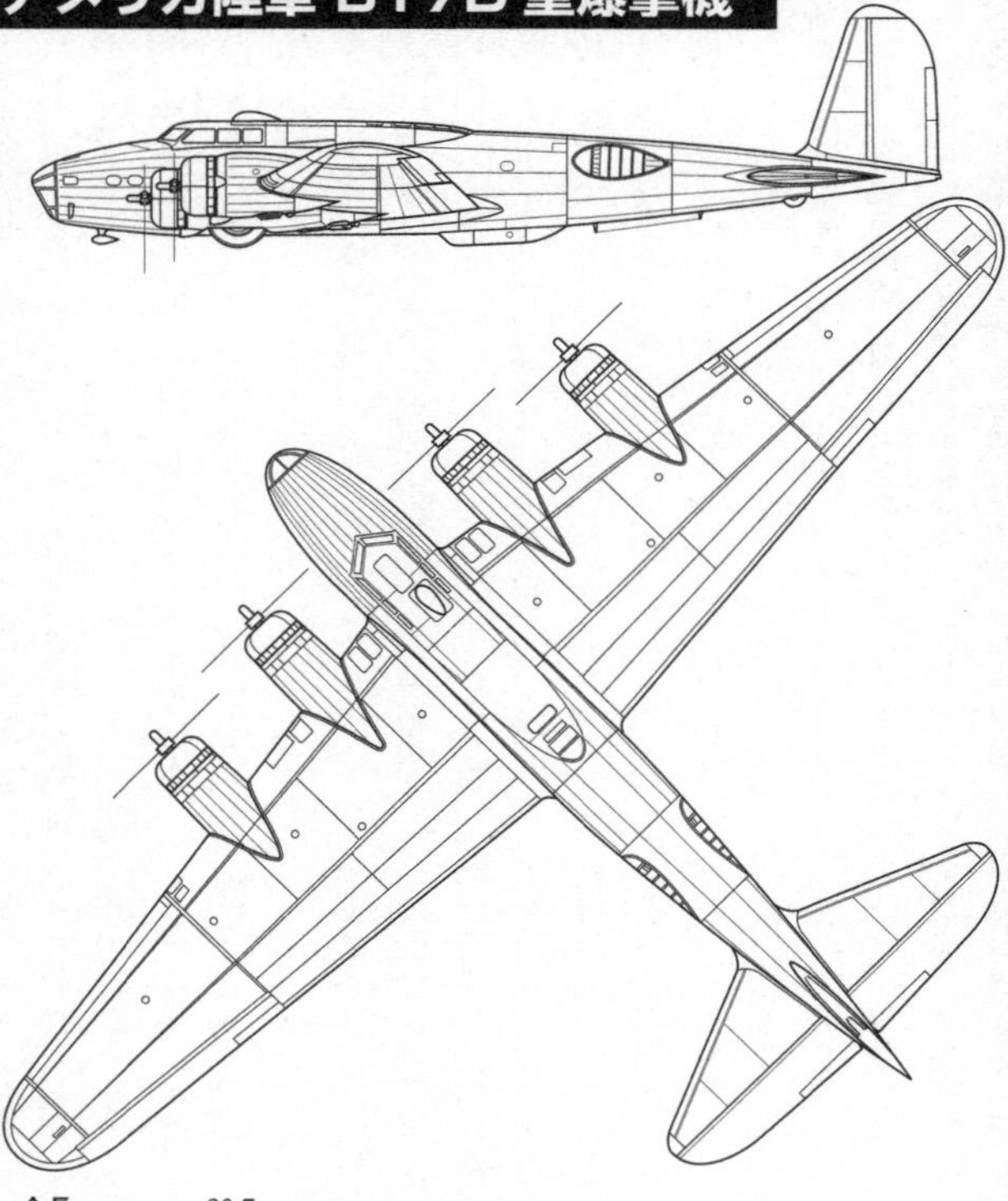

| | |
|---|---|
| 全長 | 20.7m |
| 翼幅 | 31.6m |
| 全備重量 | 23,814kg |
| 発動機 | ライト・サイクロン R-1820-60　1,200馬力×4基 |
| 最大速度 | 520km/時 |
| 兵装 | 7.62mm機関銃×7丁 |
| | 爆弾 5,440kg(最大) |
| 乗員数 | 8名 |

米陸軍の最新鋭重爆撃機。長大な航続力と5トンを上回る爆弾搭載能力、排気タービン過給機による優れた高高度性能を併せ持つ機体で、敵国の軍需工場や橋梁、鉄道などを目標とした戦略爆撃を得意とする。

防御力も高く、撃墜は困難と言われており、比島に配備された数十機は、南方資源地帯への進出を目指す日本軍の強敵になると目されている。

「目標針路四五度、速力一四ノット」

機首の爆撃士席に座るダンカン・シュワルツ中尉が報告する。

ドイツ系移民の子孫らしい、堅苦《かたくる》しい英語を操《あやつ》るが、照準器《しょうじゅんき》のような精密機械を委《ゆだ》ねるには相応《ふさわ》しいように感じる。

ウォーカーは高度計を見た。

針は、二万フィート（約六〇〇〇メートル）を指している。

「『ハンター』より『ハウンズ』。現在の針路、高度を維持せよ」

ウォーカーは全機に命じた。

高度を下げれば命中率は上がるが、対空砲の被弾確率も高くなる。

本国からの増援は望めない状況だ。不必要な危険を冒《おか》して、貴重な機体とクルーを失ってはならない。

「シマロン軍曹、後続機の状況報せ《しら》」

「全機、異常なし。本機に追随《ついずい》しています」

ウォーカーの問いに、尾部銃座《じゅうざ》を受け持つマイク・シマロン軍曹が、インカムを通じて報告した。

「投下間隔のセットよし。針路、右に二度修正」

シュワルツが報告を上げた。

「右に二度。了解」

ウォーカーは復唱を返し、ステアリング・ホイールを僅《わず》かに右に回した。

本国《ステーツ》では、照準器と操縦系統を連動させることで、命中率を飛躍的《ひやくてき》に高める新型の照準装置が開発されたというが、ウォーカーらが所属する14BSのB17には装備されていない。

爆撃士の指示に従い、操縦士が針路を微調整する。昔ながらのやり方で、投弾コースを決めるのだ。

敵の艦上に、発射炎は観測されない。

高度二万フィートは対空火器の射程外なのか。あるいは、四発重爆の水平爆撃など当たるはずはないと高《たか》をくくっているのか。

後者であれば、合衆国が誇《ほこ》る「空の要塞《フライング・フォートレス》」を侮《あなど》ったことを、彼らは深く後悔《こうかい》することになろう。

「爆弾槽開け《ボム・ベイ・オープン》」

「爆弾槽、開きます」

シュワルツが復唱を返す。

爆弾槽の扉《とびら》を開いたことで空気抵抗が増大したためだろう、B17の速度が僅かに落ちる。

目標は、前方に見えている。

間もなくその頭上から、四機合計二四発の一〇〇〇ポンド爆弾が降《ふ》り注《そそ》ぐ。

分厚い防御装甲と高い攻撃力を併《あわ》せ持《も》つ重爆撃機が鉄槌《てっつい》を振り下ろしたとき、日本人はB17が「空の要塞《フライング・フォートレス》」と呼ばれている所以《ゆえん》を知ることになろう。

輪型陣《りんけいじん》の右側を固める巡洋艦とおぼしき艦艇は、ウォーカーの目に入っていなかった。

「敵艦二隻、発砲！」

との報告をシュワルツが上げても、ほとんど気にとめなかった。

衝撃《しょうげき》は、出し抜《だぬ》けに襲《おそ》って来た。

ウォーカー機の左下方で爆発が起こり、襲って来た爆風に、機体が大きく煽《あお》られた。

「……！」

ウォーカーは思わず叫《さけ》び声を上げた。

ウォーカーだけではない。一番機のクルー全員が、予期《よき》せざる衝撃に、驚愕《きょうがく》の声を上げていた。

二秒後、今度は右方から横殴《よこなぐ》りの爆風が襲った。

ウォーカー機は、強烈なフックを食らったボクサーのように、左に大きくよろめいた。

「二、三番機に至近弾！」

シマロンの叫びが、インカムを通じて伝わる。

数秒間の空白の後、新たな敵弾が炸裂《さくれつ》し、三度目の衝撃が襲って来る。

左方から爆風が襲い、ウォーカー機は右に傾《かたむ》く。

四度目、五度目と、およそ二秒置きに敵弾が炸裂する。左右のフックを、交互《こうご》に食らっているようだ。

通算七度目の砲撃を食らった直後、

「四番機、被弾！　三番エンジンに火災！」

シマロンが、悲痛な叫びを上げた。

ウォーカーは咄嗟《とっさ》に首をねじ曲げ、右後方を見た。

炎《ほのお》と黒煙が一瞬見えたが、すぐに視界の外に消える。B17は自動消火装置を装備しているが、火の回りが速く、消火に失敗したのかもしれない。

ウォーカーが前に向き直ったとき、八度目の射弾が後ろ下方で炸裂した。

蹴《け》り上げられたような衝撃が襲い、機首が大きく前にのめった。

「シマロン、無事か⁉」

ウォーカーはシマロンを呼び出すが、応答がない。尾部銃座に、弾片《だんぺん》が命中したのかもしれない。

「シマロン！」

諦《あきら》めきれず、もう一度シマロンを呼び出したとき、九度目の爆発が起こり、一発が至近距離で炸裂した。

衝撃はこれまでで最も大きく、ウォーカー機は乱《らん》気流《きりゅう》に巻き込まれたように激しく揺《ゆ》れた。右主翼から、何かが壊れるような音が伝わった。

「右主翼被弾！　補助翼《ほじょよく》がちぎれた！」

右側面銃座を担当するウォルター・キーガン伍長が、インカムを通じて報告する。

「ジョニー、司令部に報告！　『敵艦の対空火力、極《きわ》めて強力なり』と！」

ウォーカーは、無線手のジョニー・ヒックス少尉に命じた。

同時にステアリング・ホイールを左に回し、回避行動を取った。

激しい対空砲火を放って来るのは、輪型陣の右側に位置する二隻だけだ。その艦を避《さ》け、目標の後方に回り込むのだ。

機体が大きく左に傾き、眼下《がんか》の敵艦が右に流れる。三機となったB17は、対空砲火を回避しつつ、目標の後方へと回り込んでゆく。

炸裂する敵弾が、一旦《いったん》遠ざかった。

「『敵艦の対空火力、極めて強力なり』。司令部に連絡します！」

　ヒックスが復唱を返したとき、敵弾が再び至近距離で炸裂した。

　敵艦の対空砲は、射程が長く、狙いが正確なだけではない。動きも速く、航空機の動きに追随している。

「くそったれ！」

　ウォーカーは罵声《ばせい》を放った。

　敵艦から更《さら》に遠ざかるべく、ステアリング・ホイールを回したとき、正面に閃光《せんこう》が走った。

　ウォーカーが両目を大きく見開《みひら》いたとき、けたたましい音と共に風防《ふうぼう》ガラスが割れ砕け、無数のガラス片と鋭《するど》い弾片が、コクピットの中に殺到《さっとう》した。

　一瞬で操縦者を失ったB17は、原形を留《とど》めたまま、炎も煙も噴き出すことなく、海面に向かって落下していった。

# 第一章　長槍の艦

# 1

柱島泊地《はしらじまはくち》に錨《いかり》を下ろしている艨艟《もうどう》の中にあって、その艦は異彩《いさい》を放っていた。

大きさだけなら、さほど目立《めだ》つ艦ではない。広島県呉《ひろしまけんくれ》を母港とする重巡洋艦——妙高《みょうこう》型や高《たか》雄《お》型に比べ、やや小さい。

艦を特徴付けているのは、その兵装だ。

重巡の標準装備となっている二〇・三センチ連装砲も、軽巡の兵装である一四センチ単装砲もない。主砲があるべき場所を埋《う》めているのは、半球型の砲塔と、針のように細長い砲身を持つ高角砲《こうかくほう》だ。

軍艦「青葉《あおば》」——姉妹艦の「衣笠《きぬがさ》」や準同型艦の「古鷹《ふるたか》」「加古《かこ》」と共に大規模な改装を受け、「防空巡洋艦」、略称「防巡」という従来になかった艦種に生まれ変わった艦が、倉橋島《くらはしじま》の西岸近くに錨を下ろしていた。

「長槍《ちょうそう》を林立《りんりつ》させているようだな」

内火艇《ないかてい》の後部キャビンで、近づいて来る「青葉」を見つめながら、海軍少佐桃園幹夫《ももぞのみきお》はそんな感想を抱いた。

「青葉」の前部と後部に三基ずつ、合計六基の連装高角砲が並び、細く長い砲身に仰角《ぎょうかく》をかけている様は、何本もの長槍を構えているようだ。

前部の一、二、三番高角砲、後部の四、五、六番高角砲が三角形に配置されている様は、楔《くさび》のような鋭さを感じさせる。

実戦の場では、逆落《さかお》としに突っ込んで来る急降下爆撃機や、海面すれすれの高度から向かって来る雷《らい》撃機《げきき》に対し、一二門の砲身から、鉄と火薬の穂先《ほさき》を突き込むことになる。

「槍足軽《やりあしがる》で終わるか、天下一《てんかいち》の槍名人《めいじん》になるかは、訓練次第《しだい》というわけだ」

桃園は、徳川家康《とくがわいえやす》の下で勇名《ゆうめい》を馳《は》せた本多忠勝《ほんだただかつ》や、豊臣秀吉《とよとみひでよし》麾下《きか》の名将加藤清正《かとうきよまさ》を思い出している。

どちらも、槍の名人として知られた武将だ。

「青葉」を始めとする四隻の防巡を、「帝国海軍の本多忠勝」「連合艦隊の加藤清正」と呼ばれるところまで仕上げてやる――そんな野心を、桃園は胸に抱いていた。

五分後、桃園は、「青葉」が旗艦を務める第六戦隊の司令部幕僚《ばくりょう》と向き合っていた。

「青葉」と同じく、呉鎮守府《ちんじゅふ》に所属する「加古」と、横須賀《よこすか》鎮守府に所属する「衣笠」「古鷹」を指揮下に置いている。

「申告します。海軍少佐桃園幹夫、砲術参謀として第六戦隊司令部勤務を命じられました」

「御苦労」

直立不動《ちょくりつふどう》の姿勢を取って敬礼した桃園に、第六戦隊司令官五藤存知《ごとうありとも》少将が、答礼《とうれい》を返した。

がっしりとした体格の持ち主だ。整った容貌《ようぼう》は、よく日に焼けている。目の光や引き締められた顎《あご》から、意志の強さが伝わって来る。

短く刈った髪や、刈り揃《そろ》えられた口ひげには、ところどころに白いものが混じっている。

艦船勤務一筋《ひとすじ》で自《みずか》らを鍛《きた》え上げた、海上の武人《もののふ》といった風格だ。

桃園が辞令を受け取ったときに聞かされた話では、海軍生活のほとんどを艦船勤務で過ごして来たということだった。

その五藤が、値踏《ねぶ》みをするように、桃園を見つめている。

桃園は華奢《きゃしゃ》な肉体に、名前の通り、桃のような丸顔を持っている。少佐任官後、地上勤務が長かったため、あまり海軍軍人らしく見えない。

軟弱《なんじゃく》そうな奴だ、と言いたげだった。

「言っておくが、俺の専門は水雷《すいらい》だ」

おもむろに、五藤は言った。

「夜戦《やせん》の駆け引きについては、ある程度分かっているつもりだが、飛行機との戦い方となると、正直、あまり自信がない」

「私も、司令官と同じ立場だ。本艦や『加古』『古鷹』『衣笠』の艦長も同じだろう」

五藤の傍《かたわ》らに控えている、首席参謀の貴島掬徳《きじまきくのり》中佐が言った。中肉中背《ちゅうにくちゅうぜい》の、人の良さそうな顔つきの士官だ。

「本艦の砲術長は、貴官は変わり者だが、対空射撃に関しては指折《ゆびお》りの専門家だと言っていた。その知《ち》見《けん》に、期待しているのだが」

「好き好んで対空射撃の研究をしたがる者は、あまりいませんから」

桃園は苦笑した。

海軍士官の多くがそうであるように、桃園も海軍兵学校を卒業した後、砲術の専門家を志した。

砲術は、何と言っても海軍の花形《はながた》だ。戦闘の中核になるだけではない。海軍省や軍令部《ぐんれいぶ》のエリートも、多くを砲術の出身者が占《し》めている。

「未来の東郷平八郎《とうごうへいはちろう》（日露戦争時の連合艦隊司令長官）」を夢見て、江田島《えたじま》を受験した若人《わこうど》なら、誰もが憧《あこが》れる道なのだ。

幸い、桃園は志望が認められ、大尉任官後に海軍砲術学校の高等科学生として、高度な砲戦技術について学ぶ機会を得た。

桃園が他の学生と異なっていたのは、「対空射撃の研究をしたい」と指導教官に申し出たことだ。

中尉時代に普通科学生として水雷学校で学んでいたとき、講義にやって来た航空科の士官が、

「航空機の世界は日進月歩《にっしんげっぽ》だ。飛行機と空母《くうぼ》が海軍の主力となる日は、必ずやって来る。海軍航空隊は、優秀な若者を求めている。我《われ》と思わん者は、是非航空界に来たまえ」

と、熱心に説《と》いたのだ。

桃園は、自分が飛行機乗りに向いているとは思わなかったが、航空機の急速な進歩や、「大艦巨砲主義《たいかんきょほう》から脱却《だっきゃく》して、航空機と空母を海軍の主力にすべし」と主張する人々の存在は知っていた。

航空主兵《こうくうしゅへい》思想の提唱者は、日本だけではなく、日

本が長年《ながねん》仮想敵と目《もく》してきた米国海軍にも多数いることも。

「航空機が海軍の主力となるのであれば、航空機に対する防御法も研究しなければならない。にも関わらず、対空射撃の専門家は、まだ少ないのが実情だ。ここは一つ、俺がその専門家になってやろう。志願者が少ない分野を専攻すれば、将来、海軍の中で独自の地位を確立できる」

桃園はそのように考え、指導教官に希望を伝えたのだ。

砲術といえば水上砲戦が主流である中、桃園は教官や他の学生から変人扱いされたが、希望そのものは認められ、高等科学生として砲術学校で過ごした一年間を、対空射撃の研究に捧《ささ》げた。

修了後は砲術科の分隊長として艦船勤務に就《つ》き、砲術学校での研究成果を実地で試した。

少佐任官後は、教官として砲術学校に戻り、対空射撃について更《さら》なる研究を重ねた。

「砲術参謀トシテ第六戦隊司令部勤務ヲ命ズ」との辞令を受け取ったのは、今年——昭和一六年の九月一日だ。

このとき桃園は、失望を覚《おぼ》えた。

自分が磨《みが》きをかけて来た対空射撃の技術は、空母でこそ活《い》かされると考え、空母の砲術長か機動部隊の砲術参謀を希望していたのだ。

だが、第六戦隊の重巡四隻が、防空巡洋艦に改装されたと知ったとき、失望は歓喜《かんき》に変わった。

防空艦は、空襲を受けたときに威力を発揮する。目一杯《めいっぱい》装備した高角砲で、空母や戦艦《せんかん》の頭上に鉄と炎の傘《かさ》を差し掛け、敵機から守るのだ。

その部隊の砲術参謀とは、自分のためにあるような部署だと考え、桃園は張り切って第六戦隊司令部に着任したのだった。

「砲術学校で学んだとき、教官から『対空射撃の研究などしても、出世は望めんぞ』と言われました。ですが私は、自分の選択は間違っていなかったと確信しています」

「出世は眼中《がんちゅう》にないというのかね？」

「人と同じ事をやるよりも、独自性を主張したいのです。私にしかできないことをやりたい、と」

五藤は微笑《びしょう》した。面白い奴だ、と言いたげだった。

「航空主兵思想を主張する者は多い。連合艦隊《GF》の長官が御自《おん》ら、その先頭に立ち、空母を中核兵力とした機動部隊を編制される御時世《ごじせい》だ。貴官は、先見《せんけん》の明《めい》があったのかもしれんな」

「米国も、英国も、今後は空母を海軍の主力と位置づけ、前面に押し立てて来るでしょう。米英との戦争では、空母と戦艦、あるいは空母同士の戦いが主流になると、私は睨《にら》んでおります。ただし、空母は単独では戦力になりません。他の艦に守られて、初めて威力を発揮します。空母を守る要《かなめ》となるのが、本艦のような防空艦であります」

「いいだろう」

五藤は頷《うなず》いた。桃園の答に、満足感を覚えた様子だった。

「来たるべきときに備え、貴官が六戦隊の防空力を極限《きょくげん》まで鍛え上げてくれるよう希望する」

## 2

「『青葉』も『加古』もいい艦だと思うが、防空艦としちゃ、いささか不満が残るな」

運ばれて来た冷酒《ひやざけ》を一口味わったところで、桃園は言った。

呉に数ある居酒屋《いざかや》の一室だ。

向かいには、「青葉」砲術長の岬恵介《みさきけいすけ》少佐と「加古」砲術長の矢吹潤三《やぶきじゅんぞう》少佐が腰を下ろしている。

二人の砲術長とは、初対面ではない。

岬とは江田島の同期であり、水雷学校、砲術学校でも、机を並べている。

矢吹は江田島の一期下だが、砲術学校では共に学んだ仲だ。

戦艦、重巡の砲術長には、中佐の階級にある者が任ぜられるのが通例だが、人事局は「防巡は砲の口径から考えて、軽巡に準ずる」と見なし、少佐を砲術長に任じたのだ。

「どこに不満がある？」

岬が聞いた。同期だけに、話し方に遠慮《えんりょ》がない。

「防空艦に徹《てっ》し切れていないところがな。防巡には、魚雷《ぎょらい》は要《い》らん。発射管も撤去《てっきょ》し、空《あ》いたところに機銃を増設すべきだ」

「防空艦だからといって、敵艦との砲戦がないとは限らないでしょう？　艦隊戦になった場合、魚雷は有力な武器になります。『青葉』『加古』の砲では、駆逐艦と渡り合うのがせいぜいですよ」

矢吹が言った。江田島の後輩に当たるため、口《く》調《ちょう》が丁寧《ていねい》だ。

「我が海軍は貧乏性《びんぼうしょう》のところがあって、一隻の艦にあれもこれもと求めたがる。一つの目的に特化《とっか》した艦があってもいいと思うがな」

古鷹型、青葉型の防巡への改装が決定した裏には、昭和一三年に九八式六五口径一〇センチ高角砲、別称「長《ちょう》一〇センチ砲」が制式採用され、量産が開始されたことがある。

長一〇センチ砲は、それまで帝国海軍の標準的な対空兵装となっていた八九式四〇口径一二・七センチ高角砲に比べ、一発あたりの破壊力は劣《おと》るものの、最大射程、最大射高が大幅に伸びたことに加え、発射速度、旋回速度、俯仰《ふぎょう》速度も向上し、高速化する航空機に対して、充分対応できると評価された。

中央では、昭和一四年の第四次軍備拡充計画で建造が決まった乙《おつ》型駆逐艦の主兵装として長一〇センチ砲を予定していたが、用兵側より、

「長一〇センチ砲は、駆逐艦より巡洋艦に装備してはどうか」

との声が上がった。

巡洋艦は、駆逐艦より艦体が大きい分、動揺が少ないため、射撃時の命中率を高められる。

また、大きさに余裕があるため、射撃指揮装置を前部と後部に一基ずつ装備し、艦橋《かんきょう》トップの射撃指揮所が被弾した場合でも、対空戦闘を継続できる。

米国では、一二・七センチ両用砲を多数装備した防空巡洋艦の建造を進めているとの情報もある。

今後、空母と航空機を海軍の主力として位置づけるのであれば、日本でも同種の艦を必要とするときが必ずやって来る。

このような意見が多数派となり、最終的に、長一〇センチ高角砲多数を装備した防空巡洋艦の配備が決定された。

防巡は、新規の建造も考えられたが、海軍は昭和一四年度計画で新型巡洋艦の建造を始めており、新たな巡洋艦を建造する余裕はない。

また、巡洋艦の建造には三年半ほどを必要とするため、日米戦に間に合わない可能性もある。

それらの理由から、既存《きそん》艦からの改装が決定され、古鷹型、青葉型の四隻が選ばれたのだ。

古鷹型は、平賀譲《ひらがゆずる》造船中将の手になる傑作《けっさく》巡洋艦で、完成当時は「一万トン級重巡に匹敵《ひってき》する兵装を、八〇〇〇トンの艦体に装備した艦」として、各国の海軍関係者を瞠目《どうもく》させた。

日本が持つ造船技術の高さを、内外《ないがい》に示した艦といっていい。

ただ、竣工《しゅんこう》が大正一五年とやや古く、米軍のポートランド級、ニューオーリンズ級といった重巡に比べると、力不足《ちからぶそく》は否《いな》めない。

主兵装は二〇・三センチ砲六門、六一センチ四連装魚雷発射管二基であり、青葉型以降に建造された妙高型重巡、高雄型重巡の半分程度なのだ。

「能力面で米軍の重巡に対抗が難《むずか》しい以上、防空艦に改装し、新たな役割を与えるのが得策《とくさく》だ」

最終的にこの意見が通され、古鷹型、青葉型は、「小型の重巡」から「防巡」への転身を遂げたのだった。

改装に当たって問題となったのが、後部の兵装だ。

前部の主砲二基を撤去し、長一〇センチ連装砲三基を装備することはすぐに決まったが、後部には主砲一基と魚雷発射管、水上機の射出機《しゃしゅつき》がある。

発射管と射出機を残すのであれば、長一〇センチ砲は二基の装備が限界であり、長一〇センチ砲三基を装備するのであれば、発射管か射出機を撤去しなければならない。

高角砲を五基に抑《おさ》え、雷装と航空兵装を残すか。高角砲を六基とし、雷装か航空兵装のどちらかを外すか。

軍令部と連合艦隊司令部、艦政本部の間で激論が戦わされた結果、航空兵装の撤去が選択された。

「巡洋艦搭載機の役目は、砲戦時の弾着《だんちゃく》観測、航空偵察、対潜 哨戒《しょうかい》であるが、防空艦の主な相手は敵機であるため、弾着観測は必要ない。航空偵察、対潜哨戒は、他の戦艦、巡洋艦の搭載機や空母の艦上機に肩代《かたが》わりさせればよい」

との結論に落ち着いたのだ。


古鷹型、青葉型の兵装は、六五口径一〇センチ連装高角砲六基、二五ミリ連装機銃一二基、一三ミリ連装機銃二基、六一センチ四連装魚雷発射管二基と定められたのだった。

「貴様《きさま》の話は、酒の席だけにしておいた方が賢明《けんめい》だ。特に、司令官にはしない方がいい。気を悪くされることは間違いないからな」

たしなめる口調で、岬が言った。

着任の挨拶《あいさつ》をしたとき、五藤は「夜戦の駆け引きについては、ある程度分かっているつもりだ」と言ったが、これは相当《そうとう》に謙遜《けんそん》した物言《ものい》いだ。

実際には、五藤は夜戦の権威《けんい》として名《な》を馳《は》せている。

雷装は不要との主張は、上官が最も得意とする戦術を否定したに等しい。

「俺が恐れているのは、空襲を受けた場合だ」

桃園は言った。

敵弾が発射管に命中した場合、装塡《そうてん》されている魚雷は確実に誘爆《ゆうばく》する。

九三式六一センチ魚雷の炸薬《さくやく》量は、一本あたり四九二キロ。一万トン級の重巡であっても、一発で航行不能に陥《おとしい》れることが可能だ。

それが四本、いちどきに爆発すれば、艦は原形《げんけい》も留めることなく轟沈《ごうちん》する。

「司令官は、水雷の専門家だ。だからこそ、発射管が被弾したときの危険性についても、よく理解しておられると思うが」

「その危険性は、防巡に限ったことではないでしょう？　他の巡洋艦や駆逐艦にも、同じことが言えると思いますが」

矢吹の反論に、桃園は応《こた》えた。

「防巡の脅威《きょうい》が大きいと見れば、敵は『青葉』や『加古』に攻撃を集中する可能性がある。発射管の被弾確率もそれだけ高くなる」

「集中攻撃を受けたら、魚雷の誘爆を心配するまでもない。『青葉』も『加古』も、無数の爆弾や魚雷を叩《たた》き込まれて終わりだ」

心配する必要のないことを、貴様は心配している——そんな口調で、岬が言った。

「それに、六戦隊が必ずしも機動部隊に配属されるとは限るまい。砲戦部隊に配属されることだってあり得《う》る」

「防巡の戦隊を、機動部隊以外のどの部隊に配属するってんだ？　空母と組ませなけりゃ、折角《せっかく》の防空艦も宝《たから》の持《も》ち腐《ぐさ》れだ」

「そうとも言い切れないだろう。自前《じまえ》の飛行機を持たない艦隊にとって、防空艦の存在は、心強《こころづよ》いものになるはずだ」

「貴様の言うことにも一理《いちり》あるが……」

桃園は首を傾《かし》げた。

防空艦の必要性を主張したのは、GF長官の山本《やまもと》五十六《いそろく》大将、南遣《なんけん》艦隊司令長官の小沢治三郎《おざわじさぶろう》中将、第二航空戦隊司令官の山口多聞《やまぐちたもん》少将といった、航空主兵主義の提唱者だと聞いている。

## 日本海軍 青葉型防空巡洋艦「青葉」

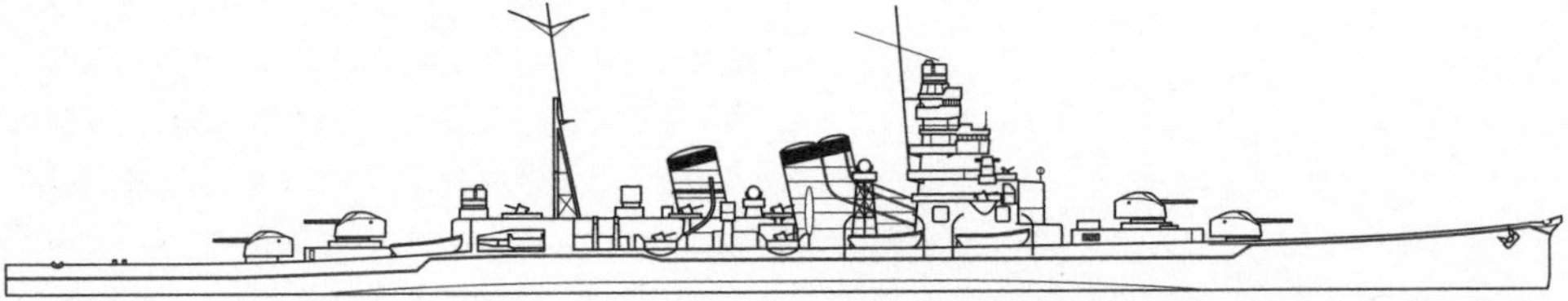

| | |
|---|---|
| **全長** | 185.2m |
| **最大幅** | 17.6m |
| **基準排水量** | 9,000トン |
| **主機** | オールギヤードタービン 4基／4軸 |
| **出力** | 104,200馬力 |
| **速力** | 33ノット |
| **兵装** | 10cm 65口径 連装高角砲 6基 12門 |
| | 25mm 連装機銃 12基 |
| | 13mm 連装機銃 2基 |
| | 61cm 4連装魚雷発射管 2基 |
| **航空兵装** | なし |
| **乗員数** | 660名 |
| **同型艦** | 衣笠 |

20センチ砲６門の強武装で列強を瞠目させた古鷹型を、ワシントン軍縮条約の制約内で再設計した青葉型重巡洋艦の一番艦。

大正15年９月進水、昭和２年９月に竣工している。その後、昭和13年11月から同15年10月まで改装工事を行う際、機関を重油／石炭の混焼缶から重油専焼缶に積み換えたほか、主砲の20センチ連装砲を新開発の65口径10センチ高角砲（長10センチ砲）に換装、これに伴い艦種も「防空巡洋艦」に変更されている。

航空機の進歩は日進月歩であり、その脅威はますます増大しつつある。英米でも本艦に類する防空専門艦が竣工したという情報もあり、戦局が風雲急を告げるなか、本艦に寄せられる期待は大きい。

彼らは、機動部隊の一艦として使用することを前《ぜん》提《てい》として、防空艦の配備を主張したはずだ。

そのような経緯《けいい》を無視して、防空艦を砲戦部隊に配属するだろうか？

「帝国海軍は、必ずしも適材適所《てきざいてきしょ》を考えないからな。現に六戦隊の司令官は、水雷の専門家だ。六戦隊だけじゃない。機動部隊の長官は、水雷屋の南雲《なぐも》さん（南雲忠一《ちゅういち》中将。第一航空艦隊司令長官）だ。艦だって、適材適所が通されるとは限るまい」

冷酒をちびちびとやりながら、岬は言った。

桃園は、しばし沈黙した。

江田島同期生の言葉に、不安を感じたのだ。

（防空艦は、空母を守るための艦だ。機動部隊に配属してこそ、威力を発揮できるのだ。どうか、選択を誤《あやま》らないでくれ）

山本GF長官や、軍令部第一部長の福留繁《ふくとめしげる》少将の顔を思い浮かべながら、桃園はそんなことを願っていた。

# 第二章　ホノルルに消ゆ

# 1

日本郵船《にほんゆうせん》の豪華《ごうか》客船「竜田丸《たつたまる》」がホノルルに入港したのは、一〇月二三日だった。

この時期、日米関係の悪化に伴《ともな》い、日本政府はハワイや米本国に船を送って、在米日本国民を順次《じゅんじ》引《ひ》き揚《あ》げさせている。

「竜田丸」もその一隻で、ホノルルで燃料や食料の補給を受けた後、サンフランシスコに向かう予定だった。

ホノルルの日本領事館《りょうじかん》では、駐《ちゅう》ホノルル総領事喜多長雄《きたながお》が、外務書記生森村正《もりむらただし》を呼び出している。

「『竜田丸』には海軍の中島湊《なかじまみなと》という少佐が乗船しているそうだが、この名に聞き覚えはあるかね?」

「軍令部の中島少佐でしたら、面識《めんしき》があります」

森村は返答した。

表向《おもてむ》きは、外務省の在外公館職員として通しているが、真《しん》の身分は病《やまい》のために退役《たいえき》した日本海軍の元少尉であり、軍令部の中で対米情報を担当する第三部第五課の嘱託《しょくたく》だ。

森村正も偽名《ぎめい》であり、本名《ほんみょう》は吉川猛夫《よしかわたけお》という。

真珠湾《しんじゅわん》における米軍艦艇の出入港の状況や、オアフ島の米軍飛行場に展開している陸海軍航空部隊の兵力について調査し、報告するよう、軍令部から命令を受けている。

森村は領事館に赴任《ふにん》して以来、精力的に情報を収集した。オアフ島各所は言うに及《およ》ばず、米海軍が使用しているもう一箇所の泊地――マウイ島のラハイナまで足を伸ばした。

水兵に人気がある酒場《さかば》の女性や、海軍士官の家族と親しくなり、情報を引き出すことまで行った。

収集した情報は、全て暗号電文によって内地《ないち》に送った他、引き揚げ船に乗ってホノルルを訪《おとず》れる海軍の情報将校にも渡している。

中島湊少佐もその一人だ。森村が内地にいたとき、軍令部の第五課で、共に対米情報の分析に当たったことがある。

森村に新たな指示を与えるため、身分を隠《かく》して「竜田丸」に乗船しているのだろう。

「私は、会わない方がよいでしょう」

森村は言い切った。

八月以降、領事館員に対する監視《かんし》の目が厳しさを増したことを、森村は体感している。

ホノルルの街中《まちなか》を歩いているときであれ、島内の道路で車を運転しているときであれ、どこからともなく向けられる視線を感じるのだ。

連邦捜査局《FBI》は、森村にスパイの疑《うたが》いをかけていることは間違いない。

森村が喜多に同行して「竜田丸」に乗船すれば、FBIは「日本に、重要な情報を流そうとしている」と判断するだろう。

場合によっては、「竜田丸」をホノルルに足止《あしど》めし、船内の徹底捜索《そうさく》を行うかもしれない。

民間船の足止めは、戦争になりかねない暴挙《ぼうきょ》だが、そのようなことが起きてもおかしくないところが、現在の日米対立の深刻さを物語っていた。

「君も内地の話を聞きたいかと思っていたが、立場を考えれば仕方がないだろうね。中島少佐からの伝言は、私がしっかり聞いて来よう」

「よろしくお願いします」

納得したように頷いた喜多に、森村は頭を下げた。

――日没後、森村はホノルル港の桟橋《さんばし》にほど近いアアラ・パークの木陰《こかげ》から「竜田丸」を眺《なが》めていた。

ホノルルの市街地や港の灯りが、日本から訪れた豪華客船の優美《ゆうび》な姿を照らし出している。

スマートな船体の上に、前後に長い船室を乗せた姿は、帝国ホテルと同格の高級ホテルを洋上に浮かべたようだ。

昭和五年に竣工して以来一一年、幾度《いくど》となく横浜《よこはま》港とホノルルやサンフランシスコの間を往復し、延べ五万人の乗客を運んだ船だ。

(あの船がホノルルに入港するのも、これが最後だろうな)

森村は、そんな予感を覚えている。

この時期──昭和一六年一〇月下旬、日米間の対立と緊張は、限界に近づきつつある。

中国からの撤兵《てっぺい》拒否、ドイツ、イタリア両国との軍事同盟締結《ていけつ》、フランス領インドシナへの進駐《しんちゅう》といった日本の施策《しさく》に対し、米国は在米日本資産の凍結、石油製品の全面禁輸といった措置《そち》によって対抗し、アジアに広大な植民地を有する英国、オランダもこれに倣《なら》った。

ワシントンでは、駐米日本大使野村吉三郎《のむらきちさぶろう》が、国務長官コーデル・ハルと会談を繰り返し、緊張緩和の道を探っているが、米国政府に妥協《だきょう》の意志はなく、態度を頑《かたく》なにするばかりだ。

一〇月一八日には、陸軍大将東條英機《とうじょうひでき》を首班《しゅはん》とする内閣が発足《ほっそく》し、日本は米英蘭《べいえいらん》三国との開戦に向け、挙国一致体制を整えつつある。

政府も、大本営《だいほんえい》も、既に開戦を既定のものと考え、準備を進めているのだ。

豪華客船が、優雅《ゆうが》に日米間を往復できるような時勢ではない。

次に「竜田丸」が横浜とホノルル、サンフランシスコの間を往復するのは、戦争が終わってからということになろう。

森村は「竜田丸」に背を向け、口笛《くちぶえ》を吹きながら、反対方向に歩き出した。

いかにも無関心であるかのように装《よそお》っているが、森村を見張《みは》っているFBIの捜査官は、それが演技《えんぎ》であると見抜いているはずだ。

「『竜田丸』に乗ってきた情報員と連絡を取ろうとしていたが、監視が厳しいために断念した」ぐらいに思われているかもしれない。

(海軍は、俺が送った情報をどのように活用するつもりなのか)

歩きながら、森村は思案を巡らした。

森村はこれまで、在泊艦船の数や級名、停泊位置、出入港に要する時間、ドック入りしている日数、最も多くの艦船が在泊している曜日等、太平洋艦隊の動静について、事細《ことこま》かに報告を送った。

オアフ島に配備されている陸軍部隊の兵力や、上陸作戦実施時の適地《てきち》についても、艦隊の情報と併せて報告した。

これまでに送った情報を元に作戦計画を立てれば、オアフ島を強襲して米太平洋艦隊を壊滅《かいめつ》させるだけではなく、オアフ島の上陸・占領《せんりょう》すら可能だとの自負《じふ》がある。

ただし、それが相当に大胆《だいたん》な作戦であることは間違いない。

戦国時代の合戦に例えるなら、毛利元就《もうりもとなり》が陶晴賢《すえはるかた》を打ち破った厳島《いつくしま》合戦や、織田信長《おだのぶなが》が今川義元《いまがわよしもと》の首を取った桶狭間《おけはざま》合戦に匹敵するほど分《ぶ》が悪い賭《か》けであり、成功率は極めて低い。

海軍上層部にそこまでの度胸《どきょう》があるかどうかは、判然としなかった。

「竜田丸」より離れてから間もなく、森村は背後に視線を感じている。

ＦＢＩの捜査員が見張っているのだ。

森村は敢《あ》えて振り返らず、歩く速度も変えない。尾行《びこう》を撒《ま》くような真似《まね》をすれば、自分がスパイであることを証明するようなものだ。

外務書記生森村正は、あくまで諜報《ちょうほう》活動とは無《む》縁《えん》な、在外公館の下級職員でなければならなかった。「竜田丸」から充分遠ざかったところで、森村は方向を変えた。

総領事館に戻る方角だ。

尾行している捜査員は、森村が「竜田丸」の乗客や船員と接触する意志を持たないことは理解したであろう。

森村は、監視者が一台の車——黒く塗装されたフォード・モデル68の助手席に乗っていることには気づいていなかった。

そのフォードが徐行しつつ、接近しつつあること
にも、一切《いっさい》構わなかった。
領事館に戻るまで、「尾行されているとは、全く
思っていない」との姿勢を貫《つらぬ》くつもりだったのだ。
フォードがやおらスピードを上げ、森村を追い抜
いたところで急停車した。歩道に面した右側のドア
が、慌《あわ》ただしく開けられた。
中から伸びた手が、立ちすくんだ森村を車内に引
きずり込んだ。

## 2

「乱暴な手を使ったものだな」
アメリカ合衆国大統領フランクリン・デラノ・ル
ーズベルトは、司法長官フランシス・ビドルとFB
I長官ジョン・エドガー・フーバーに苦笑して見せた。
「FBIというより、マフィアのやり口だ」
「スパイに、容赦《ようしゃ》は不要です。一般的な犯罪者と異
なる存在には、それに相応しい扱いがあります」
フーバーは、傲然《ごうぜん》と胸を反《そ》らした。麾下の捜査機
関が選んだ手段に、何ほどの疑いも、やましさも抱
いていないことを、その態度が示していた。
「ホノルルの日本領事館に勤務する職員森村正《タダシ・モリムラ》を、
スパイ容疑で逮捕《たいほ》した」
との報告がホワイトハウスに届けられたのは一昨
日だ。
太平洋艦隊の母港があるホノルルで、日本のスパ
イ活動が行われていたとなれば、合衆国の存亡《そんぼう》にか
かわる。
事態を重視したルーズベルトは、ビドルとフーバ
ーの他、国務長官コーデル・ハル、海軍長官フラン
ク・ノックス、海軍作戦本部長ハロルド・スターク
に、ホワイトハウスへの参集《さんしゅう》を命じたのだ。
「スパイの逮捕に際し、確たる証拠はあったのでし
ような？」
ハルが確認を求める口調で聞いた。

冤罪《えんざい》となることや、対日関係の更なる悪化を懸念《けねん》しているわけではない。今後の対日交渉において、合衆国側が不利になることを危惧《きぐ》しているのだ。

フーバーは、ちらとノックスに目をやってから答えた。

「逮捕の決め手となったのは、海軍関係者、及びその周辺からの告発でした。モリムラと名乗っていたスパイは、三月に領事館に赴任して以来、オアフ島内の軍事施設を巡り、情報収集に努めていました。また、太平洋艦隊の士官の家族に、モリムラから接触を受けた者がおり、海軍艦艇の出入港の情報をうっかり話してしまった、とのことです。海軍の水兵が出入りする酒場の従業員にも、モリムラから情報の提供を求められた者がいるとの報告が届いております。これらの証言により、ＦＢＩではモリムラがスパイである確率は九〇パーセント以上であると判断し、逮捕に踏み切ったのです」

「証言と状況証拠だけでは、逮捕理由が弱いのではありませんか？」

「軍事情報の漏洩《ろうえい》は国家の安全に直結するため、一刻を争うと考えました」

「モリムラは、容疑を認めたのかね？」

ルーズベルトの問いに、フーバーは「ノー」と返答した。

「逮捕以来、黙秘《もくひ》を貫いております。非常に強固な精神力の持ち主であると推察されます。逮捕された場合には、本名、身分、活動目的等、一切を明かさぬよう厳命されているのでしょう。たとえ、拷問《ごうもん》を受けようとも」

フーバーの口調からは、忌々《いまいま》しさと共に敬意が感じられる。

祖国のためには、自身の命まで含め、全てを擲《なげう》つことができる男だ。合衆国国籍の保有者なら、ＦＢＩにスカウトしたいほどだ。そんな評価を匂《にお》わせた。

「モリムラは、どのような情報を集めていたのだろうか？」

「現時点までに分かっているところでは、真珠湾における艦種別の在泊艦艇数、出入港の状況、各艦の停泊位置、防潜網《ぼうせんもう》や防雷網《ぼうらいもう》の有無《うむ》、航空機による哨戒の時間帯といったあたりです。他の情報につきましては、捜査を継続しております」

フーバーに続いて、ノックス海軍長官が言った。

「太平洋艦隊司令部からの情報ですが、キンメル（ハズバンド・E・キンメル大将。太平洋艦隊司令長官）は青くなっているそうです。太平洋艦隊に勤務する士官の家族が、東洋人にまんまと騙《だま》されて、軍事上の重要な情報を話してしまったのですから。太平洋艦隊では、機密保持について、あらためて全将兵に教育を徹底するとのことですが」

「本件について、キンメルを責《せ》めるつもりはない。スパイの暗躍《あんやく》を許したのは、軍事上の問題というより、治安維持上の問題だからな。問題は、日本軍の目論見《もくろみ》だ」

ルーズベルトは、スターク作戦本部長に顔を向けた。

「モリムラが収集した情報からは、日本軍がオアフ島、特に真珠湾の在泊艦船に対する攻撃を企《くわだ》てているように読める。貴官の意見はどうかね？」

「作戦本部でも、真珠湾に対する攻撃の可能性は検討しましたが、あまり現実的ではない、との結論に達しました」

質問を予期していたのか、スタークは即答した。

「太平洋艦隊は、飛行艇《ひこうてい》による洋上哨戒を実施しており、周辺空域には、レーダーによる監視が二四時間態勢で行われております。敵艦隊であれ、航空機であれ、早期の探知と迎撃《げいげき》が可能です。日本軍がオアフ島への攻撃を企てれば、キンメルは太平洋艦隊総出《そうで》で歓迎するでしょう」

「我が軍は、日本軍がオアフ島までやって来るのを待っていればよい、ということかね？」

「おっしゃる通りです、大統領閣下」

「モリムラの逮捕によって、状況は大きく変わりました」

皆さんは、肝心《かんじん》なことをお忘れだ――そう言いたげな口調で、大統領側近《そっきん》のハリー・ホプキンスが発言した。

「日本海軍は、オアフ島の軍事情報をこれ以上入手できなくなったのです。また、諜報員が逮捕されたことで、オアフ島攻撃の計画を我が方に悟《さと》られたと考えるでしょう。当然のことながら、彼らは作戦計画の大幅な手直しを余儀《よぎ》なくされます」

「その、モリムラの逮捕だが――」

大事なことを思い出した様子で、ルーズベルトはハルに顔を向けた。

「ホノルルの日本領事館やワシントンの日本大使館は、そのニュースを知っているのかね？」

「現時点では、知らせておりません。ホノルルの領事館は、『館員が行方不明になった』と言って、現地の警察に捜索を依頼したそうです」

フーバーが薄笑いを浮かべながら答えた。

「ノムラ（野村吉三郎）は、モリムラ逮捕の事実は知らない、ということですな？」

確認を求めたハルに、フーバーは頷いた。

「現時点では、モリムラが失踪《しっそう》した理由について、彼らは何一つ確証を得ておりません」

「モリムラ逮捕の事実を、ノムラを通じて、日本政府に知らせてやりますか？　スパイの摘発《てきはつ》を理由として、ホノルルの日本領事館を閉鎖し、総領事以下の館員を国外に追放することも可能ですが」

ハルの問いに、ルーズベルトはかぶりを振った。

「短兵急《たんぺいきゅう》に領事館を閉鎖することもあるまい。手荒《てあら》な手段を取れば、日本に開戦の理由を与える可能性もある。我が国が日本に対し、開戦の口実《こうじつ》を与えるような真似は避けたい」

「かしこまりました。国務省は、本件については今少し、事態の推移を見守りたいと考えます」

「モリムラの逮捕によって、日本はオアフ島の軍事情報を入手する道を失った。のみならず、オアフ島攻撃計画を我が国に察知《さっち》された。この状況下で、彼らはどのように動くだろうか？」

ルーズベルトは全員の顔を見渡し、あらたまった口調で言った。

開戦の可能性について、話しているにも関わらず、緊張感はほとんど感じられない。むしろ、今の状況を楽しんでいるように見えた。

「日本は、南方に軍を進めるでしょう」

スタークが地球儀《ちきゅうぎ》を回し、西太平洋地域を正面に持って来た。

日本から、フィリピンやマレー半島をなぞって見せた。

「イギリス領マレー半島、同ビルマ、オランダ領東インドが、彼らにとり、最も重要な攻略目標となります。これらの地は、日本が戦争の遂行《すいこう》に不可欠《ふかけつ》の資源、すなわち石油、鉄鉱石《てっこうせき》、ボーキサイト等の産出地だからです」

「フィリピンも攻撃を受けるのだな？」

ルーズベルトの問いに、スタークは頷いた。

「フィリピンが合衆国の手の中にある限り、日本が南方を占領したところで、資源を日本本土に輸送することはできません。フィリピンを攻略しなければ、南方に兵を進めることすらできないでしょう」

「太平洋艦隊については、彼らはどのように対処するだろうか？」

「中部太平洋において、海軍の主力による邀撃《ようげき》作戦を展開すると考えられます。ヤマモトは、対馬《ツシマ》にロシア・バルチック艦隊を壊滅させたトーゴーの栄光を、太平洋で再現しようと試《こころ》みるでしょう」

「現実には逆になる。ヤマモトはトーゴーではなく、ロジェストヴェンスキー（ジノヴィ・ロジェストヴェンスキー中将。日露戦争時のバルチック艦隊司令長官）の立場になる」

ノックスが言った。

合衆国海軍とロシア海軍を同じに考えているのだとしたら、ヤマモトは救《すく》い難《がた》い愚か者《おろもの》だ、と言いたげだった。

「対日戦争が、スタークが言った通りに展開するのであれば、フィリピンの一時的な失陥《しっかん》を覚悟しなければならぬ」

ルーズベルトは、難しい表情で地球儀を睨んだ。

フィリピンには、ダグラス・マッカーサー大将を総司令官とする在フィリピン軍約八万名の地上部隊と、ルイス・ブレリートン少将の極東《きょくとう》航空軍、トーマス・ハート大将のアジア艦隊が駐留しているが、日本軍の大規模な侵攻を受ければ、持ち堪《こた》えられない可能性が高い。

フィリピンを一時的にではあっても日本軍に占領されるようなことがあれば、国家の威信《いしん》に傷がつく。

「海軍作戦本部に、一案があります」

ルーズベルトの考えを読み取ったかのように、スタークが言った。

「我が方が先手《せんて》を打つのです。うまく運べば、日本海軍を分断し、各個撃破の要領で壊滅させることが可能です」

一旦言葉を切り、ハルに視線を向けた。

「国務省の手腕《しゅわん》次第では、戦わずして日本を屈服させることも可能でしょう」

## 3

「この状況で、ハワイ作戦を推進されるおつもりですか？」

軍令部次長伊藤整一《いとうせいいち》中将が、いつになく強い語調で聞いた。

東京・霞ヶ関《かすみがせき》の軍令部だ。会議室には伊藤の他、軍令部第一部長の福留繁少将、第三部長の前田稔《まえだみのる》大佐、そして連合艦隊司令長官山本五十六大将が集まっている。

伊藤は軍令部次長に任じられる前、山本の下で連合艦隊参謀長を務めていたことがある。

以前の上官に対しては遠慮がちであり、気を遣《つか》う立場だ。

その伊藤が、いつになく厳しい態度を取っていた。

「無論《むろん》だ」

山本は、一言《いちごん》の下に答えた。

口調は穏《おだ》やかだが、一歩も妥協せぬとの強い姿勢をうかがわせる声であり、表情だった。

「連合艦隊は、既にハワイ作戦に向けて動き始めている。今になっての中止は考えられぬ」

開戦劈頭《へきとう》、ハワイ・オアフ島の真珠湾を攻撃し、米太平洋艦隊の主力を壊滅させる。

同時に、陸海軍は南方に兵を進め、米領フィィリピン、英領香港《ホンコン》、マレー半島、シンガポール、ビルマ、蘭領東インドといった要地を攻略し、戦争遂行に必要な資源の自給自足《じきゅうじそく》態勢を整える。

この方針に基づき、海軍は開戦準備を進めて来た。

真珠湾攻撃を担当するのは、南雲忠一中将が率《ひき》いる第一航空艦隊だ。

空母「赤城《あかぎ》」「加賀《かが》」「蒼龍《そうりゅう》」「飛龍《ひりゅう》」「瑞鶴《ずいかく》」「翔鶴《しょうかく》」に、戦艦「比叡《ひえい》」「霧島《きりしま》」、重巡「利根《とね》」「筑摩《ちくま》」、第一水雷戦隊の軽巡「阿武隈《あぶくま》」と駆逐艦一一隻、給油艦《きゅうゆかん》七隻が就く。

空母六隻の艦上機は、常用機だけで三八七機に達する。

これだけの機数で攻撃を加えれば、米太平洋艦隊を泊地内で壊滅させることが可能だ。

米国から対日反攻の手段を奪い去ることがかなえば、早期講和《こうわ》の道も開ける。

軍令部にも、連合艦隊の内部にも、「危険が大きすぎる」との理由で反対する声が多かったが、山本は「米国に打ち勝つには、他に方法がない」と主張し、作戦準備を強引《ごういん》に推し進めた。

今日は一一月五日。

宮中《きゅうちゅう》では、米英蘭三国に対する開戦の是非《ぜひ》を決定するための御前《ごぜん》会議が開かれている。

開戦と決まれば、大本営海軍部命令、略称「大海令《だいかいれい》」の第一号が発令される。

山本は、対米戦には反対の立場ではあるが、御前会議で開戦が決定されるのは間違いないと考えており、大海令の受領に備えて上京していた。

軍令部に顔を出したとき、改めて真珠湾攻撃に対する反対意見を聞かされたのだ。

「敵情不明のまま、真珠湾を攻撃するのは危険です。敵に察知されることなくオアフ島沖に接近しても、太平洋艦隊が不在で、攻撃が空振《からぶ》りに終わることも考えられます」

福留第一部長が、あらたまった口調で発言した。

ホノルルの領事館に送り込んだ退役海軍少尉吉川猛夫、現地での偽名「森村正」の働きにより、軍令部は真珠湾の貴重な情報を手に入れた。

真珠湾の在泊艦船やオアフ島における陸海軍航空部隊の配備数などは、手に取るように明らかになり、具体的な作戦計画にも、逐次《ちくじ》反映された。

軍令部は、オアフ島における諜報活動の総仕上げとすべく、吉川に宛《あ》てた密書《みっしょ》を、第五課の中島湊少佐に託《たく》した。

密書には、太平洋艦隊の動向、真珠湾の防備態勢、陸軍部隊の配備状況、上陸作戦の適地等、これまでの吉川の報告では不充分だった事項や、新たに生じた疑問点、合計九七項目に亘《わた》る質問が記載されており、「竜田丸」に乗船した喜多総領事から吉川に届けられるはずだった。

ところが、肝心の吉川が姿を消してしまったのだ。

領事館では、地元警察に捜索を依頼したが、吉川の行方《ゆくえ》は杳《よう》として知れなかった。

当然のことながら、密書に回答を出せるはずもなく、以後の報告も途絶《とだ》えたままとなっている。

海軍は、真珠湾攻撃に不可欠な情報源を失ってしまったのだ。

「これまでに吉川元少尉が送ってくれた報告から、真珠湾の敵情は、充分把握《はあく》している。軍令部が出した九七項目の質問に対する回答がなくとも、作戦は遂行できる」

「軍令部が憂慮《ゆうりょ》しているのは、情報源の喪失だけではありません。真珠湾を奇襲するための前提条件が崩《くず》れたのではないか、と危惧しております」

前田が言った。

失踪から二週間が経過した今も、吉川元少尉の行方は分かっていない。

領事館は、「犯罪に巻き込まれたのではないか」と考えているようだが、軍令部は、二つの可能性を疑っている。

第一に、吉川のスパイ活動が発覚し、現地の警察に逮捕された場合。

第二に、吉川が米国に亡命《ぼうめい》した場合だ。

吉川には、真珠湾攻撃の計画そのものは知らせていないが、よほど察《さっ》しの悪い人間でない限り、これまでに調査を命じた内容から、連合艦隊の目論見に気づくはずだ。

吉川が厳しい尋問《じんもん》に耐えかね、調査の内容を自白《じはく》したのであれば、米国は真珠湾が攻撃を受ける可能性ありと考え、警戒態勢を強化する。

一航艦が、攻撃予定地点に到達する以前に、敵に捕捉《ほそく》される危険は、極めて高くなると考えざるを得ない。

「吉川が逮捕されたのであれば、米政府から抗議が来るはずだ。ホノルルの領事館は閉鎖され、総領事以下の館員も、国外追放の処分を受けるだろう」

かぶりを振った山本に、前田は言った。

「米国が、吉川逮捕の情報を秘匿《ひとく》している可能性が考えられます」

「何のために、そのようなことをする？」

「吉川の身柄《みがら》を我が国に対する取引材料に使うため、もしくは我が国を惑《まど》わせ、混乱に陥れるためです。吉川失踪の理由が判明しない限り、我々は真珠湾攻撃の計画が漏洩したかどうか分からず、作戦実施の可否《かひ》を決定できません」

「計画が漏洩した可能性を考え、真珠湾攻撃を中止すべきだ、というのが軍令部の考えか？」

「おっしゃる通りです」

伊藤が、三人を代表する形で答えた。

軍令部のトップは総長の永野修身《ながのおさみ》大将だが、実務は全て次長が取り仕切っている。

事実上、次長が作戦指導の責任者だと考えてよい。その伊藤の言葉である以上、真珠湾攻撃の中止は軍令部の意志だと考えられる。

山本は、反論を試みた。

「仮に吉川が逮捕されたとしても、一度は海軍少尉として任官した男だ。締め上げられたからといって、機密事項を簡単に白状《はくじょう》するとは考えられない」

「私も、彼が機密を漏らすような人間だとは思いたくありません」

「亡命に至っては、逮捕以上にあり得ない。江田島を卒業した者が日本を裏切《うらぎ》るなど、あってはならないことだ。軍令部にしても、裏切り者となるような人間を米国に派遣するとは考え難《にく》い」

「その点につきましては、長官と同意見です。ただ……仮に吉川が逮捕されたのだとすれば、我が方の目的について、米側にも見当《けんとう》がつくはずです。ホノルルに諜報員がいたとなれば、その目的は自《おの》ずと知れるのではないでしょうか？」

「逮捕説にせよ、亡命説にせよ、今の時点では憶測《おくそく》でしかない。ここまで進めて来た作戦計画を、単なる憶測に基づいて中止するというのは納得できぬ」

「真珠湾攻撃は、発案された時点から投機性《とうきせい》の高い作戦であることが指摘されていました。機密が漏洩した可能性が僅かでもあるなら、中止すべきです」

「仮に真珠湾攻撃を中止したとして、どのように戦う？」

伊藤に代わって、福留が答えた。

「既定の漸減《ぜんげん》邀撃作戦に立ち返り、西進《せいしん》して来る米艦隊を中部太平洋上で捕捉、撃滅《げきめつ》します」

「正面から戦ったのでは、我が方にも大きな損害が生じる。下手《へた》をすれば、消耗戦に引き込まれる。そうなれば、国力の劣る我が国に勝ち目はない。真珠湾攻撃は、伸《の》るか反《そ》るかの大ばくちだが、成功すれば、我が方の損害を最小限に抑えて米太平洋艦隊を撃滅できる。世界で、最も国力の大きな国を相手取る以上、奇策《きさく》に頼ることも必要だ」

「御翻意《ごほんい》いただけませぬか？」

伊藤は、懇願《こんがん》するような口調で聞いた。

明日には、大海令第一号が発令される。

そうなれば、全てが既定の作戦方針に向かって動き出し、誰も止めることはできなくなる。

その前に翻意を、と言いたげだった。

山本は穏やかだが、きっぱりとした口調で答えた。

「真珠湾攻撃の目論見を米側に悟られたとの確証があれば、私も作戦中止に同意するが、今の時点では、中止する理由が見当たらない。ただ――」

山本は、ちらと時計を見上げてから付け加えた。

「開戦は、まだ決まったわけではない。御前会議で不戦と決まれば、真珠湾攻撃のみならず、全ての作戦計画が不要になる。私としては、そうなることを願っている」

## 4

同じ頃、山本のライバルとも呼ぶべき人物は、思いがけない訪問者を迎えていた。

「作戦本部長が御自らハワイまで足を運ばれるとは、恐れ入ります」

海軍作戦本部長ハロルド・スターク大将が、太平洋艦隊司令部の長官公室に入るなり、司令長官ハズバンド・Ｅ・キンメル大将は、両腕を大きく広げて言った。

昼間であれば、窓からはフォード島の南東岸付近に係留《けいりゅう》されている戦艦群や、巡洋艦、駆逐艦の姿を望むことができるが、日没後の今は、各艦の艦影がうっすらと見えるだけだ。

一〇月二三日以前は、灯火管制《とうかかんせい》は敷かれておらず、常夜灯《じょうやとう》が艦影を浮かび上がらせていたが、ＦＢＩ

が日本のスパイを摘発した直後から、太平洋艦隊司令部は、日没後の灯火管制を命じていた。

「貴官に本国《ステーツ》まで足を運んで貰《もら》ったのでは、太平洋艦隊が指揮官不在になってしまうのでな。今は、太平洋艦隊司令長官がハワイを留守《るす》にできる状況ではない」

「事態は、そこまで切迫《せっぱく》しているのですか？」

キンメルは、顔を引き締めた。

ヨーロッパでは、ドイツ軍のソ連侵攻、北アフリカ戦線におけるイギリス軍の苦戦、大西洋におけるUボートの跳梁《ちょうりょう》等、予断《よだん》を許さぬ状況が続いているが、日本との緊張も、日増《ひま》しに高まっている。

ワシントンで行われている米日の外交交渉が、膠着《こうちゃく》状態に陥《おちい》っているとの情報も届いている。

合衆国が、太平洋とヨーロッパで二正面戦争を戦わねばならない可能性すら考えられる。

このようなときに、FBIがホノルルで日本人のスパイを逮捕したとの報せは、太平洋艦隊を震撼《しんかん》させた。

スパイは、真珠湾の在泊艦船を調べるだけではなく、士官の家族に取り入ったり、水兵が利用する酒場の女性と親しくなったりして、太平洋艦隊の内部情報を収集し、日本に報告していたのだ。

太平洋艦隊司令部は、防諜《ぼうちょう》態勢の大幅な見直しを図ると共に、スパイの接触を受けた者を取り調べたが、既に相当量の情報が日本に渡った後となっては、手遅れの感が否めなかった。

「スパイが収集していたのは、太平洋艦隊の情報が大半だ。その事実から、日本軍はオアフ島に対する攻撃、ひいてはハワイ諸島の占領を目論んでいる可能性が考えられる」

参謀長ウィリアム・スミス少将、作戦参謀チャールズ・マックモリス大佐といった幕僚から、そのような意見が出され、太平洋艦隊司令部は、飛行艇や哨戒用艦艇による洋上哨戒を強化した。

陸軍航空部隊からも、洋上哨戒に協力する旨《むね》の申し出があり、オアフ島に駐留する歩兵第二四師団、同第二五師団は、ワイキキ、エヴァ、ラニカイ等、主だった海岸に、防御陣地の構築を急いだ。

「明日にでも、日本軍の艦艇がオアフ島の沖に出現するかもしれない」

オアフ島に駐留する全軍が、そのような切迫感に駆られ、防御態勢の強化に大わらわとなっていると ころに、スタークが訪れたのだ。

「最初に、貴官を安心させておこう。日本軍は、おそらくハワイには来ない」

朗報《ろうほう》だろう？――そう問いたげに、スタークはニヤリと笑った。

「モリムラが自白したのですか？」

キンメルは、笑い返すことなく聞いた。

スタークの言葉が事実だとしても、素直《すなお》に喜ぶことはできない。

キンメルの部下の中には、家族がそうと知らずにスパイの接触を受け、情報を漏らしてしまったため、離婚騒動に発展している者もいるのだ。

「モリムラは逮捕以来、一貫《いっかん》して黙秘を続けているとFBIが報告した」

かぶりを振ったスタークに、キンメルは聞いた。

「作戦本部は何を根拠《こんきょ》に、日本軍がハワイに来ないと判断したのです？」

「モリムラが失踪した以上、彼らにも何が起きたのか見当がついているはずだ。モリムラが逮捕されたか、亡命した可能性が高い、と。機密漏洩の可能性がある以上、ハワイ攻撃のようなリスクの高い作戦を実行に移すことはないという意見が、作戦本部でも大勢《たいせい》を占めた」

「推測に基づいてハワイ攻撃がないと判断するのは、危険が大きいと考えます」

キンメルは反論した。

日本海軍連合艦隊《コンバインド・フリート》の指揮官であるイソロク・ヤマモトを、キンメルは警戒している。

太平洋艦隊の情報部が調べたところでは、ヤマモトは主として軍政系統を歩んだ人物だという。

作戦に関しては素人《しろうと》と言ってよいが、それだけにどのような策を仕掛けて来るか、読めないところがあるのだ。

日本海軍が、必ずしも正攻法で来るとは限らない。むしろ、思いがけない奇策を用いる可能性がある、とキンメルは強調した。

「貴官の主張はもっともだが、ハワイだけではなく、より広い視点から戦略を考えて貰いたい」

スタークは、机上《きじょう》に西部太平洋の地図を広げた。

「日本は開戦と同時に、南方に軍を進め、合衆国領フィリピン、イギリス領マレー半島、ビルマ、オランダ領東インドの攻略を試みると推測される。日本が戦争を遂行するには、これらの地から産出する資源が不可欠だからだ」

「その兆候《ちょうこう》は、既に現れております。日本軍が、海軍艦艇の一部や軍用機、兵を乗せた輸送船を、中国領の海南島《ハイナン・アイランド》やフランス領インドシナに移動させているとの情報が、アジア艦隊司令部より届けられました」

「大統領閣下は、フィリピンの防御態勢が不充分であることを憂慮されている。不幸にして、日本と開戦に至った場合、フィリピンが日本の占領下に置かれるのではないか、と」

「現状では、その可能性は高いと言わざるを得ないでしょうな」

フィリピンに展開する兵力を思い出しながら、キンメルは応えた。

フィリピンを守る海軍部隊は、トーマス・ハート大将のアジア艦隊だが、同部隊は日本海軍に比べ、遥《はる》かに劣勢だ。

戦艦、空母は一隻もなく、水上艦艇は重巡一隻、軽巡二隻、駆逐艦一三隻。潜水艦《せんすいかん》は二九隻と、比較的数が揃っているが、この兵力では、強大な日本海軍に対抗する術《すべ》はない。

ルソン島に展開する極東航空軍は、戦闘機と爆撃機を合わせて一四二機を擁《よう》しているが、台湾《タイワン》に展開する日本軍の航空部隊よりも劣勢と見られている。

ダグラス・マッカーサー大将麾下の在フィリピン軍は、八万の兵力を有しているが、植民地の警備を主任務とする軽装備の部隊であり、正規軍と正面から戦える戦力ではない。

何よりも、フィリピンは合衆国本土から遠く、補給や増援が容易ではないのだ。

太平洋艦隊が救援に向かったとしても、その前にフィリピン全土が日本軍の占領下に陥《お》ちることは避けられそうにない。

「イギリスとオランダ、特にイギリスは、対日戦にどのような展望を持っているのでしょうか?」

キンメルは、新たな問いを発した。

オランダはあまり頼りにならないが、イギリスは合衆国と並ぶ海軍大国だ。

その協力が得られれば、フィリピン防衛にも望みが出て来るのではないか。

「ワシントンの大使館を通じて、イギリス政府より通告があった。シンガポールの東洋艦隊に、キング・ジョージ五世級戦艦、リナウン級巡洋戦艦各一隻を増派《ぞうは》するそうだ」

「ほう、キング・ジョージ五世級を」

キンメルは、感嘆《かんたん》の声を漏らした。

キング・ジョージ五世級戦艦は、軍縮条約明け後にイギリスが建造した最新鋭戦艦で、合衆国のノースカロライナ級戦艦とは同世代に当たる。

主砲の口径は三五・六センチとやや小さいが、装備数は一〇門と多く、四〇センチ砲搭載艦とも互角《ごかく》に戦えるとの評価がある。

その最新鋭艦を派遣するとは、イギリス政府も思い切った決断をしたものだと思う。

「日本は、最大で一〇隻の戦艦を投入できる。キング・ジョージ五世級が最新鋭艦といっても、連合艦隊の全艦を相手取れるわけではない」

「現在のイギリスが置かれている状況を考えれば、

より多数の艦の派遣は困難でしょうな」

イギリス海軍は大西洋と北極海でドイツ海軍と、地中海でイタリア海軍と、それぞれ戦っている。

極東に多数の艦を派遣すれば、他の戦線が手薄《てうす》になる。

戦艦、巡戦各一隻というのは、イギリス海軍にとっても、派遣できるぎりぎりの戦力だったのだろう。

「そこで、太平洋艦隊の出番《でばん》となる」

スタークは破顔《はがん》した。これが、ハワイ訪問の目的だ――との意が、表情に込められていた。

「オレンジ・プランに従っての渡洋進攻作戦を実施せよ、とおっしゃるのですか？」

キンメルは聞いた。

オレンジ・プランとは、かねてより合衆国が研究を進めていた対日戦争の計画だ。

マーシャル、トラック、マリアナ、小笠原《オガサワラ》等、太平洋上の要地を攻略しながら、日本本土に迫る。

途中、日本艦隊が出撃して来れば、これと決戦し、撃滅する。

合衆国海軍の軍人なら、誰もが胸を躍《おど》らせずにはいられない壮大な作戦だ。

現在の状況を考えれば、まずフィリピンを救援し、しかる後に日本本土を目指《めざ》すことになるだろうが。

「魅力的な作戦案ですが、賛同はできかねます。太平洋艦隊が不在のときに、オアフ島が攻撃されたら、対処のしようがありません」

「そうならないための策は考えてある。フィリピンを救援すると同時に、日本にハワイ攻撃を断念させる策をな」

スタークは分厚い作戦計画書を取り出し、キンメルの目の前に置いた。

「戦いは先手必勝《せんてひっしょう》だ。太平洋艦隊は、日本軍に先回りして行動するのだ」

# 第三章　回航された脅威

# 1

防空巡洋艦「青葉」「加古」は、一二月二日の正午過ぎ、第二艦隊の各艦と共に、海南島《かいなんとう》の南岸に位置する三亜港《さんあこう》に到着した。

「こいつは壮観《そうかん》だ」

第六戦隊首席参謀貴島掬徳中佐の感嘆したような声が、砲術参謀桃園幹夫少佐の耳に届いた。

多数の巡洋艦、駆逐艦が、港内に見える。

一足先に配置に就いた、南遣艦隊の艦艇群だ。

城郭《じょうかく》のようにどっしりした艦橋を持つ重巡は、南遣艦隊の旗艦に任じられた「鳥海《ちょうかい》」だ。

ほど遠からぬ場所に、スマートな艦橋を持つ最上《もがみ》型重巡四隻が錨を下ろしている。

第三水雷戦隊の軽巡「川内《せんだい》」と駆逐艦、第四潜水戦隊旗艦の軽巡「鬼怒《きぬ》」、第五潜水戦隊旗艦の軽巡「由良《ゆら》」の姿も見える。

他に、第一二航空戦隊の特設水上機母艦「神川丸《かみかわまる》」「山陽丸《さんようまる》」、第九根拠地隊の特設水上機母艦「相良丸《さがらまる》」、掃海艇《そうかいてい》、駆潜艇《くせんてい》、既に作戦行動に就いている潜水艦等、南遣艦隊隷下《れいか》の艦艇は、総勢六〇隻に及ぶ。

これだけでも、小さな国の海軍を凌《しの》ぐ規模だ。

港の奥には、二〇隻以上の輸送船が見える。

マレー半島、シンガポールの攻略を担当する、第二五軍の輸送船団であろう。

第二艦隊の先陣《せんじん》を切り、第四戦隊の「愛宕《あたご》」「高雄」がゆっくりと入港する。南遣艦隊旗艦「鳥海」の姉妹艦だ。

「愛宕」には、第二艦隊の旗艦であることを示す中将旗が、風に吹かれてはためいている。

第四戦隊に続くのは、第三戦隊の高速戦艦「金《こん》剛《ごう》」「榛名《はるな》」だ。

帝国海軍の戦艦の中では最古参《こさん》であり、主砲火力も三五・六センチ砲八門とやや小さいが、最高速度三〇ノットの韋駄天《いだてん》ぶりを誇る。

「青葉」「加古」は、戦艦二隻に続いて入港した。

「青葉」は全長一八五・二メートル、最大幅一七・六メートル、基準排水量九〇〇〇トン。

「加古」は全長一八五・二メートル、最大幅一六・八メートル、基準排水量八七〇〇トン。

全長は、金剛型より三四・二メートル短く、最大幅は六割程度しかない。基準排水量に至っては一万トンに満たず、金剛型の三分の一以下だ。

そのような艦が、金剛型に付き従う様《さま》は、横綱《よこづな》に従う太刀持《たちも》ちといった趣《おもむき》があった。

「まだ、六戦隊は機動部隊に配属されるべきだったと思っているかね？」

「防巡の改装目的に従うなら、一航艦の指揮下に入るのが本筋《ほんすじ》です。ですが、南方作戦の重要性を考慮すれば、これもまた『青葉』『加古』にとっての晴《は》れ舞台《ぶたい》と考えるべきでしょう」

貴島の問いに、桃園は答えた。

「第六戦隊第一小隊は、第二艦隊の指揮下に入り、南方作戦に参加する。第二小隊は予備兵力として、横須賀にて待機する」

去る一一月一〇日、連合艦隊司令部より第六戦隊に、この命令が伝えられた。

南方作戦は、開戦直後に予定されている、南方資源地帯の攻略作戦だ。

英国領マレー半島、シンガポール、ビルマ、米国領フィリピン、オランダ領東インドといった欧米列強の植民地に兵を進め、占領下に置く。

国内資源の乏《とぼ》しい日本にとって、石油、鉄鉱石、ボーキサイト、生《なま》ゴム等の生産地を押さえ、資源の自給自足態勢を整えることは、戦争遂行のために不可欠であり、成否《せいひ》には日本の運命がかかっていた。

南方作戦に第六戦隊が参加する旨を、司令官五藤存知少将より知らされたとき、桃園は真っ先に質問した。

「六戦隊の四隻は、空母の直衛艦《ちょくえいかん》とすることを主目的に改装された艦であり、機動部隊に配属するのが本筋です。配属先が二艦隊となった理由について、お聞かせいただけますか？」

質問を予期していたのだろう、五藤ははっきりした口調で答えた。

「一言《ひとこと》で言ってしまえば、航続性能の問題だ。山本長官から口止《くちど》めされているため、詳細は話せないが、機動部隊が開戦劈頭に予定している作戦は、かなりの長征《ちょうせい》になるとのことだ。六戦隊の四隻は、この作戦に参加するには航続性能が不足しているため、見送りとなった」

「『青葉』や『加古』の航続距離が短すぎるということでしたら、駆逐艦などは参加できないと考えますが」

「機動部隊には給油艦七隻が随伴《ずいはん》し、洋上での給油を実施する。六戦隊が加わるとなると、給油艦を一隻増やさなければならない。それだけの余裕は、残念ながらないということだった」

「……まことに残念です」

無念《むねん》の思いを抱きつつ、桃園は言った。

航続性能の不足を指摘されては、如何《いかん》ともし難いが、機動部隊のために改装を受けた防巡が、機動部隊と共に戦えないというのは、納得できない話であり、悔《くや》しい限りだ。

「日本にとり、真に重要なのは南方作戦だ。それほど重要な作戦に参加できるのは、帝国海軍軍人の誉《ほま》れだと考えるが」

そう言った五藤に、桃園は問題を提起した。

「南方作戦への参加に、不満はありません。ただ、南方作戦で防巡がどこまで役に立ちますか」

「南方作戦だからこそ、防巡が必要になるとも考えられる。機動部隊は空襲を受けても、戦闘機で自らを守れるが、南方部隊は、そうはゆかぬからな」

南方作戦には、連合艦隊の過半が投入される。

現在、三亜港に入泊《にゅうはく》している第二艦隊と南遣艦隊、及び高橋伊望《たかはしいぼう》中将の第三艦隊、塚原二四三《つかはらにしぞう》中将が指揮する基地航空部隊の第一一航空艦隊だ。

第二艦隊は、南方部隊の本隊に当たり、近藤信竹《こんどうのぶたけ》中将が指揮している。

第三戦隊の高速戦艦「金剛」「榛名」、第四戦隊の重巡「愛宕」「高雄」の他、駆逐艦一〇隻を擁しており、南方作戦全般の指揮と、麾下にある各部隊の支援に当たる。

南遣艦隊は、帝国海軍でも知将の誉れが高い小沢治三郎中将が指揮しており、マレー半島、シンガポールの攻略支援を担当する。

三亜港に展開する艦艇群の他、南部仏印に展開する第二二航空戦隊を指揮下に収めている。

高橋の第三艦隊は、旗艦となる重巡「足柄《あしがら》」と第五戦隊の妙高型重巡三隻、第四航空戦隊の小型空母「龍驤《りゅうじょう》」、第一六戦隊の軽巡二隻、第二、第四、第五の各水雷戦隊、水上機母艦二隻、特設水上機母艦一隻等が所属する。

水雷戦隊三部隊を指揮下に収め、駆逐艦が多いのが特徴だ。

塚原の第一一航空艦隊は、第二一、二三航空戦隊を擁し、台湾《たいわん》の航空基地に展開している。開戦後は、フィリピンの敵航空兵力を撃滅し、同地の制空権《せいくうけん》を確保する予定だ。

南方部隊全体を見渡すと、戦艦や空母は少ないものの、連合艦隊が擁する重巡と駆逐艦のほとんどが投入されていることが分かる。

第六戦隊第一小隊は、南方部隊本隊に所属する。

頭上からの脅威に対し、第二艦隊の各艦を守る他、必要に応じて各艦隊の支援に当たるのが、その役目だった。

「命令に不満を言うつもりはありません。ただ、本隊よりも南遣艦隊に配属された方が、戦う機会は増えたかもしれません」

桃園は言った。

南遣艦隊の任務は、第二五軍の支援だ。

輸送船団をマレー半島の上陸地点まで護衛するこ

とが、開戦後、最初の任務となる。

シンガポールの英国東洋艦隊や、マレー半島に展開する英国の極東空軍が攻撃して来れば、当然それらと戦うことになる。

東洋艦隊はともかく、極東空軍の爆撃機が相手なら、一艦当たり一二門を装備する長一〇センチ砲は、存分に威力を発揮する。

「『金剛』『榛名』や南方部隊の指揮中枢《ちゅうすう》を空襲から守れというのが、上からのお達《たっ》しだ」

貴島の言葉には、どこか皮肉《ひにく》げな響きが混じっている。

「上からのお達し」という一言から、貴島自身も、必ずしも命令に納得していないことが感じられた。

(軍令の本流を歩んで来たエリートを守りたいということか)

腹の底で、桃園は呟いた。

近藤信竹中将は、海兵三五期を首席《しゅせき》で卒業した秀才だ。連合艦隊では次席指揮官の立場であり、将来は連合艦隊司令長官や軍令部総長の椅子《いす》は間違いないと目されている。

陸軍の輸送船よりも、エリートである近藤を守る方を優先したいというのが、海軍上層部の本音かもしれない。

(司令官は、どう考えておられるのか)

桃園は、五藤の顔を見やった。

五藤は近藤と異なり、海軍生活のほとんどを艦船勤務で過ごしている。現場での経験を積み重ね、「海の武人」となることを目指した指揮官だ。

その五藤にとっても、海軍上層部が定めた方針は、納得し難いものではないか、という気がした。

五藤は、参謀同士の会話には口を挟《はさ》まない。

「命令に疑義《ぎぎ》を差し挟む必要なし。自分は命令に従い、六戦隊司令官の本分《ほんぶん》を尽くすのみ」

そんな心の声が、伝わったような気がした。

(司令官が割り切っているなら、それでいい。本艦と『加古』の長一〇センチ砲で、敵機を墜《お》とすこと

を第一に考えるさ）
　桃園は、正面に向き直った。
「青葉」は、「金剛」「榛名」の後方から港の奥に進んでゆく。
　ほどなく、艦が栈橋に横付《よこづ》けし、推進軸が逆向きに回転した。
「青葉」の九〇〇〇トンの艦体は、身震《みぶる》いしながら、ゆっくりと停止した。

## 2

　同じ頃、第一航空艦隊は、北太平洋上の日付変更線付近を越えたあたりを東に向かっていた。

　択捉《えとろふとう》島の単冠《ひとかっぷ》湾《わん》より一航艦が出港したのは、一一月二六日だ。

　ホノルルに潜伏《せんぷく》していた諜報員が行方不明となり、計画の漏洩が疑われたにも関わらず、山本五十六連合艦隊司令長官は真珠湾攻撃の計画全てを予定通りに推し進め、第一航空艦隊は往路三五〇〇浬《カイリ》の征旅《せいりょ》に就いたのだ。

　出港に先立ち、空母六隻の艦上機搭乗員と全艦の乗組員に、攻撃目標がハワイの真珠湾であること、米国に対する宣戦布告《せんせんふこく》と同時に攻撃を開始し、真珠湾に在泊する米太平洋艦隊を一挙《いっきょ》に壊滅させる狙いがあることが知らされている。

　各艦の乗員、特に艦上機搭乗員は、歓喜を爆発させ、いっとき艦内は祭《まつ》りのような騒ぎになったが、六日が経過した今は、熱狂と興奮も収まっていた。

　現地における現在時刻は、一二月一日の一二時過ぎだ。

　陽光は、艦隊の右上空から照りつけて来る。

　このあたりの海は亜寒帯に属するためだろう、日差しは母港がある瀬戸内海《せとないかい》ほど強くはなく、空も海も、くすんだような色合いだった。

　旗艦「赤城」の艦橋には、司令長官南雲忠一中将以下の幕僚たちが詰めている。

米国は無論のこと、第三国の船とも遭遇《そうぐう》しないよう、北寄りの航路を選んだが、油断《ゆだん》は禁物だ。

米軍の艦船と遭遇した場合、ハワイの太平洋艦隊に通報され、日本側の意図を悟られる可能性が高い。

各艦の艦上では、見張員の他、手の空いている乗員が海面に目を光らせているが、南雲もまた艦橋の中央に立ち、海上を見据《みす》えていた。

「失礼いたします」

声をかけながら、艦橋に上がって来た者がいる。

航空甲参謀の源田《げんだ》実《みのる》中佐だった。

「搭乗員たちの様子はどうだ？」

「概《おおむ》ね、落ち着いております。若い搭乗員には、待ち切れずにうずうずしている者が少なくありませんが、ベテランが落ち着くよう言い聞かせています」

参謀長草鹿《くさか》龍之介《りゅうのすけ》少将の問いに、源田は答えた。

「士気《しき》が高いのは大いに結構だが、ハワイまではもう少し時間がかかる。今から気を高ぶらせていては、神経がすり減ってしまう。落ち着いて時を待つよう、皆に伝えてくれ」

南雲は、源田に言った。

分かりました、と言い残して、源田は艦橋から去った。

「一番興奮しているのは、甲参謀かもしれませんな」

草鹿が苦笑し、南雲に話しかけた。

「攻撃計画の細部は、源田が作ったのですから。自分の作戦計画で、米太平洋艦隊を壊滅させることができるとなれば、一世一代《いっせいちだい》の快事《かいじ》でしょう」

「航空時代の秋山《あきやま》参謀（秋山真之《さねゆき》中佐。日露戦争時の連合艦隊作戦参謀）が、彼の目標かもしれぬな」

南雲は小さく笑った。

秋山真之中佐は日露戦争当時、連合艦隊司令長官東郷平八郎大将の懐刀《ふところがたな》として、ロシア・バルチック艦隊迎撃の作戦案を練り、見事に成功させている。

真珠湾攻撃を成功させれば、源田の名は「昭和の秋山真之」として、海軍史に燦然《さんぜん》たる輝きを放つであろう。

「ところで、山本長官のお言葉をどう思われますか？」

何かを思い出したように聞いた草鹿に、南雲は聞き返した。

「攻撃中止の件かね？」

一一月一三日、山口県岩国《やまぐちけんいわくに》の航空隊司令部に各艦隊の司令長官、参謀長が集められ、真珠湾攻撃前の、最後の作戦会議が行われた。

山本はその席上、

「戦争は、まだ始まったわけではない。ワシントンでは、日米交渉がなお継続中であり、妥結《だけつ》の可能性も残されている。交渉が成立した場合、機動部隊には攻撃中止、即時引き上げを命じるので、状況の如何に関わらず、従って貰いたい」

と述べたのだ。

この命令に対し、南雲が反発した。

「ひとたび母艦を離れた搭乗員に、爆弾や魚雷を捨てて帰投《きとう》せよとは言えません。部下の士気に関わります」

草鹿は、技術的な理由から反対意見を述べた。

「帰還命令を打電した場合、艦爆、艦攻は偵察員、電信員が受信できますが、艦戦は受信が困難です。艦爆、艦攻から、信号によって命令を伝えることは可能ですが、天候不良等によって視認が困難となることも危惧されます。命令を受信できず、戦闘行動に入る可能性を考慮しなければなりません」

南雲と草鹿の言葉を受け、山本は顔を緋色《ひいろ》に染《そ》めて怒鳴《どな》った。

「一〇〇年兵を養《やしな》うのは、ただ一日の用に充《あ》てんがためである、との言葉を知っているだろう。肝心なときに命令を実行できぬというのであれば、出撃させるわけにはゆかぬ。即刻、辞表《じひょう》を出せ！」

山本の気迫に、南雲も草鹿も圧倒され、「攻撃中止の命令を受領したときには、状況の如何に関わらず、引き上げを命じる」旨を確約したのだ。

とはいえ、現場での指揮を執るのは南雲だ。

搭乗員に命令を遵守《じゅんしゅ》させ得るか否かは、その統《とう》率《そつ》にかかっている。

「搭乗員たちの熱狂ぶりを、君も見ただろう？　攻撃を中止して引き上げる、などと言ったら、私も君も、海に放り込まれかねんよ」

苦笑しながら、南雲は言った。

「交渉が成立したにも関わらず、攻撃を強行すれば、一航艦が戦争の引《ひ》き金《がね》を引くことになってしまいますぞ」

顔を曇《くも》らせた草鹿に、南雲は笑いながら応えた。

「ハワイ沖に着くまで、まだ六日ほどある。それまでに、将兵を納得させる手を考えるさ」

だが、連合艦隊司令部からの命令は、思いがけず早く到着した。

日本時間の一八時二〇分（現地時間一二月一日二三時二〇分）、「赤城」の通信室に詰めていた通信参謀小野寛次郎《おのかんじろう》少佐が、電文の綴《つづ》りを携《たずさ》え、血相《けっそう》を変えて、艦橋に駆け込んで来たのだ。

小野の顔は、混乱と当惑《とうわく》に歪《ゆが》んでいる。

開戦予定日を伝えようとするものではない。電文の内容を報告していいものか、迷っているように見えた。

「どうした、通信参謀？」

「GF司令部より緊急信なのですが、どう考えればいいものか」

声をかけた草鹿に、小野は首を捻《ひね》りながら答えた。

「構《かま》わぬ。読んでくれ」

有無を言わさぬ口調で、南雲は命じた。

小野は当惑した表情のまま、電文を読み上げた。

「読みます。『ハワイ作戦ヲ中止ス。機動部隊ハ直《タダ》チニ変針、〈宿毛湾《スクモワン》〉ニテ連合艦隊主力ト合流セヨ。一二月二日一六四〇《ヒトロクヨンマル》』」

一瞬の沈黙の後、幕僚たちの中から声が上がった。

「中止だと？　どういうことだ？」

「ハワイまで、あと一週間もかからないところまで来ているんだぞ！」

「GF司令部は何を考えている？」

「落ち着け、諸君！」

南雲が叩きつけるように叫び、幕僚たちを黙らせた。

「日米交渉が妥結したのか？」

と、小野に聞いた。

山本が作戦中止を命じる理由は、それ以外に考えられない。

「その件につきましては、何も言ってきておりません。電文は、たった今、読み上げたものだけです」

「長官、敵の謀略《ぼうりゃく》では？」

草鹿の疑問提起に、南雲はかぶりを振った。

「謀略だとすれば、敵は我が方の作戦計画を知っていたことになる。計画が漏洩したとは考え難い」

「こちらから、GF司令部に問い合わせてはいかがでしょうか？」

源田実航空甲参謀の提案に、草鹿がかぶりを振った。

「無線封止《ふうし》中だ。機動部隊が行動中であることを、敵に悟られる危険がある」

「状況が状況です。この際、やむを得ないと考えますが」

「そういうわけにはゆかぬ」

「『蒼龍』より信号！」

草鹿と源田の押し問答《もんどう》に割り込むようにして、信号員の報告が飛び込んだ。

「蒼龍」は、第二航空戦隊の旗艦だ。勇将として名高い山口多聞少将が、将旗を掲げている。

「第二航空戦隊司令部より意見具申《ぐしん》。『先ノ命令電ハ敵ノ謀略ニアラズ。即刻、変針ノ要有リト認ム』」

（山口も、同じ考えか）

腹の底で、南雲は呟いた。

真珠湾攻撃に関する機密保持態勢の厳重さは、誰もが知っている。

「機密漏洩の可能性なし。先の報告電は、正規のものである」

と、山口は判断したのだ。

南雲は、航海参謀雀部利三郎《ささべりさぶろう》中佐に聞いた。

「現海面から宿毛湾に直行できる針路は？」

「二四〇度です」

「長官、では……？」

草鹿の問いに、南雲は頷いた。

「全艦に信号。『艦隊針路二四〇度。発動一八五〇《ヒトハチゴマル》』。

命令に従い、宿毛湾に向かう」

# 3

第一航空艦隊が、連合艦隊からの変針命令を受信する六時間前、東京・霞ケ関の軍令部では、総長室に怒号《どごう》が響いていた。

「連合艦隊は何をやっていたのか⁉」

軍令部総長永野修身大将の怒声《どせい》は、扉が締め切られているにも関わらず、廊下《ろうか》まで響いた。

永野の前には、連合艦隊司令長官山本五十六大将が立ち尽くしている。

海軍大臣嶋田繁太郎《しまだしげたろう》大将も同席しているが、こちらは黙って永野の怒声を聞いている。

永野は、風貌《ふうぼう》も物腰《ものごし》も地味《じみ》そのもので、大型の草食動物を想起《そうき》させる人物だ。

軍令の総責任者ではあるが、実務のほとんどは次長に任せている。

声を荒らげることなど、滅多《めった》にない。

その永野が、顔面を真っ赤に染め、激しい怒りを露《あら》わにしていた。

「お待ち下さい、総長。その情報は、確かなものでしょうか？」

山本は、顔を青ざめさせながらも問いかけた。

永野はそれには答えず、嶋田に向けて顎をしゃくった。答えてやれ、と言いたげだった。

「外務省から届いた情報だ。マニラの領事館員が、マニラ湾に出現した大艦隊の姿をはっきり目撃している。ホノルルの領事館も、真珠湾から米太平洋艦隊の姿がきれいさっぱり消え失せていることを報せて来ている。確度は高いと見ていいだろう」

憂鬱《ゆううつ》そうな声で、嶋田は言った。

予想外の事態に対し、軍政の責任者としてどう対処すべきなのか、考えつかない様子だった。

一一月二六日、米国政府より日本政府に対して、

「アメリカ合衆国と日本国の協定で提案される基礎の概要」

と題された外交文書が手交《しゅこう》された。

後に、米国務長官コーデル・ハルの名を取って、「ハル・ノート」と呼ばれることになる外交文書だ。

「日本の仏印からの全面撤兵」

「仏印の領土主権尊重《そんちょう》、仏印との貿易及び通商における平等待遇《びょうどうたいぐう》の確保」

「中国において、アメリカが承認する正統な政権以外の政府に対する否認」

「太平洋地域における平和維持に反する第三国との協定締結禁止」

「在米日本資産の凍結解除、及び在日米国資産の凍結解除」

「日米通商条約再締結のための交渉開始」

等、一一項目に及ぶ米側の要求が記されている。

資産の凍結解除や通商条約再締結の交渉はともかく、仏印からの撤兵や中国における正統政権以外の否認といった項目は、到底呑《とうていの》めるものではない。

政府も、大本営も、この文書を米国からの最後通告と受け取り、一二月一日の御前会議で、米英蘭三国に対する宣戦布告が正式に決定された。

連合艦隊司令部はこの日、柱島に停泊している旗艦「長門《ながと》」より麾下の全部隊に宛て、「ニイタカヤマノボレ一二〇八《ヒトフタマルハチ》」の命令電——「開戦を一二月八日とする」との暗号電文を送る予定になっていた。

ところが、この日の正午前、山本連合艦隊司令長官に対し、軍令部から緊急の呼び出しがあった。

「長門」の水上機で東京に飛んだ山本は、予想もし

ていなかったことを知らされた。

「米太平洋艦隊主力、フィリピンに現る」

との情報だ。

日本時間の午前一〇時、米国政府が、

「太平洋艦隊主力の、フィリピンへの配備を完了した」

と声明を発表すると共に、外務省を訪れた駐日大使ジョセフ・グルーが、

「合衆国は、日本の南方進出の野心を抑えるため、太平洋艦隊主力をフィリピンに展開させました」

と通告したのだ。

これらの情報は、外務省より海軍省に伝えられた。

永野も、嶋田も、最初のうちは半信半疑《はんしんはんぎ》だった。

米太平洋艦隊主力は、連合艦隊と同等以上の規模を持つ。

戦艦だけでも八隻を擁し、これに空母、重巡、駆逐艦等、数十隻の戦闘艦艇と、支援用艦艇が付く。

それほどの大艦隊を、日本側に一切気づかれることなく、ハワイからフィリピンまで移動させるなど不可能だ、と考えたのだ。

だが、マニラの領事館から届いた、

「米大艦隊、『マニラ湾』ニ入泊セリ。大型艦一三、中小型艦多数」

との報告電が、米政府の声明が真実であることを裏付《うらづ》けた。

領事館の電文は、艦種までは報せていなかったが、「大型艦一三」の一文から、戦艦、空母多数を含んでいることが察せられた。

また、外務省とホノルルの領事館のやり取りから、真珠湾には駆逐艦以下の小艦艇しか残っていないことが判明した。

ここに至り、海軍省も、軍令部も、

「米軍が、太平洋艦隊の主力をフィリピンに回航《かいこう》したことは事実である」

と認めざるを得なくなったのだ。

永野は山本を呼びつけ、状況を知らせた上で、

「連合艦隊は、何故《なぜ》米太平洋艦隊のフィリピン回航を察知できなかったのか」

と詰問《きつもん》したのだった。

「……米艦隊は中部太平洋を通らず、南に大きく迂《う》回《かい》したのかもしれません」

山本は、太平洋の地図を思い浮かべながら言った。

マーシャル、トラック、マリアナ、パラオといった中部太平洋の島々は日本が領有しており、海軍の偵察機《ていさつき》が哨戒網を張り巡らしている。

米軍の大艦隊が、中部太平洋を押し渡ってフィリピンに移動すれば、必ずこの哨戒網にひっかかる。

米艦隊はそれを避けるため、ニューギニア島の南側に回り、珊瑚海《さんごかい》、アラフラ海、バンダ海を通って、フィリピンに移動したのではないか。

「哨戒線の外を通られたのでは、探知のしようがないということか？」

永野は、なおも険《けわ》しい表情で聞いた。責任逃れではないのか、と言いたげだった。

「それもありますが、敵将の性格を見誤《みあやま》っていたことは否めません。その点につきましては、GFの
――いや、私の失態《しったい》です」

山本は頭を下げた。

米太平洋艦隊司令長官ハズバンド・E・キンメル大将は大艦巨砲主義の信奉者《しんぽうしゃ》で、正統派の用兵家だ。日米開戦の際には、全軍を率いて中部太平洋を西進し、連合艦隊に決戦を挑む作戦を構想していたはずだ。

開戦前に、日本軍の目に付かぬよう、太平洋艦隊の主力をフィリピンに移動させるなどという奇策を用いる指揮官だとは、全く考えていなかった。

「GF長官だけの責任ではありません」

嶋田が言った。

「一一月初めに太平洋艦隊主力が真珠湾から退去していた旨、ホノルルの領事館より外務省に報告があったそうです。米海軍は、『太平洋艦隊の主力を、一時ラハイナ泊地に移動させる』と発表していたと

か。今にして思えば、その時点で、米太平洋艦隊はフィリピンへの移動を開始していたのでしょう」

「その情報は受け取っていないぞ！」

山本は怒声を発した。

嶋田が言った通りなら、海軍省は重大情報を握《にぎ》り潰《つぶ》したことになる。

「海軍省も、先ほど外務省に問い合わせて、初めて知ったのだ。情報伝達の失敗は、外務省の怠慢《たいまん》によるものだ」

嶋田はかぶりを振った。我々も知らなかったのだ、と言いたげだった。

「責任の追及は、別の機会にしよう。差し当たっては、目の前の脅威に向き合わねばならぬ。GF長官としては、現在の状況に、どのように対処するつもりか？」

永野は、あらたまった口調で山本に聞いた。

山本は即答せず、思案を巡らした。

米太平洋艦隊が、いきなりフィリピンに出現するなどという事態は全く想定していなかったため、すぐには回答を出せない。

無理を承知の上で、山本は尋《たず》ねた。

「恥《はじ》を忍《しの》んで申し上げます。開戦日の延期はできないものでしょうか？」

「馬鹿な！」

撥《は》ね付けるように答えたのは、永野ではなく嶋田だった。

「開戦は、陛下《へいか》の御聖断《ごせいだん》によって決まったことだ。陛下が決定されたことを、覆《くつがえ》せると思うか！」

「昨日と今日では状況が違う。米艦隊のフィリピン出現など、誰も予想し得なかったことだ。そのことを陛下に御説明申し上げ、今一度の御聖断を賜《たまわ》りたいのだ。幸い、開戦の命令電はまだ打っていない。今なら間に合う」

嶋田に代わって、永野が反論した。

「海軍も、陸軍も、既に一二月八日の開戦を前提として動き始めている。海軍だけなら調整が利《き》くかもしれぬが、陸軍にまで話を通すとなれば、現場に大混乱が起きる。最悪の場合、我が軍の開戦の意図《いと》を米英に察知され、先制攻撃を受ける可能性すら危惧される。米艦隊のフィリピン出現が、せめてあと一日早ければ、まだ何とかなったかもしれぬが」

「……致《いた》し方《かた》ありませぬ」

山本は、肩を落とした。

陸軍の各部隊は、大本営陸軍部命令によって、一一月一五日より待機場所に移動を始めており、海軍も大本営海軍部命令に従って、準備を進めている。

山本自身が一一月七日に、「機密連合艦隊命令第二号」の中で、開戦予定日を一二月八日とする旨、連合艦隊隷下の全部隊に指示しているのだ。

陸海軍全軍が、一二月八日の開戦に向かって動き出している今、それを延期するのは、潮《しお》の流れを押しとどめようとするようなものだった。

とはいえ、GF長官は、海軍でも最大の実働部隊を率いる総責任者だ。

一二月八日開戦という前提に立ち、この先の展望だけでも述べなければならない。

「まず、ハワイ作戦は即刻中止しなければならないでしょう」

山本は、開戦時の最重要作戦と位置づけている真珠湾攻撃について述べた。

「ハワイ作戦の目的は、開戦劈頭、米太平洋艦隊を叩き、壊滅状態に陥れることです。その太平洋艦隊がいないのであれば、ハワイを攻撃しても意味はありません。機動部隊は直ちに呼び戻し、フィリピンの米艦隊に向かわせます」

永野の問いに答えながら、山本は改めて対米作戦を組み立てている。

考えようによっては、米太平洋艦隊がフィリピンまで出てきてくれたことは、かえって都合《つごう》がいい。

日本側は一航艦だけではなく、台湾や仏印に展開している基地航空隊や、連合艦隊主力の戦艦部隊も投入できるのだ。

はずだ。

敵の退路《たいろ》を断ち、殲滅《せんめつ》することも不可能ではない
「南方作戦はどうする?」

質問を重ねた永野に、山本は答えた。

「米太平洋艦隊を撃滅するまで、延期していただきます。大本営の説得は、総長にお願いします」

「それは何とかするが……」

永野は、机上に広げられている南方要域図に右手を伸ばし、人差し指で海南島を軽く叩いた。

「問題は、南方部隊だ。台湾にいる第三艦隊はまだしも、海南島にいる第二艦隊と南遣艦隊は、GFの主力とすぐ合流できる位置にいない。米太平洋艦隊は、おそらく各個撃破を狙って来るぞ」

山本は、しばし沈黙した。

総長の指摘通りだ、と口中《こうちゅう》で呟いた。

フィリピンの米太平洋艦隊が北西に進撃すれば、海南島と台湾を分断できる。

第二艦隊本隊と南遣艦隊の戦力は、高速戦艦二隻、重巡七隻、防巡二隻、軽巡三隻、駆逐艦二四隻だ。

潜水艦や仏印に展開する第二二航空戦隊が加わっても、米太平洋艦隊の全軍には遠く及ばない。

米艦隊が海南島を襲えば、ただ一戦で殲滅されることは目に見えている。

だからといって、海南島を放棄《ほうき》し、撤退させることもできない。

同地には、山下奉文《やましたともゆき》大将麾下の第二五軍、三万五〇〇〇人の兵力が展開しているのだ。

この部隊が壊滅するようなことがあれば、マレー半島、シンガポールの攻略は不可能となり、南方作戦は崩壊する。

(厄介《やっかい》な状況を作り出したものだ、米軍は)

山本は、腹の底で唸《うな》った。

南方部隊が海南島に移動する時機《じき》を狙って、米太平洋艦隊がフィリピンに展開したのだとすれば、何とも悪魔的な頭脳の持ち主だ。

米軍にも、古《いにしえ》の名軍師《ぐんし》諸葛孔明《しょかつこうめい》に匹敵する奇才《きさい》

がいるのだろうか。

「……今少し、時間を下さい」

山本は、頭を下げた。

「開戦までには、まだ若干《じゃっかん》の時間があります。それまでに、フィリピンの米太平洋艦隊を撃滅し、南方作戦を成功に導《みちび》く手立てを考えます」

「いいだろう。焦《あせ》っても、いい知恵は浮かばない。まずは、落ち着いて状況を整理することだ」

永野は頷き、重々《おもおも》しい口調で言った。

「あらためて言っておかねばならぬが、ハワイ作戦は本来、南方作戦の側面援護が目的だった。我が軍が南方資源地帯を制圧し、自給自足の態勢を整えるまでの間、米太平洋艦隊に側面を衝《つ》かれぬようにすることだ。全体の戦略を考えれば、南方作戦が主、ハワイ作戦は従ということになる」

「その点は、理解しております」

「しかるに、米太平洋艦隊はフィリピンに現れた。南方への進撃路の前に、GF全軍に匹敵するほどの大艦隊が立ち塞《たふさ》がった。これが何を意味しているかは、あらためて言うまでもないだろう」

永野が言わんとしていることは、山本にもよく分かっている。

南方作戦は、米艦隊の出現により、瓦解《がかい》の危機に直面した。

太平洋艦隊に勝利し得るか否かに、国家の命運《めいうん》がかかることとなったのだ。

「米太平洋艦隊との決戦は、ハワイ作戦以上に重要となった。この戦いに勝利を得ぬ限り、帝国に未来はない。私は、そのように認識しております」

一語一語の意味を、永野と嶋田に印象づけるように、山本は殊更《ことさら》ゆっくりと言った。

少し考え、付け加えた。

「万が一にも敗北するようなことがあれば、帝国の滅亡に直結する、と」

永野は頷いた。

「貴官が、自身の重責《じゅうせき》を承知しているのであれば、これ以上言うことはない。GF全将兵の健闘を、心から祈っている」

# 4

ルソン島西部のマニラ湾は、合衆国海軍の軍艦で埋め尽くされた感があった。

合衆国アジア艦隊が使用しているキャビテ軍港には、全ての艦は入りきらないため、ほとんどの艦が港外に錨泊《びょうはく》している。

アジア艦隊に所属する重巡洋艦「オーガスタ」のある士官は、このときの光景を回想して、

「入泊した艦艇のため、マニラ湾では海の色が見えなくなった。泊地の七〇パーセントを軍艦が占めており、残りの三〇パーセントが海面であった」

と証言している。

真珠湾と、カリフォルニア州サンディエゴが、まとめて引っ越して来たような眺めだった。

「これだけの艦をフィリピンに集中して、大丈夫なのかね？」

アジア艦隊司令長官トーマス・ハート大将は、太平洋艦隊司令長官ハズバンド・E・キンメル大将に聞いた。

ハートが招かれて乗艦した、太平洋艦隊旗艦「ペンシルヴェニア」は、マニラ湾を一望《いちぼう》できる場所に停泊している。

視界内には、巨大な三脚檣《さんきゃくしょう》を持つ戦艦が三隻、丈高《たけたか》い籠《かご》マストを持つ戦艦が四隻、摩天楼《まてんろう》のような塔状の艦橋を持つ戦艦が二隻、それぞれ見えている。

全てが、太平洋艦隊の所属艦だ。

合衆国海軍が保有する戦艦は一六隻だから、全戦艦の三分の二がフィリピンに来ていることになる。

戦艦以外にも、長大《ちょうだい》な飛行甲板を持つ空母三隻と、一〇隻以上の巡洋艦、数十隻の駆逐艦が、マニラ湾を埋めている。

空母三隻の総指揮を執るのは合衆国海軍でも猛将

の誉れが高いウィリアム・ハルゼー少将、巡洋艦部隊の指揮を執るのはキンメルの一期後輩に当たるフエアファックス・リアリー少将だ。

　太平洋艦隊のほとんど全ての艦と主だった指揮官が、マニラ湾に集結しているのだ。

　その代償《だいしょう》として、他の根拠地が手薄になることは避けられない。

　太平洋艦隊が不在のときにハワイやサンディエゴを攻撃されたら、対処のしようがないのではないか、とハートは危惧している様子だった。

「日本の、ハワイ攻撃の野望を事前に察知したため、太平洋艦隊をフィリピンに回航したのです」

　キンメルは答えた。

　階級は同じ大将だが、海軍兵学校《アナポリス》の卒業年次はハートの方が七期も上であるため、話し方が丁寧になっている。

　アジア艦隊は、フィリピンの警備に加え、この方面に駐留するイギリス、フランス、オランダの軍と協力して上海《シャンハイ》にある租界《そかい》の安全を守る任務を負っているため、指揮官には政治家、あるいは外交官としての資質《ししつ》が求められるのだ。

　ハートの穏やかな物腰と風貌には、自然と丁寧な態度を取らせるものがあった。

「去る一〇月二三日、ホノルルのＦＢＩが、太平洋艦隊の情報を探っていた日本人スパイを逮捕しました。この人物は、外交官の仮面を被《かぶ》り、軍港や飛行場の様子を観察する他、海軍士官の家族に接近して情報を入手していたことが明らかになりました。我が軍は、日本がハワイ攻撃、ないし占領を企てていると判断し、先手を打ったのです」

　作戦本部長ハロルド・スターク大将が、

「太平洋艦隊の全艦を率いて、フィリピンに移動せよ。フィリピン到着まで、太平洋艦隊の動きは一切日本側に知られてはならない」

　とキンメルに命じたのは一〇月二八日。

　ホノルルで、日本人スパイの「モリムラ」が逮捕された五日後だ。

キンメルは当初、この作戦案に反対した。

合衆国海軍が長年研究を進めてきた対日作戦計画「オレンジ・プラン」では、在フィリピン軍がフィリピンを守っている間に、太平洋艦隊を主軸《しゅじく》とした合衆国軍が、中部太平洋の島々を一つ一つ攻略し、日本軍に決戦を迫ることになっている。

一足飛《いっそくと》びにフィリピンに向かうのでは、太平洋艦隊は充分な補給や増援を受けられず、在フィリピン軍と共に孤立《こりつ》する危険がある。

スタークはその主張に対し、

「日本に勝利を収めるには、日本軍の南進《なんしん》を食い止め、資源入手の道を断つことが最も確実だ。そのためには、太平洋艦隊をフィリピンに集中するのが効果的だ」

と述べ、

「ただ、フィリピンへの移動を命じるだけではない。貴官には、現在太平洋艦隊に配備されている八隻の戦艦にプラスして、『ノースカロライナ』と『ワシントン』を委ねる。あの二隻が戦列に加われば、日本艦隊を圧倒できるはずだ」

と付け加えた。

「ノースカロライナ」「ワシントン」は、軍縮条約明け後に建造が始まった新鋭戦艦群の第一弾だ。

主兵装は四〇センチ三連装砲三基九門、最高速度は二七ノットと、それまで合衆国最強の戦艦として君臨《くんりん》して来たコロラド級を凌いでいる。

日本海軍最強の戦艦「長門《ナガト》」「陸奥《ムツ》」も、この二隻には及ばない。

最新鋭艦二隻を含む一〇隻の戦艦があれば、日本海軍の連合艦隊《コンバインド・フリート》と正面から戦っても、勝利を得ることは可能だ。

最終的に、キンメルはスタークの命令に従い、最新鋭戦艦二隻の真珠湾到着を待って、フィリピンへの移動を開始した。

ハワイからフィリピンへの最短ルート上には、日本軍の根拠地が多数あり、太平洋艦隊の移動は必ず察知される。

このためキンメルは、太平洋艦隊を一旦オーストラリアの北岸付近まで南下させ、オーストラリアとニューギニアの間を通ってフィリピンに到達した。

途中キンメルは、マニラに連絡機を飛ばし、太平洋艦隊の到着予定日を、アジア艦隊に報せている。

「太平洋艦隊の全艦がやって来る」

との報せに、ハートは半信半疑だったようだが、キンメルは予定通り、一二月二日に太平洋艦隊をマニラ湾に入泊させたのだ。

「日本軍がハワイ攻撃を目論んでいたとしても、太平洋艦隊がフィリピンにいると知れば、中止せざるを得なくなるでしょう。彼らの攻撃目標は、あくまで我が太平洋艦隊であって、真珠湾の港湾施設ではありませんから。――その前に周章狼狽《しゅうしょうろうばい》して、作戦の立てようがなくなるかもしれませんが」

笑いながら言ったキンメルに、ハートは聞いた。

「本国は、太平洋艦隊のフィリピン回航を秘匿するつもりはないということか？」

「太平洋艦隊がフィリピンに到着次第、外交ルートを通じて、日本に通告するとのことです。太平洋艦隊をマニラ湾に入泊させたのも、マニラにいる日本の外交官に、戦艦一〇隻を始めとする太平洋艦隊の姿を見せつけるためです」

ハートは眉《まゆ》をひそめた。

「危険ではないか？　太平洋艦隊がフィリピンにいるとなれば、日本艦隊が殺到して来るぞ」

「この場で、日本艦隊を待つつもりはありません。開戦となれば、積極的に打って出ます」

キンメルは、海図台上に広げたフィリピン周辺の地図を指した。

「アジア艦隊司令部から得た情報によれば、日本海軍は開戦に備え、艦隊を広範囲に分散しているとのことでしたな？」

「その通り。ハイナン島に重巡を中心とした艦隊が、タイワンに駆逐艦多数を擁する艦隊が、それぞれ展開している。前者はイギリス領マレー半島を、後者はフィリピンを、それぞれ目標としているようだ」

「ヤマモトの主力部隊は？」

「日本本土から出てきた様子はない。ヤマモトは戦艦部隊を温存し、安全な後方から指揮を執るつもりだと考えられる」

キンメルは、ニヤリと笑った。

「ヤマモトが主力部隊を投入する前に、分散している日本艦隊を、各個撃破の要領で叩きます。戦艦一〇隻の火力があれば、圧倒できます」

「空母の所在《しょざい》が不明だ。警戒する必要があるぞ」

「我が艦隊にも空母はあります。御心配には及びません」

キンメルは、マニラ湾に錨を下ろしている三隻の空母に向けて腕を振った。

第二任務部隊《TF2》の空母「レキシントン」「エンタープライズ」と第一四任務部隊《TF14》の空母「サラトガ」だ。

砲術を専門とし、大艦巨砲主義の信奉者であるキンメルも、航空兵力を軽視してはいない。

フィリピンへの移動に当たっては、太平洋艦隊に配属されている全空母を伴っている。

「太平洋艦隊については、貴官の采配《さいはい》に任せる以外にないが、マニラ湾に艦隊を留めるのは危険だ」

ハートは地図に右手を伸ばし、タイワンを指した。

「日本軍は、タイワン南部に航空部隊を集結させている。マニラ湾の中で空襲を受ければ、大きな被害が生じる。私としては、マニラ湾以南での待機を勧めたいが」

「ラガイ湾がよいでしょう」

キンメルは即座に返答した。

ルソン島の南東部にある湾だ。

湾口は、ルソン島の南側にある内海、シブヤン海に面しており、マニラには一日で駆けつけることができる。

日本軍の航空基地があるタイワン南部からは、空襲圏外になっている。

ホノルルで、出航前の最後の作戦会議を行ったとき、作戦参謀チャールズ・マックモリス大佐、航海参謀ハンク・ジェームス中佐らが、「太平洋艦隊の基地として最適です」と推奨《すいしょう》した場所だ。

この地に太平洋艦隊を待機させ、開戦を待つのだ。

「いいだろう。アジア艦隊としても、補給についてできる限りの支援を行うと約束する」

ハートは、両手でキンメルの右手を握った。

アジア艦隊には、強大な日本海軍に対抗できる力はない。貴官の太平洋艦隊が頼りなのだ、と言いたげだった。

「太平洋艦隊のフィリピン回航を知れば、日本も合衆国に挑戦しようなどとは思わなくなるかもしれないが」

「それはどうでしょうか」

希望的観測を口にしたハートに、キンメルは首を傾げて見せた。

本国の意図は、アジア艦隊司令長官の希望とは大きく異なるのでは、とキンメルは考えている。

太平洋艦隊のフィリピン回航は、日本を挑発《ちょうはつ》することが目的ではないか、という気がするのだ。

もっとも、それを口にして、ハートを不安がらせる必要はなかった。

「できることなら、私もハート長官の予想通りになって欲しいと願っています。ヤマモトが、我が艦隊との対決を思いとどまってくれることを」

**5**

海南島で待機している南方部隊に、内地からの緊急信が届いたのは、一二月二日の二一時一五分（現地時間二〇時一五分）だった。

第二艦隊、南遣艦隊の司令部幕僚と各戦隊の司令官に緊急の招集がかけられ、旗艦「愛宕」の作戦室に全員が参集した。

第二艦隊司令長官近藤信竹中将は、でっぷりと肥《こ》えており、饅頭《まんじゅう》を思わせる丸顔の持ち主だ。中国の大人《たいじん》を思わせる風格を持ち、常に自信ありげな雰《ふん》囲気《いき》を漂《ただよ》わせている。

だが、居並《いなら》ぶ指揮官、幕僚たちの前に姿を現した近藤は、いつになく深刻そうな表情を浮かべ、顔色は幽霊《ゆうれい》のように青ざめていた。

「GF司令部から送られて来た緊急信は、既に皆の下にも届いていると思う」

近藤は、おもむろに切り出した。

「米太平洋艦隊の主力が、フィリピンに出現した。どのようにして、我が方の哨戒網をくぐり抜けたのかは不明だが、ハワイにいるはずの大艦隊が、我が軍の前に立ち塞がったのだ」

続いて、第二艦隊参謀長白石万隆《しらいしかずたか》少将が発言した。近藤とは対照的な、ほっそりした肉体に細面《ほそおもて》の顔を持つ人物だ。

「マニラにいる領事館員は、『大型艦一三隻、中小型艦多数』と報告しています。複数の戦艦と空母を含む大艦隊であると見て間違いないでしょう」

「米軍は、太平洋艦隊を総動員して来た、と考えるべきでしょうな」

南遣艦隊司令長官の小沢治三郎中将が、よく通る声で言った。南方部隊の指揮官の中では一番の長身で、「鬼瓦《おにがわら》」と渾名《あだな》される異相《いそう》の持ち主だ。

「GFの電文によれば、ホノルルの領事館員は、真珠湾が空《から》っぽになっていることを報せて来たそうです。ホノルルで諜報員を逮捕した米国が、真珠湾攻撃の計画を察し、先手を打ったのでしょう」

「真珠湾の在泊艦艇は、戦艦だけでも八隻に達します。それほどの大艦隊を、本国から遠いフィリピンに派遣するでしょうか？」

疑問を提起した白石に、小沢は答えた。

「太平洋艦隊主力のフィリピン派遣というのは、相当に思い切った策だ。中途半端《ちゅうとはんぱ》な兵力を投入するとは考え難い」

近藤が賛意を表明した。

「南遣艦隊長官の言う通りだ。敵の過小評価や根拠のない楽観《らっかん》は、判断を誤る原因になる。米太平洋艦隊の全艦がフィリピンに来ているとの前提で、対処すべきだろう」

しばし、作戦室がざわめいた。

海南島に集結している兵力は、戦艦二隻、重巡七隻、防巡二隻、軽巡三隻、駆逐艦二四隻だ。米太平洋艦隊とまともにぶつかれば、ただ一戦で殲滅されることは目に見えている。

「GF司令部は、ハワイに向かっていた一航艦に帰還命令を出した。GF主力は、一航艦が戻り次第合流し、南方に向かうと伝えている。GF主力と一航艦に、台湾にいる第三艦隊を合わせれば、米太平洋艦隊に対抗が可能となる」

近藤の言葉を受け、第七戦隊司令官の栗田健男《くりたたけお》少将が言った。

「問題は、間に合うかどうか、ですな」

連合艦隊司令部は、「米太平洋艦隊、『マニラ湾ニ有リ』」との緊急信を送った直後、全部隊に宛てて「ニイタカヤマノボレ一二〇八《ヒトフタマルハチ》」の暗号電文を送信している。

開戦を一二月八日に決す、との通知だ。

ハワイに向かっていた一航艦が内地に戻り、GF主力と共に来援《らいえん》するのは、一二月一二日頃と見られている。

開戦後の四日間は、南方部隊だけで戦線を支えなければならない。

「大本営は、開戦日時の延期を考えなかったのでしょうか？」

白石参謀長の疑問に、近藤がかぶりを振った。

「開戦の日時は、陛下御自身の御聖断によって決定されたものだ。陛下の御聖断は覆せぬよ」

「現実問題として、陸海軍共に、一二月八日の開戦を前提として準備を進めている。計画の変更がもたらす混乱を考えれば、予定通りの開戦は止《や》むを得《え》なかったろう」

小沢が、近藤の言葉に補足する形で言った。

「問題は、敵がどう出るか、だ」

近藤が、壁に貼られている南方要域図を睨んだ。

「太平洋艦隊のキンメル提督《ていとく》は、積極果敢《かかん》な闘将です。フィリピンから打って出て来ることは間違いありません。GF主力が来る前に、各個撃破によって南方部隊を叩こうと考えるでしょう」

小沢の一言に、作戦室の空気が凍《こお》ったように感じられた。

小沢は、「帝国海軍の諸葛孔明」と謳《うた》われる知将だけに、現実がよく見えている。一切の気休《きやす》めを言わず、冷厳《れいげん》な予測を行って見せたのだ。

「よろしいでしょうか？」

黙って聞いていた第六戦隊司令官五藤存知少将が、初めて発言した。

「怯懦《きょうだ》とのそしりを受けることは承知の上で、具申します。南方部隊は一旦後方に下がり、GF主力と合流した上で、改めて米艦隊に挑んではいかがでしょうか？」

「第二五軍を置いてかね？」

小沢が冷ややかな視線を向けた。

自分たちの役目は、第二五軍をマレー半島の上陸地点まで安全に護送することだ。第二五軍の将兵三万五〇〇〇を海南島に放置し、艦隊が逃げ出すなど考えられない――そう言いたげだった。

「第二五軍には、仏印のハイフォンあたりに避退《ひたい》して貰います。第二五軍が避退を完了していれば、海南島が敵の砲撃を受けても、港湾施設の被害だけで済みます」

「六戦隊司令官が、そのような意見を具申するとは意外だな」

近藤が言った。

夜戦によって活路《かつろ》を開くべきだ、という主張を予想していたのかもしれない。

「戦うばかりが能《のう》ではありません。退《ひ》くべき時には退くこともまた必要です」

と、五藤は応えた。

「第二五軍の山下軍司令官は、勇猛で責任感の強い指揮官だ。ハイフォンへの避退を肯《がえ》んじるとは考え難い」

小沢の言葉を受け、近藤が質問した。

「説得できぬか？　海南島は、マレー進攻のための待機場所に過ぎぬ。そこから一時的に避退しても、後退にはならぬと考えるが」

小沢は、この海南島で山下と綿密《めんみつ》な打ち合わせを行い、信頼を勝ち得ている。小沢の説得なら、山下も聞き入れるのではないか、と考えたようだ。

「話はしてみますが……」

小沢は、首を捻りながら返答した。山下が説得に応じるかどうか、自信が持てない様子だった。

「山下軍司令官が説得に応じないようなら――」

近藤が言いかけたとき、通信参謀の中島親孝《なかじまちかたか》少佐が「失礼いたします」の一言と共に入室した。


「伊号第五六潜水艦からの報告電です。『敵艦隊見ユ。位置、〈シンガポール〉ヨリノ方位二八五度、九〇浬。敵ハ戦艦ラシキ大型艦二隻ヲ伴フ。発見セル時刻、一六四〇《ヒトロクヨンマル》（現地時間一五時四〇分）』」

一瞬、作戦室の中が静まり返った。

フィリピンに出現した米艦隊に気を取られ、もう一つの強力な敵――英国東洋艦隊のことを失念《しつねん》していたのだ。

南方部隊が海南島に移動する前、英国がシンガポール防衛のため、戦艦、巡洋戦艦各一隻を派遣するとの情報がもたらされている。

戦艦は、最新鋭艦のキング・ジョージ五世級であることも。

南方部隊は、米太平洋艦隊に加えて、もう一つの強敵を迎えることになったのだ。

伊五六潜が、発見から報告まで四時間近くを要したのは、英軍の駆逐艦に頭を抑えられ、身動きが取れなかったためであろう。

「前門《ぜんもん》の虎《とら》、後門《こうもん》の狼《おおかみ》ということだな」

ぼそりと、近藤が言った。

二つの強敵に、どのように対処すべきか、すぐには考えつかない様子だった。

# 6

その艦には、シンガポールのセレター軍港の中で、他のどの艦艇よりも強い存在感があった。

全長、全幅とも、際《きわ》だった大きさだ。

艦の中央部に屹立《きつりつ》する艦橋は、王宮のような威厳《いげん》を有し、前部と後部に一基ずつを装備する四連装の主砲塔、第一砲塔と艦橋の間に装備する連装砲塔は、鋼鉄製の要塞さながらの凄《すご》みを感じさせる。

日が没し、夜の闇《やみ》が軍港を支配しても、その威容《いよう》は損なわれることがない。

巨大な影は、この地にある最強最大の軍艦であることを主張しているかのようだ。

戦艦「プリンス・オブ・ウェールズ」。

大英帝国の最新鋭艦キング・ジョージ五世級の二番艦として建造された戦艦が、本国から遥か遠いシンガポールに錨を下ろしていた。

もう一隻の巨艦——巡洋戦艦の「リパルス」は、「プリンス・オブ・ウェールズ」に比べると、やや古めかしさが目立つ。

艦橋は三脚檣であり、主砲の数も連装三基六門と少ない。

だが、主砲の口径は「プリンス・オブ・ウェールズ」のそれより僅かに大きく、一発あたりの破壊力では優《まさ》っている。

この艦もまた、「プリンス・オブ・ウェールズ」同様、大英帝国の力の象徴として、存在感を示していた。

現在、「プリンス・オブ・ウェールズ」の長官公室には、四人のイギリス人将官が集まっている。

イギリス東洋艦隊司令長官トーマス・フィリップ

## イギリス海軍 キング・ジョージ五世級戦艦「プリンス・オブ・ウェールズ」

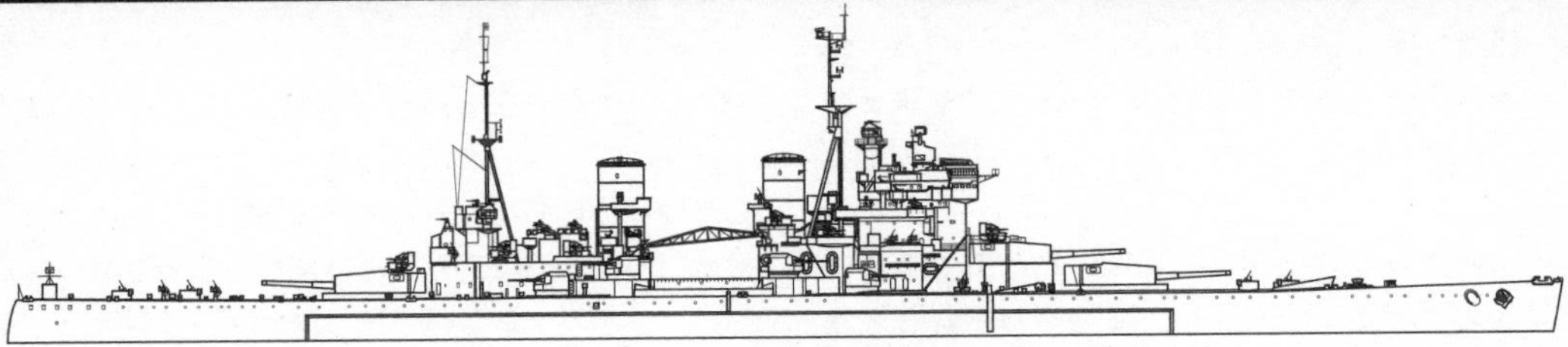

| | |
|---|---|
| 全長 | 227.1m |
| 最大幅 | 34.2m |
| 基準排水量 | 36,727トン |
| 主機 | 蒸気タービン 4基／4軸 |
| 出力 | 125,000馬力 |
| 速力 | 28.0ノット |
| 兵装 | 35.6cm 45口径 4連装砲 2基 8門<br>35.6cm 45口径 連装砲 1基 2門<br>13.3cm 50口径 連装両用砲 8基 16門<br>2ポンド 39口径 8連装ポンポン砲 4基 |
| 航空兵装 | 水上機 3機／射出機 1基 |
| 乗員数 | 1,521名 |
| 同型艦 | キング・ジョージ五世、<br>デューク・オブ・ヨーク、<br>ほか2隻を建造中。 |

イギリス海軍の新鋭戦艦、キング・ジョージ五世級の二番艦。

主砲口径こそ35.6センチだが、砲門数は４連装２基、連装１基の計10門と多いうえ、装甲の厚さは他国の40センチ砲搭載艦にも匹敵するほどで、攻守のバランスがとれた艦として知られる。

1941年５月24日、デンマーク海峡で僚艦フッドとともにドイツ海軍の戦艦ビスマルク、重巡洋艦プリンツ・オイゲンと交戦。ビスマルクの砲撃によりフッドが轟沈する不運に見舞われる。同年８月10日、本艦艦上にてウィンストン・チャーチル首相とフランクリン・D・ルーズベルト米大統領との会談が行われ、大西洋憲章が締結された。

10月下旬、日本軍への抑止力として東洋艦隊への派遣が決まり、12月２日に東洋艦隊の拠点であるシンガポールに到着した。

日本との対戦が迫るなか、本艦の活躍が期待されている。

ス大将、同参謀長アーサー・パリサー少将、基地司令官ジョフリー・レイトン中将、そしてイギリス極東軍総司令官アーサー・パーシバル中将だった。

「本国から、はるばるこのシンガポールまで来援して下さったことに、心から感謝します。東洋艦隊の将兵のみならず、シンガポールの市民も、救世主を迎えたような感激と心強さを覚えております」

レイトンは、顔に喜色《きしょく》を浮かべながら言った。

(彼の言葉に嘘《うそ》はないだろう)

フィリップスは、この日の朝、シンガポールに入港したときのことを思い出している。

軍楽隊《ぐんがくたい》が演奏する大英帝国国歌が流れる中、港の埠頭《ふとう》や桟橋に詰めかけた大群衆が、英国旗《ユニオン・ジャック》を振って歓迎の意を表してくれたのだ。

群衆の中には、感極《かんきわ》まって泣き出す者も少なくなかった。

日本との開戦が間近《まぢか》と噂《うわさ》されているにも関わらず、本国はドイツ、イタリア相手の戦争に手一杯《ていっぱい》であり、遠く離れたシンガポールを救援する余裕はない。

日本軍が侵攻して来れば、現地のイギリス陸海軍は、本国からの増援も補給も望めない状態で戦わねばならない。

しかも、イギリス東洋艦隊は軽巡四隻、駆逐艦五隻、砲艦三隻と、極めて弱体《じゃくたい》であり、日本海軍の大部隊と正面から戦う力は持たない。

その状況で、最新鋭戦艦一隻と旧式ながら大きな火力を持つ巡洋戦艦一隻が来援したのだ。

「シンガポールの守りは、これで盤石《ばんじゃく》になった」

東洋艦隊の将兵やシンガポール市民が、そのような安心感を抱くのも、無理からぬことと言えたろう。

「最新鋭艦の『プリンス・オブ・ウェールズ』なら、日本海軍が『ナガト』『ムツ』を繰り出して来ても、恐れるに足りないでしょう。まして、他の戦艦など問題になりますまい」

「それは過大評価だ、ミスター・レイトン」

喜びに水を差すのは気の毒だが、伝えるべきことは伝えねば——そう考え、フィリップスは言った。

「『プリンス・オブ・ウェールズ』は確かに強力な戦艦だが、東洋艦隊全体として見ると、戦力的には中途半端だ。戦艦、巡戦各一隻、軽巡四隻、駆逐艦は本国から伴ってきた艦を加えて七隻。日本軍の一個艦隊程度が相手なら、互角以上に戦える見通しはあるが、全日本海軍を向こうに回せば勝算はない」

「入港後にうかがった話では、戦艦二隻、巡洋艦七隻乃至《ないし》八隻、駆逐艦二〇隻以上を擁する日本艦隊が、ハイナン島に集結しているとか。この部隊と正面から戦った場合、敵にある程度の打撃を与えることは可能ですが、最終的には数の力によって押し潰されてしまう可能性が高い、と小官は考えます」

パリサー参謀長も、脇《わき》から口を挟んだ。

（最新鋭艦でなくともよい。もう少し、数を揃えてくれれば）

そんな不満を、フィリップスは抱いている。


本国の作戦本部が、東洋艦隊への増援を決定した裏には、大英帝国首相ウィンストン・チャーチルの政治的な思惑《おもわく》がある。

「極東におけるイギリスの植民地は、自力《じりき》で守る」との姿勢を、盟邦《めいほう》であるアメリカに見せるため、東洋艦隊を大幅に増強すると決定したのだ。

それには、旧式戦艦を数隻派遣するよりも、一隻だけであっても最新鋭戦艦を派遣する方が、効果が大きい。

そのような計算があって、「プリンス・オブ・ウェールズ」「リパルス」の二艦が選ばれたのだ。

現実に日本艦隊と戦うのであれば、最新鋭戦艦一隻よりも、クイーン・エリザベス級、ロイヤル・ソブリン級といった旧式戦艦四、五隻を派遣した方が効果的だと、フィリップスは考えている。

「プリンス・オブ・ウェールズ」がいかに強力な戦艦であっても、複数の戦艦、巡洋艦を向こうに回せば、苦戦は免《まぬか》れないからだ。

とはいえ、大英帝国海軍の水上砲戦部隊は、北海でドイツ海軍に睨みを利かせる一方、地中海でイタリア海軍と対峙《たいじ》している。

複数の戦艦を極東に回したくとも、余裕がない。

「プリンス・オブ・ウェールズ」「リパルス」を活用して、シンガポールを守り抜くことが、フィリップスに求められていた。

「どのようにしてシンガポールを守ろうと……?」

「盟邦の力を借りる」

おずおずと聞いたレイトンに、フィリップスは考えていた答を返した。

「フィリピンにいるアメリカ太平洋艦隊に合流する。情報によれば、彼らは戦艦一〇隻を伴っていると聞く。そこに本艦と『リパルス』が合流すれば、戦艦の数は一二隻だ。日本軍が全戦艦を繰り出して来ても、圧倒できる」

「アメリカ軍の情報を、既にお聞きでしたか」

レイトンは、感嘆したように言った。

そこまで考えているなら、自分などが口を挟むことは何もない。全てを、新任の東洋艦隊司令長官に任せればよい、と安心した様子だった。

「海軍のことに私が口を出すのは、越権《えっけん》行為かもしれませんが、アメリカ軍と合流した場合、指揮権は向こうが要求して来るのではありませんか?」

「そうなるでしょうな」

おずおずと言ったパーシバルに、フィリップスは答えた。

パーシバルの言いたいことは、理解できる。

伝統ある大英帝国海軍《ロイヤル・ネイヴィー》の艦隊が、アメリカ軍の指揮下に入ることを潔《いさぎよ》しとするのか、と問いたいのだ。

現実的に考えれば、アメリカ太平洋艦隊の司令長官ハズバンド・E・キンメルが指揮を執るのが、最も合理的だ。

キンメルはフィリップスと同格の大将だが、指揮する艦の数は、アメリカ軍の方が遥かに多いからだ。

フィリップスは、穏やかではあるが、きっぱりとした口調で答えた。

「我々の目的は、アジアに獲得してきた植民地を、日本の魔手《ましゅ》から守ることです。アメリカ軍と共に戦えば、それが可能になります。目的を達成できるなら、私はキンメル提督の指揮下に入ることに異存《いぞん》はありません」

## 7

駐米日本大使野村吉三郎と来栖三郎《くるすさぶろう》がワシントンの米国務省を訪れたのは、現地時間の一二月二日一三時（日本時間一二月三日午前二時）だった。

執務室に入室した二人を、ハルはしかつめらしい表情で迎えた。

会談の目的については、既に見当がついているであろうが、内心をうかがわせるものはない。

感情のこもらぬ表情を向け、事務的な口調で二人に椅子を勧めた。

「私は日本国の特命全権大使として、貴国に厳重なる抗議を申し入れます、ミスター・ハル」

口を開くと同時に、野村は言った。

「貴国は、太平洋艦隊の主力をフィリピンに回航された。我が帝国海軍の全戦力に匹敵するほどの巨大な戦力を、ハワイから極東に移動させた。これは、我が国に対する悪質な挑発行為であると判断せざるを得ません」

「何か問題でも？」

こともなげな口調で、ハルは聞いた。

「ハワイも、フィリピンも、我が合衆国の領土です。フィリピンは三年後に独立させると決まっており、既に自治政府も組織していますが、現時点では合衆国の領土であることに変わりはない。自国の領土内における軍の移動は、我が国の内政問題です。外国の抗議を受ける謂《い》われはありません」

「極東がどのような情勢にあるか、貴国は分かっているはずです。一触即発の状況下で、大艦隊をフィリピンに送り込むなど、火薬庫に松明《たいまつ》を投げ込むようなものです」

「貴国はフィリピンやマレー半島やオランダ領東インドに、領土的な野心をお持ちなのですか？」

「そのようなことは断じてありません！」

皮肉げな微笑を浮かべたハルに、野村は強い調子で否定した。

大本営が南方進攻作戦を計画していることを、野村は知っている。

ハルの言葉は、真実を衝いているのだ。

それでも、建前《たてまえ》上は日本も戦争回避の努力を重ねているのだ、ということにしておかねばならない。

「ならば、よいではありませんか。合衆国の艦隊が合衆国の領土内でどのように動こうと、気にする必要はないはずです」

「私は、我が国の政府や軍の首脳がどのように受け取るかを問題としているのです、ミスター・ハル。先に貴国より手交された外交文書は、我が国に対する挑戦状であると受け取っている者が少なくありません。私としても、貴国の要求は、これまで妥協点を探ってきた努力を全て無駄にしかねないものだと考えております。この状況下で、太平洋艦隊をフィリピンに派遣すれば、先の要求を我が国に呑ませんとする脅迫《きょうはく》と取られますぞ」

「そのように取られたとしても、合衆国にとり、不都合はありません」

野村は、しばし絶句《ぜっく》した。

脅迫の意図が存在することを、ハルは否定しなかった。米国は、開き直ったのだ。

「我が国がフィリピンに艦隊を派遣した目的は二つあります、ミスター・ノムラ。第一にフィリピンの防衛。第二に貴国のハワイ攻撃からの避難です」

ハルの目が、鋭い光を放ったように見えた。

日本の企《たくら》みなど、全て見通しているのだ、と言い

たげだった、

「フィリピンの防衛は分かりますが、ハワイ攻撃からの避難というのは分からない話ですな。我が軍には、そのような意図も能力もありませんぞ」

「今更、隠す必要はありません。ホノルルの領事館にいた貴国のスパイが、太平洋艦隊の内情《ないじょう》を探っていたことは、既に判明しています」

「すると、森村書記生の失踪は――」

来栖が、野村の脇から叫び声を上げた。

森村はFBIに逮捕されたのではないかとの噂が、ワシントンの大使館でも流れていたが、それは真実だったのか。

「モリムラなる人物の行方は、我々も知りません。現地の捜査当局からは、スパイであることを見破《みやぶ》られたため、身を隠したのではないか、との報告が届いています。いずれにせよ、彼が真珠湾の在泊艦船や停泊位置、出入港の時間といった重大情報を調べていたのは事実です。合衆国が行き着いた結論は、ただ一つです。日本海軍には、真珠湾を攻撃する意図があり、モリムラは必要な情報を探って日本海軍に届けていたのだ、と」

部屋の中が、しばし静まり返った。

ハルは無言で、野村と来栖の顔を睨み付けている。

お前たちは卑劣《ひれつ》な覗《のぞ》き魔《ま》だ。領事館にスパイを送り込み、外交官の特権を悪用して、合衆国海軍の機密を探っていたのだ――そんな言葉が伝わって来るように感じられた。

「我が国は先手を打ったということですよ、ミスター・ノムラ。太平洋艦隊の主力をフィリピンに回航することで、貴国の愚かな企てを防いだのです」

ハルは表情を崩し、穏やかな声で言った。

「危険な火遊《ひあそ》びと言わざるを得ませんな。太平洋艦隊がフィリピンに来たことで、かえって撃滅が容易になった、と考える者が、我が海軍にいるかもしれませんぞ」

野村の言葉に対し、ハルは小馬鹿にしたようにかぶりを振った。

「失礼ながら、貴官は我が太平洋艦隊を過小評価しておられるようだ。日本大使館には、正確な情報が届いていないのかもしれませんが、太平洋艦隊は日本海軍の連合艦隊《コンバインド・フリート》よりも優勢です。特に、主力である戦艦の数と性能では、日本艦隊を圧倒しています。貴国の艦隊は、ただ一戦で壊滅することになるでしょう。ツシマ沖に潰《つい》え去《さ》った、ロシア・バルチック艦隊のように」

「貴国は、本心では戦争を望まれているのではありませんか？」

たまりかねたのか、来栖が詰問口調で聞いた。

「我が国に無理難題を突きつけたのも、フィリピンに大艦隊を派遣したのも、貴国が本心では平和など望んでいないからだと考えれば納得できます」

「それは我が国の意図に対する誤解《ごかい》です、ミスター・クルス。むしろ、平和を願っているからこそ、貴国に先の要求を突きつけ、太平洋艦隊をフィリピンに派遣したのだと考えていただきたい」

「貴国がやっていることは、力による威迫《いはく》ではありませんか」

「我々には、貴国が『合衆国には従いたくない』という感情を優先させ、意地《いじ》を張っているようにしか見えません。先の対日要求にしても、非常に厳しい条件に見えるかもしれませんが、貴国にとってプラスとなる項目も含まれているではありませんか。要求を受諾《じゅだく》すれば、中国との長い戦争から足を抜くことができ、合衆国とは友好的な関係に戻れるのです。貴国の国益にとって、どちらがプラスになるのか、冷静に考えて御判断いただきたい」

「……ミスター・ハルがおっしゃったことは、本国政府に伝えましょう。太平洋艦隊をフィリピンに派遣した意図についても」

これ以上の会談は無益だ――そう判断し、野村は来栖と共に立ち上がった。

ハルは頷き、二人に握手を求めた。

「いいでしょう。次にお目にかかるときには、よいお返事を期待しております」

# 第四章　「共ニ征カン、イザ」

# 1

第一航空艦隊は、一二月七日の夜明けを宮城県牡《みやぎけんお》鹿半島《しかはんとう》の東方海上で迎えた。

陽光は、艦隊の左後方から射し込んで来る。

空母の飛行甲板は、艦尾から艦首までを照らし出され、戦艦や重巡の主砲や丈高い艦橋は、鈍《にぶ》い光を放っている
「右三〇度に船影五。漁船《ぎょせん》のようです」

旗艦「赤城」の艦橋に、見張員の報告が上げられた。

司令長官南雲忠一中将は、双眼鏡《そうがんきょう》を向けた。

報告された通り、五隻の小さな船が見える。石《いしの》巻《まき》か塩竈《しおがま》あたりから出漁してきた漁船であろう。

「開戦の前日に、こんなところで漁船の姿を眺めることになるとは思いませんでした」

「同感だ」

「赤城」艦長長谷川喜一《はせがわきいち》大佐の一言を受け、南雲は小さく笑った。

予定通りに運んでいれば、一航艦は今頃、オアフ島に向けて南下していた。

明日の夜が明ける頃には、六隻の空母の飛行甲板から、総数一八〇機を超える第一次攻撃隊が、真珠湾に向けて飛び立っていたはずだ。

その一航艦が、宮城県の沖で漁船と行き会っている。

漁船の乗組員たちも、帝国海軍の大艦隊に遭遇するとは思っていなかったであろう。

漁船が視界の外に消えたところで、南雲は航海参謀雀部利三郎中佐に聞いた。

「航海参謀、宿毛湾までの距離は？」

「六〇〇浬です。現在の速力を維持した場合、明日の日没前には到着します」

「明日の日没前か」

南雲は、その言葉を反芻《はんすう》した。

増速し、GF主力との合流を急ぐべきだろうか、と自問した。

「ハワイ作戦ヲ中止ス。機動部隊ハ直チニ変針、『宿毛湾』ニテ連合艦隊主力ト合流セヨ」

一二月二日にこの命令電を受け取るや、南雲は全艦に変針を命じ、合流地点である高知県《こうちけん》の宿毛湾に針路を取った。

日米開戦の予定日を告げる、「ニイタカヤマノボレ一二〇八《ヒトフタマルハチ》」の命令電は、同じ日に入電している。

真珠湾攻撃は中止になったが、開戦予定日は動かせない、ということだ。

翌一二月三日には、随伴する給油艦から最後の洋上給油を受け、艦隊速力を一八ノットに上げた。

同じ日に、連合艦隊司令部から、新たな通信が届いている。

「米艦隊、『マニラ湾』ニ出現セリ。戦艦、空母多数ヲ伴フ。米太平洋艦隊主力ト認ム」

と電文に記されていたことから、南雲は状況を悟った。

米国は開戦間近と見て、太平洋艦隊の主力をフィリピンに送り込んだのだ。

この状況で真珠湾を攻撃しても、意味はない。

また、フィリピンに出現した米太平洋艦隊を撃滅しない限り、日本は南方資源地帯に軍を進めることはできない。

山本連合艦隊司令長官はそのように判断し、一航艦を呼び戻したのだろう。

「GF主力との合流が明日の日没前となりますと、戦争は既に始まっていますな」

参謀長草鹿龍之介少将の言葉を受け、南雲は「うむ」と頷いた。

米国に対する通告文は、ワシントン時間の一二月七日一三時、日本時間の一二月八日二時に手交する予定になっている。

その時点を以《もっ》て、日米両国は戦争状態に入る。

開戦後、フィリピンの米艦隊はどのように動くか。

フィリピン近海で待機し、進撃して来る日本艦隊を迎撃するのか。あるいは積極的に打って出るのか。

後者であれば、どこを狙って来るか。

フィリピンに最も近い日本領である台湾か。それとも南方部隊が展開している海南島か。

米艦隊が早い段階で動きを起こせば、一航艦と連合艦隊主力による救援が間に合わない可能性がある。

「機関参謀、艦隊速力を二〇ノットに上げた場合、各艦の燃料は保《も》つかね？」

「宿毛湾までは充分保ちます。ただし、その後の作戦行動を考えますと、同地で燃料補給が必要です」

南雲の問いに、機関参謀の坂上五郎《さかがみごろう》機関少佐は答えた。

「宿毛湾に給油艦を待機させるよう、GF司令部に要請してはいかがでしょうか？」

草鹿が具申した。

一航艦が伴っていた七隻の給油艦は、最後の燃料補給を行った後で分かれている。

低速の給油艦は、一八ノットの艦隊速力には付いて来られないため、駆逐艦二隻を護衛に付けて、後から内地に帰還するよう命じたのだ。

「給油艦の要請をするのはいいが、今は無線封止中だ」

「連絡機を飛ばしては？　艦攻に参謀一名を乗せ、内地に向かわせるのです。横須賀の飛行場に降りれば、GF司令部にはすぐに連絡できます」

「よろしければ、私が参ります」

草鹿の提案を受け、航空甲参謀の源田実中佐が進み出た。

「いいだろう。行ってくれ」

南雲は頷いた。

一〇分後、偵察員席に源田を乗せた九七艦攻が、「赤城」の飛行甲板から飛び立った。

同じ頃、南方部隊本隊と南遣艦隊は、海南島の三亜港で待機していた。

港内からは、輸送船の姿が消えている。

マレー半島上陸のために待機していた第二五軍を、北部仏印のハイフォンに避退させたのだ。

第二五軍首脳部の抵抗が予想されたが、軍司令官の山下奉文中将は、意外にもあっさりとハイフォンへの避退を承諾した。

第二五軍の参謀や、指揮下にある師団長の中には、

「我が軍は、一二月八日にマレー半島に上陸するよう命令を受けている。御前会議で一二月八日の開戦が決まった以上、遅らせることはできぬ」

「海軍が護衛に自信が持てぬと言うなら、陸軍だけでマレー半島に渡ろうではないか」

などと主張し、作戦の強行を軍司令官に迫る者もいたが、山下は、

「状況が変わった以上、一時的な避退はやむを得まい。無理に出港すれば、米太平洋艦隊や英東洋艦隊の餌食《えじき》になるだけだ。敵と戦って死ぬのは本望《ほんもう》だが、一発も撃たぬうちに海没したのでは、死んでも死にきれぬ。作戦遅延の責任は、この山下が取るので、命令に従って貰いたい」

と、部下を説得したのだ。

南方部隊は、「無力な輸送船団を守りながら戦う」という枷《かせ》からは解放されたことになる。

枷などなくとも、南方部隊単独では、フィリピンの米太平洋艦隊に勝算がないことははっきりしているが――。

「敵が来た場合には、夜戦に活路を見出《みいだ》す以外にない。二艦隊の近藤長官も、南遣艦隊の小沢長官も、その点では一致している」

第六戦隊旗艦「青葉」の作戦室では、五藤存知司令官が、司令部幕僚や「青葉」艦長久宗米次郎《ひさむねよねじろう》大佐、「加古」艦長高橋雄次《たかはしゆうじ》大佐らに方針を伝えている。

五藤は、南方部隊単独で米艦隊に立ち向かうのではなく、一旦後方に下がり、連合艦隊主力と合流してはどうか、との案も出したとのことだ。

だが、海南島に有力な艦隊も、陸軍部隊もいなければ、敵の目は仏印に向けられる。

最悪の場合、ハイフォンに避退した第二五軍が、艦砲射撃を受ける可能性も考えられる。

第二五軍を守るためには、海南島で敵艦隊の阻止《そし》に努める必要がある、というのが第二艦隊司令部の考えだった。

「確かに、司令官がおっしゃる以外の策はないでしょうな」

久宗が言い、「加古」の高橋艦長も、いかにも同感、とばかりに頷いた。

「情報によれば、敵の戦艦は一〇隻前後とのことです。これに、英国の戦艦二隻が加わります。昼戦《ちゆうせん》を挑めば、叩き潰されるのは目に見えています。戦力で劣る側としては、夜の闇に紛《まぎ》れて戦う以外にありますまい」

「英国の戦艦二隻は、仏印の基地航空部隊で叩くと小沢長官が言っておられた。うまく運べば、相手は米艦隊だけで済むはずだ」

五藤は、苦笑しながら言った。

彼我《ひが》にこれだけ戦力差がある状況では、英艦隊が米艦隊に合流しようがしまいが、大勢に影響はない、と言いたげだった。

「こうなってみますと、本艦と『加古』に雷装を残しておいたのは幸いでしたな。二艦を合わせれば片《かた》舷《げん》八射線、両舷《りようげん》一六射線の雷撃力になります」

「夜戦に際しては、四駆、六駆、八駆が六戦隊の指揮下に入る。駆逐艦と協同して雷撃を行えば、かなりの威力を発揮できる」

久宗の言葉に、五藤は応えた。

第四、第六、第八駆逐隊は、第二艦隊司令部の直率部隊で、三隊を合わせて一〇隻の駆逐艦を擁している。

第二艦隊司令部は、「青葉」に水雷戦隊旗艦の役割を担わせようと考えたのだ。

「砲戦は大丈夫かね？　対空戦闘と水上砲戦では、

勝手が違うと思うが」

「加古」の高橋艦長が桃園幹夫砲術参謀に聞いた。

六戦隊司令部に着任して以来、桃園は各艦の艦長、砲術長と打ち合わせ、対空戦闘の訓練ばかり行わせている。

敵艦相手の砲戦、それも視界の利かない夜間の戦闘にどこまで対応できるか、と不安を抱いている様子だ。

「六戦隊の砲術科員は、艦船よりも遥かに小さく、速度は比較にならないほど大きい航空機に必中《ひっちゅう》させるため、猛訓練を積んで来ております。航空機よりも艦船に命中させる方が容易です」

「対空戦闘に比べれば、水上砲戦など児戯《じぎ》に等《ひと》しいような言い方だな」

こともなげに答えた桃園に、高橋は呆《あき》れたような口調で言った。水上砲戦を舐《な》めているのではないか、と言いたげだった。

「まあ、いいだろう」

五藤が、その場を収めるように言った。

「砲戦に関しては、各艦の砲術科員を信頼し、任せる以外にない。艦の能力を最大限に活かして戦えば、活路は必ず開けると信じている」

「機動部隊は、まだ戻らぬか」

山本五十六連合艦隊司令長官の口から、苛立《いらだ》ちを込めた呟きが漏れた。

連合艦隊旗艦「長門」の長官公室に詰めている幕僚たちが、顔を見合わせた。

山本は、常日頃《つねひごろ》から連合艦隊の最高指揮官に相応しく、「動かざること山の如《ごと》し」を地で行くような姿勢を見せており、苛立ちや焦燥《しょうそう》を露わにすることは滅多にない。

長官でも沈着《ちんちゃく》さを忘れることはあるのか、と多くの者が意外に感じている様子だった。

「一航艦から、連絡はないか？」

「現在のところはありません。連絡があり次第、報告するよう、本艦の通信長に伝えてあります」

山本の問いに、通信参謀和田雄四郎《わだゆうしろう》中佐が答えた。

「南雲長官は、無線封止を厳守しておられるのでしょう。ハワイ攻撃を察知される危険はなくなりましたが、迂闊《うかつ》に電波を出せば、敵の潜水艦を呼び寄せる危険がありますから」

「それは分かっている。分かっているが……」

水雷参謀有馬高泰《ありまたかやす》中佐の意見に、山本は苛立ちを募《つの》らせたように応えた。

「便《たよ》りがないのは良い便り、という言葉があります。緊急信がない以上、一航艦は命令に従い、内地に急行しているはずです。今は、落ち着いて待つ以外にないと考えます」

参謀長の宇垣纏《うがきまとめ》少将が言った。

一航艦が、択捉島単冠湾からハワイ沖に向けて出港したのは一一月二六日。

連合艦隊司令部が、ハワイ作戦の中止と内地への帰還を命じたのはその六日後、一二月二日だ。

一航艦は給油艦の速力に合わせて、平均一〇ノット程度で航行していたはずだが、内地への帰還を急ぐため、給油艦と分かれて艦隊速力を一八ノット程度に上げたと推測できる。

何もなければ、宿毛湾には六日程度で到達できるはずだから、明日中には連合艦隊主力と一航艦が合流し、南方に進撃を開始できます、と宇垣は言った。

「問題は、間に合うかどうか、だ」

山本は、懸念を口にした。

現在、柱島泊地には、第一艦隊の所属艦が参集している。

戦艦は、連合艦隊旗艦「長門」以下、「陸奥」「伊《い》勢《せ》」「日向《ひゅうが》」「扶桑《ふそう》」「山城《やましろ》」の六隻。

これに、第三航空戦隊の小型空母「鳳翔《ほうしょう》」「瑞鳳《ずいほう》」、第九戦隊の軽巡洋艦「大井《おおい》」、駆逐艦一四隻が付く。

ハワイ作戦と南方作戦に艦艇の大部分を投入したため、艦艇数はさほど多くないが、火力では帝国海軍最強の部隊だ。

米太平洋艦隊の主力と正面から戦うには、どうしても「長門」以下の戦艦六隻が必要となる。

問題は、対米宣戦が明日、一二月八日に布告されることだ。

第一艦隊が一航艦を待っていたのでは、出撃はどうしても宣戦布告の手続き後になる。

一方、フィリピンの米太平洋艦隊は、本国からの連絡を受け取り次第行動を開始する。

一艦隊と一航艦が戦場に到着する前に、海南島の第二艦隊、南遣艦隊や台湾の第三艦隊が、敵の急襲を受けるかもしれない。

分散している艦隊が、敵に各個撃破されることを、山本は恐れているのだ。

「一航艦が間に合わないのであれば、一艦隊が一足先に出港し、南方部隊と合流する手もありますが」

「それは危険です」

宇垣の具申に、航空参謀佐々木《ささき》彰《あきら》中佐が反対異見を唱《とな》えた。

「太平洋艦隊が総力を挙げて出撃して来たのであれば、最低三隻の正規空母を伴っていると考えられます。一艦隊に随伴する『鳳翔』と『瑞鳳』は、二艦を合わせて四〇機程度の搭載機しか持たず、米軍の正規空母には太刀打ちできません。米太平洋艦隊と対抗するには、一航艦との合流が不可欠です」

「その点については、私も同意見だ」

山本は頷いた。

「宣戦布告と同時に米艦隊が動き出したとしても、すぐに南方部隊とぶつかるわけではありません」

航海参謀の永田《ながた》茂《しげる》中佐が、机上に広げられた南方要域図に指示棒の先を伸ばした。

マニラ湾から、南方部隊が待機している海南島の三亜港までは、直線距離にして約六八〇浬。

一八ノットで進撃しても、一日半を要する距離だ。

敵が各個撃破を目論み、海南島に向かったとしても、南方部隊とぶつかるのは、早くて一二月一〇日となる。

それまでに、米艦隊を攻撃圏内に捉えられれば、南方部隊を救援できる——と、永田は主張した。

「宿毛湾から海南島までは、約一五〇〇浬だ。急いでも四日はかかるぞ」

かぶりを振った宇垣に、佐々木が言った。

「海南島まで行く必要はありません。米艦隊を攻撃圏内に捉えられる海域まで、一航艦が進出すれば充分です。敵艦隊を三〇〇浬圏内に捕捉すれば、攻撃は可能です」

機動部隊の特質を最大限に活かせば、危機から脱するだけではない。

フィリピンまで遠征して来た米太平洋艦隊を、徹底的に叩くことも可能なはずだ。

米艦隊のフィリピン回航は、重大な危機ではあるが、同時に敵撃滅の好機《こうき》でもある——佐々木は、力を込めて主張した。

「全ては、一航艦が戻ってからだ。彼らが戻らぬうちは、いかなる未来図を描いても画餅《がべい》に過ぎぬ」

楽観を戒《いまし》めるように山本が言ったとき、艦内電話が鳴った。

近くにいた和田通信参謀が受話器を取り、山本に顔を向けた。

「長官、横空（横須賀航空隊）よりお電話です。より正確には、横空に到着した一航艦の源田参謀からです」

山本は、文字通り受話器に飛びついた。

受話器の向こうから、聞き覚えのある、第一航空艦隊の航空甲参謀の声が流れ始めた。

## 2

二人の駐米日本大使が、コーデル・ハル国務長官と会見したのは、ワシントン時間の一二月七日一四時五分だった。

「申し入れがあった会見の時刻は、一三時とうかがっておりましたが」

ハルは、野村吉三郎と来栖三郎の顔を交互に見ながら言った。

態度は冷ややかだ。椅子を勧める様子もない。

既に、日本を敵国と見なしている振《ふ》る舞《ま》いだった。

「日本政府より届いた文書の翻訳《ほんやく》に、時間を要しました。到着が遅れましたことにつきましては、お詫《わ》びいたします」

頭を下げた野村に、ハルは聞いた。

「会見を一三時に指定したことにつきましては、何かの意図があってのことですか？」

「本国政府より、一三時とするように、との訓令《くんれい》がありました」

野村はハルの問いに答え、日本政府から届いた外交文書を手渡した。

「先の貴国からの要求に対する、我が国政府の最終的な回答をお届けします」

ハルは、無言で文書を受け取った。

最初の三ページほどを読んだだけで、文書を閉じた。既に、内容を知っているような態度だった。

「最後通告ということですな？」

「おっしゃる通りです」

確認を求める口調で聞いたハルに、野村は答えた。

「私がこの文書を受け取った瞬間から、我が合衆国は貴国と戦争状態に入った。そう解釈《かいしゃく》して、問題はありませんな？」

「ありません」

ハルは、深々《ふかぶか》とため息をついた。わざとらしい素《そ》振《ぶ》りだった。

「貴国は、愚かな道を選択されたとしか言いようがありませんな。合衆国としては、貴国が過《あやま》ちを犯《おか》さぬよう、誠意ある忠告をして来たつもりでしたが」

「艦隊をフィリピンに派遣し、武力を以て威嚇《いかく》することが、『誠意ある忠告』だとおっしゃるのですか？」

反発を覚えたのか、来栖が聞いた。

ハルは、微笑して答えた。

「力を見せなければ理解できぬ輩《やから》もいますからな。九〇年近く前、我が合衆国の提督ペリーが四隻の外輪蒸気船の力を背景に徳川幕府《トクガワ・ショーグネイト》と交渉したのも、世界の情勢から目を背け、頑なに鎖国《さこく》を貫こうとする為政者《いせいしゃ》の蒙《もう》を啓《ひら》くためでした。当時の為政者が、反対者を抑え、ペリー提督の忠告を受け入れたからこそ、日本は古い体制を打破し、近代国家を建設できた。しかし、現在の貴国政府首脳は、九〇年前の先達《せんだつ》ほど賢明ではなかったようだ」

「フィリピンに派遣した太平洋艦隊は、二〇世紀の黒船《ブラックシップ》だったということですか？」

「貴国では、ペリー提督の艦隊を、そのように呼称しているのでしたな。私の答は『イエス』です。ペリー提督は、当時の日本に対するメッセンジャーだった。太平洋艦隊もまた、現在の貴国に対するメッセンジャーだったのです。その忠告を、貴国は無視され、最悪の道を選んでしまった」

「政府としても、熟慮《じゅくりょ》の末に決定したことです」

野村が応えた。

「貴国政府は、その決定を悔《く》やむことになるでしょうな。それも、さほど日を置かぬうちに」

突き放すような口調で、ペリーは言った。

日本が自ら愚かな道を選んだ以上、合衆国としては止めようがない、と言いたげだった。

「圧倒的な力に叩きのめされ、大勢の将兵を失う前に、勇気ある選択をしていただきたかったが」

「ミスター・ハルは、太平洋艦隊の勝利を確信しておられるようですが、圧倒的な力に叩きのめされるのは、どちらでしょうな」

来栖が挑発するような口調で言ったが、ハルは動じた様子を見せなかった。

「いずれにしても、貴国とは開戦したのです。これ以上、話すこともありますまい」

ハルは、あらたまった口調で言った。

「最後に、これだけは伝えておきたい。合衆国の外交を預かる立場としては、貴国との問題は外交交渉のみで決着をつけたかった。互いに妥協点を見出せず、開戦に至ったことは、外交の責任者として、大きな汚点《おてん》を残してしまった。そのことが、返す返すも残念です、と」

「一二月七日一四時八分。それが、貴官が日本の最後通告を受け取った時刻なのだな？」

「左様《さよう》です、大統領閣下」

アメリカ合衆国大統領フランクリン・デラノ・ルーズベルトの問いに、ハルはごく短く返答した。

野村吉三郎、来栖三郎の二人が国務省より辞去した後、ハルはホワイトハウスの大統領執務室に電話を入れ、日本から正式に宣戦布告の通告文が手交されたことを報告したのだ。

「いいだろう。対日開戦の正確な時刻として、公文書に記録しておこう」

受話器の向こうから届くルーズベルトの声には、どこか満足そうな響きがある。

狙い通りになった、と言いたげだった。

「日本大使館からは、会見時刻を本日の一三時にして欲しいとの希望がありました。実際には、彼らの都合によって、一時間遅れましたが」

ハルは、報告を続けた。

「一三時を希望した理由について、説明はあったかね？」

「ノムラは『政府の訓令』と言っておりました」

「日本政府は、何かを目論んでいたのかもしれぬな。宣戦布告と同時の攻撃、といったような」

（その目標は、ハワイだったのではないか）

ハルの胸中《きょうちゅう》に、疑問が湧き起こった。

ワシントンとハワイの時差は五時間三〇分。

ノムラが会見を希望した一三時は、ハワイ時間では七時三〇分だ。

太平洋艦隊も、オアフ島の陸海軍航空基地も、活動を始めていない。

宣戦布告と同時に攻撃をかけるには、格好《かっこう》の時刻なのだ。

日本は、緒戦《しょせん》でハワイを攻撃し、太平洋艦隊に大打撃を与えるつもりだったのではないか。

彼らは、ホノルルの日本人スパイが逮捕されたため、計画が露見《ろけん》したと判断し、作戦を中止したとは考えられないか。

開戦通告をワシントン時間の一三時に希望したのは、作戦の中止が大使館には通知されていなかったからではないのか。

「どうかしたのかね?」

ルーズベルトが訝《いぶか》しげな声で聞いた。

ハルが沈黙したため、不審を抱いたようだ。

「大統領閣下のお言葉の意味を考えていただけです。日本政府の目論見とは何だったのか、と」

「今となっては、さしたる問題ではあるまい」

「日本軍は、既に行動を起こしたのでしょうか?」

「現時点では、その報告は届いていない。私は、彼らが開戦通告の前に攻撃して来るのではないか、と考えていたのだがな。日本軍は三七年前、開戦通告前にロシア軍に対して戦端《せんたん》を開いた前科がある。同じことを合衆国に仕掛けて来るのでは、と予想していたが」

(予想ではなく、期待ではありませんか?)

その問いが、ハルの喉元《のどもと》までこみ上げた。

日本が開戦の手続き前に戦闘を開始すれば、合衆国政府は「日本は卑怯《ひきょう》な手を使って、合衆国を騙し討ちした」と喧伝《けんでん》し、国民の戦意昂揚《こうよう》に利用できるからだ。

だがハルは、その質問を口にはしなかった。

「宣戦布告は、日本の側から手交されました。これは、最初の一発を日本が撃ったことと同義です」

事実のみを、ハルは伝えた。

「合衆国は、最後まで戦争を避けるための努力をした。平和を願い、日本に何度も誠意ある忠告をした。

しかし、日本はそれを無視し、合衆国に挑戦して来た。そういうことだな？」

「おっしゃる通りです」

　受話器の向こうから、心から満足したようなルーズベルトの声が伝わった。

「貴官は合衆国の外交の責任者として、最高の仕事をしてくれた、ミスター・ハル。心から感謝する」

## 3

　開戦後、最初に大規模な戦闘が生起《せいき》したのは、フィリピンの行政の中心地であるルソン島だった。

　一二月八日一二時二〇分、マニラ周辺にある七箇所の飛行場の中で、最大の規模を持つクラークフィールド飛行場に、不吉《ふきつ》な響きを持つ音が流れ始めた。基地の将兵にとっては、訓練以外では耳にしたことがない音だ。

　実戦で初めて鳴らされる空襲警報だった。

「どうなってるんだ、いったい!?」

「何故、今になって警報が！」

「ジャップは来ないんじゃなかったのか!?」

　兵士たちが困惑《こんわく》した叫び声を上げる。

　飛行場は、戦闘態勢に入っていない。

　極東航空軍では最も大きな攻撃力を持つボーイングB17〝フライング・フォートレス〟も、基地上空の守りに就くカーチスP40〝ウォーホーク〟、カーチスP36〝ホーク〟も、ほとんどの機体は格納庫や駐機場《ちゅうきじょう》で翼を休めている。

「ジャップに一杯食わされた！」

　極東航空軍隷下の第一九爆撃航空群《19BG》で、B17の機長と操縦士を兼任するロドニー・アダムス大尉は、格納庫の中で叫んだ。

　本国政府より米日開戦の報告が届いたのは、この日の夜明け前だ。

　極東航空軍司令官ルイス・ブレリートン少将は、全軍に臨戦待機を命じ、19BGには、タイワン南部の日本軍飛行場に対する攻撃が命じられた。

　この時点で、19BGのB17には燃料、弾薬の補給が行われておらず、整備中の機体も少なくなかったため、タイワン攻撃は夕刻に実施するものと決定された。

　一〇時過ぎ、ルソン島北部のバギオ、ツゲガラオが敵機の爆撃を受けたため、極東航空軍は離陸可能なB17に空中退避を命じると共に、P40を発進させ、戦闘空中哨戒《CAP》を実施した。

　ところが、日本軍は二時間が経過しても来襲せず、極東航空軍は、B17、P40を呼び戻した。

　ルソン島の上空からは、一時的に星のマークの機体が姿を消していたのだ。

「奴らは、これを狙っていたのか。来ないと見せかけて、俺たちを油断させたのか」

　と、アダムスは疑っている。

　自分の推測通りなら、日本軍の航空部隊指揮官は、駆け引きに長《た》けた策士だ。

「ジャップの小細工《こざいく》などに負けてたまるか。上がるぞ！」

　アダムスは部下のB17クルーに命じ、格納庫内の機体に向かって駆け出した。

　半開きになった扉の向こうから、猛々《たけだけ》しい爆音が聞こえて来る。

　CAPを終え、一旦着陸したP40が、再び離陸しようとしているのだ。

　爆音を聞きながら、アダムスはB17に搭乗する。

　副操縦士のテリー・ギッブス少尉、爆撃士のマイケル・イエランド曹長、副機長兼航法士のサニー・ベルナルド中尉、尾部銃手のジェラルド・キリー軍曹といった部下たちが搭乗し、各々《おのおの》の配置に就く。

　無線機のレシーバーをかけた途端《とたん》、19BGの整備長を務めるマーク・ランキン大尉の声が響いた。

「無茶《むちゃ》するな、アダムス。ジャップは、そこまで来ているんだぞ！」

「余計《よけい》なことを言ってる暇《ひま》があったら、格納庫の扉を開けてくれ！」

　アダムスは怒鳴り返した。

　敵機が滑走路や駐機場と共に、格納庫や指揮所、整備場といった付帯《ふたい》設備を狙って来るのは確実だ。ぼやぼやしていたら、本国から運んで来た貴重な重爆撃機を、格納庫もろとも破壊される。

「どうなっても知らんぞ！」

　罵声と共に、無線電話機が切られた。

　若干の間を置いて、格納庫の扉が左右に開き始め、駐機場や滑走路の光景が、視界に入って来た。

　P40が、金属的な甲高《かんだか》い爆音を轟《とどろ》かせ、視界の中をよぎる。

　液冷エンジン機らしからぬ太い機首を上向かせ、滑走路を蹴って、空中へと舞い上がってゆく。

　アダムスは、イグニッション・スイッチをオンにした。

　コクピットの左右から力強い始動音が届き、全備重量二三・八トンの機体が身震いした。

　離昇出力一二〇〇馬力のライトR－1820－60エンジンが力強い鼓動《こどう》を発し、四基のプロペラがゆっくりと回り始めた。

　整備員が輪止《わど》めを払ったのだろう、B17が全幅三一・六メートル、全長二〇・七メートルの巨体を揺すりながら、前進を開始した。

　格納庫の出口をくぐり、駐機場に出た瞬間、アダムスは目を見張った。

　飛行場の上空では、戦闘がたけなわとなっている。

　アダムスが初めて目にするスマートな戦闘機が多数、獲物《えもの》を狙う猛禽《もうきん》のように、次々と機体を翻《ひるがえ》らせ、急降下をかけて来る。

　その敵機の下方から突き上げるようにして、複数のP40が突っ込んでゆく。

　P40が金属的な甲高い爆音を轟かせながら、多数の敵機に向かってゆく様は、狼の群れを蹴散らさんとする灰色熊《グリズリー》を思わせる。

　日本機が急旋回をかけ、P40の突進をかわした。

Ｐ40が放った一二・七ミリ弾の青白い火箭《かせん》は、ことごとく空《くう》を切った。

Ｐ40の射弾をかわした敵機が、両翼に発射炎を閃《ひらめ》かせた。真っ赤な火箭は狙い過たず、Ｐ40に突き刺さり、炎がしぶいた。あたかも、狼が灰色熊の首筋《くびすじ》に牙《きば》を突き立てたようだった。

機首に被弾したＰ40は、炎と黒煙を噴き出しながら空中をのたうち、片方の主翼をもぎ取られたＰ40は、錐揉《きりも》み状に回転しながら墜落する。胴体に被弾したＰ40は、ワイヤーを切断されたのか、よろめきながら高度を落とす。

敵戦闘機には、撃墜された機体はない。クラークフィールドの上空を、我《わ》が物顔《ものがお》で飛び回っている。

滑走路に向かうＢ17を発見したのだろう、複数の敵機が、アダムス機の左前上方から向かって来た。

「くそったれ！」

アダムスは罵声を漏らしたが、離陸を諦める気はない。

Ｂ17は「空の要塞《フライング・フォートレス》」の名に相応しく、分厚い装甲鈑《そうこうばん》で守られている。Ｐ40とは、頑丈《がんじょう》さが違う。卓越《たくえつ》した防御力に、脱出の成否を懸けるのだ。

敵機が、急速に距離を詰めて来る。空冷エンジン機らしい、丸っこい機首を持つ機体だ。主翼は、剃刀《かみそり》の刃のように薄い。戦闘機には見えないほど、華奢な機体だ。

（こんな奴に、『空の要塞』がやられるものか）

アダムスがそう思ったとき、敵一番機の両翼に閃光が走った。

左主翼から続けざまに打撃音が響き、コクピットにまで振動が伝わった。

「機長、三番エンジン――」

副操縦士席のギッブスが報告しようとするが、頭上を通過する敵機の爆音が、声をかき消す。

敵一番機が後方に抜けるや、二番機の射弾が襲って来る。

右主翼の中央部に火花が飛び散り、小爆発が起こる様がはっきり見えた。

衝撃と振動が伝わり、何かが爆《は》ぜるような音と共に、ジュラルミンの破片が飛び散った。

「三番エンジン被弾！」

二番機が飛び去ったところで、ギッブスが報告を上げる。

直後、三番機の射弾がアダムス機を襲う。

今度は、一番エンジンが被弾した。

エンジン・カウリングが引き裂かれ、噴出した火《か》焔《えん》が右主翼を覆《おお》い始めた。

「全員、退避！」

アダムスは、インカムに怒鳴り込むようにして命じ、エンジンを切った。

日本軍の戦闘機は、両翼に装備した破壊力の大きな機関砲で、Ｂ17の左右の主翼を傷つけ、エンジン二基を破壊したのだ。

華奢な外見に似合わず、恐るべき威力を持つ機体だ。日本軍は、いつの間にあのような機体を配備していたのか。

停止したＢ17から、クルーたちが次々と脱出する。

アダムスもギッブスに続いて、前方緊急脱出口から、地上に飛び降りる。

「走れ！　機体から離れろ！」

アダムスは両腕を振り回し、部下のＢ17クルーに命じた。

自身も、全身の力を足に込め、走り出した。

一〇秒ばかりが経過したとき、鈍い爆発音が後方から届き、熱風が押し寄せた。

アダムスは両腕で頭を抱え、その場に突っ伏した。

飛び散った破片が落下する音が周囲から届くが、アダムスの身体を直撃するものはなかった。

アダムスは顔を上げ、後方を見た。

この直前まで、自分たちが身を委ねていた「空の要塞」が、炎と黒煙に包まれている。

被弾時に発生した火災が燃料タンクに及び、引火爆発を起こしたのだ。

「みんな無事か⁉」

「ギップス少尉、無事です！」

「ベルナルド中尉、無事です！」

「イエランド曹長、無事です！」

「キリー軍曹、無事です！」

アダムスの呼びかけに、次々と答が返される。

アダムスの部下は、全員が脱出に成功したようだ。

「機長が咄嗟に命じていなければ、我々はあの中で焼かれていました」

ベルナルドが、炎上するB17に向けて顎をしゃくった。

「うむ……」

アダムスは、小さく頷いた。

自分たちが、死を目前にした際《きわ》どい状況に置かれていたことを、あらためて思い知った。

アダムスは、無謀《むぼう》な行動によって、危《あや》うく部下たちを死なせるところだったのだ。

全員が脱出できたのは、幸運以外の何物《なにもの》でもなかったと思う。

「機長、味方機が――！」

ギップスが叫び声を上げた。

アダムスは上空を見上げ、クラークフィールドを巡る戦闘が、合衆国側の敗北に終わりつつあることを悟った。

飛行場の上空に、Ｐ40はほとんど残っていない。

残存する僅かな機体も、アダムス機を破壊した恐るべき戦闘機に追いまくられ、追い詰められている。

敵機に背後を取られたＰ40は、右に、左にと旋回を繰り返し、敵機を振り切ろうと試みているが、どうやっても振り切れない。

敵戦闘機は、Ｐ40の内側へ内側へと回り込み、距離を詰めてゆく。

運動性能が非常に高い機体だ。空中の曲芸師《きょくげいし》と呼んでもいい。

燕《つばめ》の身軽さと鷲《わし》の嘴《くちばし》や鉤爪《かぎづめ》を併せ持つような、恐るべき金属製の猛禽だった。

その猛禽の両翼からほとばしった曳痕《えいこん》が、P40の機首に吸い込まれた。

P40が黒煙を噴き出し、機首を大きく下げて墜落し始める。クルーが脱出する様子はない。敵弾がコクピットを襲ったのかもしれない。

ほどなく、クラークフィールドの上空から、星のマークの機体が姿を消した。

上空を乱舞《らんぶ》するのは、赤いミートボールマークの機体ばかりであり、聞こえるのは、耳慣れない爆音だけだった。

ほどなく、新たな爆音が接近し、飛行場の上空を不気味な黒い影が覆い始めた。

「九六式陸攻《ネル》だ！」

誰かが、新たに出現した機体の正体を見抜き、合衆国のコード名を叫んだ。

ほどなく、ネルの下腹から投下された爆弾が、次々と地上で炸裂し、滑走路を大きく抉《えぐ》ると共に、駐機場の機体や、指揮所、格納庫、倉庫等の地上施設を、片っ端《かたっぱし》から爆砕し始めた。

## 4

「極東航空軍は、居眠《いねむ》りでもしていたのですか？」

アメリカ太平洋艦隊旗艦「ペンシルヴェニア」の長官公室に、司令長官ハズバンド・E・キンメル大将の呆れたような声が響いた。

この三〇分前、「ペンシルヴェニア」の通信室は、極東航空軍司令部より発せられた「クラークフィールド空襲さる」の緊急信を受信している。

キンメルは、太平洋艦隊司令部の幕僚たちに詳細な情報を把握するよう命じたが、極東航空軍も混乱しているらしく、すぐには被害の全貌《ぜんぼう》を知ることはできなかった。

そのさなかに、キャビテ軍港のアジア艦隊司令長官トーマス・ハート大将より緊急連絡が入り、敵機が一二時三〇分に来襲したこと、極東航空軍の戦闘機はほとんどが地上にいたため、効果的な迎撃ができなかったことを伝えたのだ。

「本国《ステーツ》が開戦を報せて来たのは夜明け前ですぞ。準備のための時間は、充分あったはずです。にも関わらず、ろくな迎撃もできずに、一方的な敗北を喫《きっ》するとは……」

「極東航空軍も、夜明け直後から戦闘機を上げ、警戒態勢に就いていたようだ。私自身も、キャビテの上空を飛ぶP40を目撃している」

困惑したような声で、ハートは答えた。

「ただ、敵機が来ないため、極東航空軍は警戒中の戦闘機を一旦着陸させた。その隙《すき》を、敵に衝かれたということだった」

「日本軍は、極東航空軍に肩透《かたす》かしを食わせるつもりで、正午過ぎに空襲を？」

「分からぬ。彼らが攻撃時刻に正午過ぎを選んだ理由を知る術はない。はっきりしているのは、一二月八日一三時現在、クラークフィールドの飛行場は機能を失っているということだ」

「アジア艦隊の被害状況はどうです？」

「キャビテの在泊艦船、軍港施設に被害はない。日本軍は、攻撃を飛行場に集中した。ただ……明日以降の空襲ではキャビテが狙われるだろう。アジア艦隊に、それを防ぐ力はない。我々としては、極東航空軍が健在な飛行場に残存兵力を結集し、効果的な迎撃戦闘を行ってくれるよう祈るだけだ」

そこまでで、電話が切られる音が聞こえた。

「辛《つら》いお立場だろうな、ハート長官は」

口中で、キンメルは呟いた。

アジア艦隊の長官としては、キンメルに対し、

「太平洋艦隊の艦上機で、タイワンの敵飛行場を叩いて欲しい」

と要請したいところだったろう。

だが太平洋艦隊には、「日本海軍連合艦隊《コンバインド・フリート》の撃滅」という任務がある。

決戦前に、艦上機を消耗することはできないのだ。

ハートもそれを理解していたからこそ、敢えて太平洋艦隊に救援を求めなかったのだろう。

（我々が日本海軍に勝てば、アジア艦隊も苦境から救われる。今しばらくの御辛抱《ごしんぼう》です、ハート長官）

キンメルは、アナポリスの七期先輩に胸中で呼びかけた。

受話器を置いたとき、極東航空軍と連絡を取っていた作戦参謀チャールズ・マックモリス大佐がキンメルに報告した。

「敵の攻撃の規模が判明しました。来襲した敵機は、戦闘機約八〇機、双発の中型爆撃機約一〇〇機です。敵の攻撃は、クラークフィールドとイバに集中し、現在は両飛行場とも機能を完全に停止しています。喪失した機体の数は現在集計中ですが、撃墜されたものと地上で撃破されたものを合わせて、一〇〇機以上に達するとのことです」

「戦闘機がいたというのは確かかね？」

参謀長ウィリアム・スミス少将の問いに、マックモリスは頷いた。

「極東航空軍司令部は、そう報告しました。敵機はP40を掃討《そうとう》しただけではなく、駐機している機体に銃撃を浴びせ、多数を破壊した、と」

「ルソン島近海に、空母がいますな」

スミスはキンメルに言った。

「タイワン南部からクラークフィールドまでは、約五〇〇浬の距離があります。この距離を飛び、飛行場上空で空中戦を行い、また同じ距離を飛んで帰還できるとなりますと、敵の戦闘機は一〇〇〇浬を大きく上回る航続距離を持つ計算になります。それだけ足の長い戦闘機を、日本軍が持つとは考えられません」

キンメルは即答せず、航空参謀バージル・ストークス中佐に聞いた。

「日本軍が、そのような機体を持つとの情報はあるかね？」

「中国で、国民党軍を支援している義勇航空隊《フライングタイガース》から、日本軍の新型戦闘機に関する情報が届いたことはあります。最大時速は五〇〇キロ以上、両翼に二〇ミリクラスと見積《みつ》もられる大口径機銃を装備し、旋回性能は非常に高いとか。航続性能については、詳しいデータがありません」

「参謀長の言う通り、空母がいるのかもしれぬな」

キンメルは、スミスを見やった。

合衆国の現用主力艦上戦闘機グラマンF4F〝ワイルドキャット〟でも、航続距離は七〇〇浬ほどだ。F4Fより三〇〇浬以上も足の長い戦闘機を、日本が開発できるとは信じられない。

日本軍はルソン島近海に空母を展開させ、艦上戦闘機を中型爆撃機の護衛に付けたのだろう。

「空母がいるのであれば、早い段階で叩いた方がよいと考えます」

スミスが具申した。

太平洋艦隊は、この日の六時に停泊場所だったラガイ湾より出航し、現在はルソン島、ミンドロ島、パナイ島等に囲い込まれたシブヤン海を、南西に進んでいる。

ルソン島とミンドロ島を分かつベルデ島水路は幅が狭く、大艦隊の通行には適さないため、ミンドロ島の南側を回る予定だ。

南シナ海に出た後は、イギリス東洋艦隊と合流し、ハイナン島に進撃、同地に展開する日本艦隊を撃滅する。

日本軍の空母がルソン島近海に展開しているのであれば、ハイナン島に到達する前に空襲を受け、損害が生じる恐れがある。

その前に先手を打って、敵の空母を叩くべきだ、というのがスミスの主張だ。

「空母を叩くにしても、明日以降とするべきです」

ストークスが具申した。

現在の時刻は、一三時二八分。

気象班が報告した日没の時刻は、現地時間の一七時三二分であるから、四時間程度しかない。

今から敵の空母を捜索するとしても、発見までに二時間程度は要する。

それから攻撃隊を出したのでは、帰還は日没後となってしまい、機位《きい》を見失う機体や着艦時に事故を起こす機体が多数生じかねない。

その危険を冒すよりは、明日以降に持ち越した方がよい、とストークスは主張した。

「我が艦隊が、先制攻撃を受ける危険はないか？」

「現在のところ太平洋艦隊は、敵機の触接《しょくせつ》を受けていません。日本軍も、太平洋艦隊の現在位置を掴めていないと考えられます。今日はもう、空襲はないと判断できます」

マックモリスも、ストークスに口を添えた。

「航空参謀の主張通りです。陸上機ならまだしも、艦上機は、夜間には活動できません。日本軍にも、そのことは分かっているはずです」

「開戦初日は、フィリピンの航空基地が一方的に空襲を受けたのみ、か」

キンメルは、ぼそりと呟いた。

実際には、戦闘はフィリピンだけで始まったわけではない。

合衆国領のウェーク島が空襲を受けており、マリアナ諸島のグアム島には、日本軍が上陸を開始している。

イギリス領の香港でも、日本軍の侵攻が始まっている。

だが、それらの情報は、太平洋艦隊司令部には届いていなかった。

「本格的な戦いはこれからです。ヤマモトもそのつもりで、準備を進めているでしょう」

「うむ。ところで貴国の東洋艦隊は、予定通りに合流できるのだろうね？」

キンメルはスミスに向かって頷き、次いで「ペンシルヴェニア」に同乗しているイギリス東洋艦隊参謀長アーサー・パリサー少将に声をかけた。

この四日前、打ち合わせのためにシンガポールからフィリピンに飛び、イギリス東洋艦隊の合流について、キンメルの同意を取り付けた人物だ。

打ち合わせの後は、そのまま「ペンシルヴェニア」に乗艦している。

「東洋艦隊は、一二月五日より行動を開始しております。無線封止中であるため、現時点における正確な位置は不明ですが、明日中には太平洋艦隊と合流できるでしょう」

と、パリサーは答えた。

「フランス領インドシナにいる日本軍の航空部隊が、気がかりな存在です」

ストークスが懸念を表明した。

イギリス東洋艦隊は、アメリカ太平洋艦隊と異なり、空母を伴っていない。空襲を受けても、戦闘機によって頭上を守ることはできない。

合流前に、イギリス艦隊が航空攻撃を受け、無力化されてしまうのでは、と危惧したようだ。

「『プリンス・オブ・ウェールズ』も『リパルス』も、強力な対空火器を多数装備しております。空襲程度は自力で撃退できます」

自信ありげに、パリサーは言った。

「最新鋭艦である『プリンス・オブ・ウェールズ』の戦列加入には、私も期待しているのだ」

キンメルは言った。

「プリンス・オブ・ウェールズ」は、戦歴よりも、米英の外交に大きく寄与《きよ》したことで知られている。

今年の八月一〇日から一二日にかけて、合衆国大統領フランクリン・デラノ・ルーズベルトと大英帝国首相ウィンストン・チャーチルの首脳会談が、同艦の艦上で行われ、大西洋憲章《けんしょう》が締結されたのだ。

そのことは別にしても、写真で見た「プリンス・オブ・ウェールズ」の独特な艦形——合衆国の戦艦とは大きく異なった艦橋の形状や、四連装二基、連装一基という独特の主砲配置に、キンメルは強い印象を受けている。

早く実物を見たいものだ。その戦いぶりも——と、キンメルはそのときを待ち望んでいた。

## 5

同じ頃、高知県の宿毛湾には、艦隊の入港を告げるラッパの音が喨々《りょうりょう》と鳴り渡っていた。

第八戦隊の重巡「利根」「筑摩」が、湾内に進入し、第三戦隊の高速戦艦「比叡」「霧島」が続く。

第一航空艦隊の中核を占める六隻の空母は、重巡、戦艦の後だ。

旗艦「赤城」が先頭に立ち、「加賀」以下の五隻を先導する形で、湾内に入ってゆく。

「思いがけないことになったものだ」

司令長官南雲忠一中将は、口中で呟いた。

今日は一二月八日。

日本が米英蘭三国と開戦したことは、洋上で受信したラジオ放送により、既に知っている。

本来であれば、一航艦は真珠湾攻撃を完了させ、引き上げにかかっているはずだった。

ところが今、一航艦は内地にいる。

出撃前、山本五十六連合艦隊司令長官から、

「日米交渉が成立した場合には、たとえ攻撃の途中であっても作戦を中止し、即時帰還せよ」

と厳命を受けていたが、開戦当日に内地に戻っていようとは、想像もしていなかった。

「戦艦が勢揃《せいぞろ》いしていますね」

参謀長草鹿龍之介少将が、感嘆したような声で南雲に話しかけた。

南雲はむっつりと頷き、湾内に居並ぶ連合艦隊の主力戦艦群を見つめた。

湾口付近に錨泊しているのは、南雲が艦長を務めたことがある戦艦「山城」と、その姉妹艦「扶桑」だ。特徴的なひょろ長い艦橋が天に向かってそびえ、存在を主張しているように見える。

その後方には、「伊勢」「日向」が見える。

主砲の配置が扶桑型戦艦とは若干異なるため、扶

桑型よりも洗練された印象がある。

湾の奥に鎮座《ちんざ》しているのは、「長門」と「陸奥」。

竣工以来、世界に七隻しかない四〇センチ砲搭載戦艦として、「世界のビッグ・セブン」と呼ばれ、国民には帝国海軍の象徴として親しまれた二隻の戦艦が、主砲に僅かに仰角をかけた状態で、湾内に錨を下ろしている。

昭和一六年一二月八日時点における、日本海軍最強の戦艦だ。

「長門」の檣頭には、連合艦隊司令長官の旗艦であることを示す大将旗が、風にはためいている。

「GFの総力出撃か」

南雲は唸り声を発した。

緒戦では、第三戦隊以外の戦艦部隊に出撃の予定はなかったと聞いている。

ところが今、宿毛湾には、「金剛」「榛名」を除いた連合艦隊の全戦艦が揃っている。

山本五十六連合艦隊司令長官は、全連合艦隊を出撃させるつもりなのだ。

ほどなく、一航艦の全艦が宿毛湾に入泊した。

第一水雷戦隊の「阿武隈」と九隻の駆逐艦は、給油艦に横付けし、給油作業を開始する。

択捉島の単冠湾から日付変更線付近まで航行し、宿毛湾まで戻って来たのだ。

総移動距離は四〇〇〇浬を超える。

途中で洋上給油を行ったとはいえ、足の短い軽巡、駆逐艦は、燃料が心許《こころもと》ない。

どこに向かうにせよ、燃料補給は不可欠だった。

「赤城」が錨を下ろしてから二〇分後、南雲は、草鹿や一航艦隷下の各戦隊司令官、主だった艦の艦長と共に、「長門」の長官公室にいた。

山本と最後に顔を合わせたのは一一月一七日。一航艦が、仮泊地《かはくち》である単冠湾に向けて出港する前日だ。

三週間しか経っていないが、山本の顔は大きく様変わりしたように感じられる。

出撃前の最後の訓示を行ったときには、連合艦隊の総指揮官に相応しい強い決意と、重圧に耐える強靱《きょうじん》な精神力を見せていたが、そのときに比べ、激しく憔悴《しょうすい》した様子だ。

これほど弱々しい姿は、見たことがない。

一航艦が帰還するまでの間、相当な焦燥と不安に苛《さいな》まれていたことを思わせた。

「状況は、一二月三日に打電した通りだ」

山本は、いきなり本題に入った。

挨拶も、一二日間に亘る航海に対するねぎらいの言葉もない。

事態の深刻さを、少しでも早く一航艦の幹部に認識させたいと考えているのかもしれない。

「米太平洋艦隊がフィリピンに出現した。マニラ湾に入泊した多数の主力艦を、現地の領事館員が目撃している。米軍は、我が軍が知らぬ間に、太平洋艦隊の主力をフィリピンに回航していたのだ」

同席している宇垣纏参謀長が、後を続けた。

「ホノルルの領事館には、海軍の諜者《ちょうじゃ》がおり、真珠湾の在泊艦艇や出入港の状況について、定期的に報告を送っていました。ところが、一〇月二三日を境に、その諜者からの報告が途絶えました。米国は、何らかの手段によって我が軍の作戦計画を知り、太平洋艦隊をハワイからフィリピンまで密《ひそ》かに移動させたと推測されます」

「そのような大艦隊をどうやって……？」

第三戦隊司令官三川軍一《みかわぐんいち》中将の疑問に、山本はかぶりを振った。

「そのことは、今は措《お》く。重要なのは、敵の主力がフィリピンにいること、米太平洋艦隊を撃滅しない限り、我が軍は南方に兵を進めることはできないということだ」

山本の言葉の意味を理解できない者は、ここには一人もいない。

米太平洋艦隊を打ち破らない限り、南方資源地帯には手を出せない。

資源、特に石油が手に入らなければ、全ての兵器は動かせなくなり、帝国陸海軍は朽《く》ち果《は》てる。

米軍は日本軍の、というより、日本国家の最大の弱点を衝いて来たのだ。

「ハワイではなく、フィリピンに出撃して、米太平洋艦隊主力を捕捉、撃滅せよ、というのが新しい命令ですか？」

今度は、第二航空戦隊司令官山口多聞少将が質問した。

南雲の指揮下にある各戦隊司令官の中では、最も勇猛果敢な指揮官だ。満月のような丸顔には、闘志が剝《む》き出《だ》しになっている。

「そうだ。米太平洋艦隊の規模は、現時点では不明だが、おそらく真珠湾にいた戦艦全ての他に、空母を複数伴っている。それだけではない。シンガポールの英国東洋艦隊が、米艦隊に合流する可能性が考えられる。最新鋭戦艦のキング・ジョージ五世級を含む強力な艦隊だ。第一艦隊と南方部隊だけでは、対抗は困難なのだ」

山本は、南雲に顔を向けた。

一航艦長官の意見はどうか、と言いたげだった。

「任務そのものが変更されたわけではありません。一航艦が受けていた命令は『米太平洋艦隊の撃滅』です。その場が、ハワイからフィリピンに代わっただけのことです」

「頼もしいな」

山本が、意外そうな口調で言った。

真珠湾攻撃を命じたとき、南雲は不安と重圧に押し潰されそうな表情を浮かべていたが、それが消えたことに驚いたようだ。

（ハワイとは違いますからな）

腹の底で、南雲は呟いた。

ハワイ作戦が実施された場合、一航艦は味方の援護が一切受けられない状態で戦わねばならなかったが、フィリピンは違う。

連合艦隊主力や南方部隊、基地航空隊の助力《じょりょく》をあてにできるのだ。近くにいる友軍ほど、心強いものはない。

「米艦隊は、現在マニラ湾にいるのですか？」

草鹿の問いに、宇垣が答えた。

「米艦隊がマニラ湾に停泊していたのは、一日だけだ。一二月三日以降は、所在不明となっている。フィリピンのどこかにいることは確かだが、正確な位置は突き止められていない」

「となりますと、航空偵察で敵の位置を探り当て、叩くという手順が必要ですね」

「敵はおそらく、フィリピンから打って出てくる。太平洋艦隊のフィリピン回航は、分散している我が軍を各個に撃破するという作戦展開を考えてのことだ」

宇垣は、机上の南方要域図に指示棒の先を伸ばし、海南島と台湾を交互に指した。

「現在、海南島には第二艦隊が、台湾には第三艦隊が、それぞれ待機している。米太平洋艦隊は、GFの主力が合流する前に、二、三艦隊を叩くつもりだと、GF司令部では睨んでいる」

「猶予《ゆうよ》はありませんな」

南雲が言った。

海南島の第二艦隊は、高速戦艦、重巡、防巡各二隻に駆逐艦一〇隻だけだ。

小沢治三郎中将の南遣艦隊が加わっても、戦艦二隻、重巡七隻、防巡二隻、軽巡三隻、駆逐艦二四隻しかない。

台湾の第三艦隊は、第二艦隊より更に弱体だ。

多数の戦艦を擁する米太平洋艦隊に襲われたら、ひとたまりもない。

「一日も……いや、一刻も早く駆けつけなければ、二、三艦隊は全滅の憂《う》き目《め》を見ます」

「私が一航艦の帰還を心待ちにしていたのは、そのためだ」

山本が言った。

「一航艦は、三〇〇浬遠方からでも敵を叩ける。南方部隊の苦境を救えるのは、一航艦以外にない」

「燃料の補給が終わり次第、出撃します」

南雲は宣言するように言い、参集している麾下の戦隊司令官や艦長らを見やった。

異議を唱える者は一人もいない。

全員が、南雲と同じ使命感に駆られていたのだ。

「GFから、一航艦に餞《はなむけ》がある」

山本が、いたずらっぽい笑いを浮かべた。

「六戦隊の第二小隊を連れて行け。ハワイ作戦には、航続距離の不足から参加できなかったが、南方に向かうのであれば、行動を共にできるだろう」

# 6

「対空レーダーに反応。方位二八五度、距離五〇浬」

イギリス東洋艦隊旗艦「プリンス・オブ・ウェールズ」の艦橋に、レーダーマンの報告が上げられた。

「フランス領インドシナの方角だな」

東洋艦隊司令長官トーマス・フィリップス大将は、南シナ海の地図を思い浮かべた。

「無事に行かせるつもりはない、ということでしょうな」

「プリンス・オブ・ウェールズ」艦長ジョン・リーチ大佐の言葉に、フィリップスは頷いた。

「合流前に、我が東洋艦隊だけでも叩いておこうという腹づもりだろう」

フィリピンに派遣したアーサー・パリサー参謀長より、

「アメリカ太平洋艦隊は、合流を歓迎せり」

との報告電を受け取るや、東洋艦隊は直ちに行動を起こした。

開戦前に太平洋艦隊と合流するため、一二月五日早朝、シンガポールより出港したのだ。

対日開戦の報告は、洋上で聞いた。

「日本は、大英帝国並びにアメリカ合衆国、オランダ王国に対して宣戦を布告せり」

との報告電が、シンガポールのジョフリー・レイトン中将より届いたのだ。

開戦した以上、いつ東洋艦隊が攻撃を受けても不思議はない。

フィリップスはその覚悟を決めたが、日本軍はすぐには手を出して来なかった。

「プリンス・オブ・ウェールズ」の対空レーダーは、何度か日本軍の偵察機と思われる機体を探知し、潜水艦の触接も一度だけ確認されたが、敵機が大挙して来襲することも、海中からの刺客《しかく》が雷撃をかけて来ることもなかった。

東洋艦隊が日本軍に捕捉されたのは、この日――一二月八日の一六時四三分だ。

偵察機が、艦上から視認できる距離にまで接近し、報告電とおぼしき通信波を放ったのだ。

触接を受けたのが日没の一時間前だったため、フィリップスも、東洋艦隊の幕僚たちも、この日の攻撃はないと睨んでいた。

だが日本軍は、明日の夜明けを待つことなく、攻撃をかけて来たのだ。

現在の時刻は、現地時間の二二時五〇分。

この日の月齢は一九であり、満月にやや欠けた月が、柔らかい光を海面になげかけている。

日本軍がこの時刻を攻撃に選んだのは、月が出る時刻に合わせたものであろう。

「全艦、対空戦闘！」

「対空戦闘、配置に付け！」

フィリップスの命令を受け、リーチが全乗員に下令《かれい》する。

「プリンス・オブ・ウェールズ」のクルーは、殺気《さっき》をはらんで動き出す。

一三・三センチ連装両用砲、二ポンド八連装ポンポン砲に砲員が取り付き、四〇ミリ単装機銃、二〇ミリ機銃の銃身が上向けられ、各砲座、機銃座で、命令と復唱の声が交錯《こうさく》する。

五分と経たぬうちに「対空戦闘、準備完了」の報告が上げられ、後方の「リパルス」と四隻の駆逐艦からも、「対空戦闘、準備完了」の報告が届く。

その間にも、発見された機影は距離を詰め、レーダーマンが「距離三〇浬」と報告する。

「全艦、左舷《さげん》側に厳重注意。敵機は、左から仕掛けて来る可能性大だ」

フィリップスは、第二の命令を発した。

現在は、月が出てから一時間ほどしか経っておらず、月光は東方から射し込んで来る。

敵機は、東洋艦隊を視認しやすい方角から攻撃して来ると睨んだのだ。

「敵の数はどの程度だろうか？」

「それほど多くはないでしょう。どこの国の航空部隊であっても、夜間攻撃が可能なパイロットは数が限られます。我が軍のタラント攻撃も、優秀な者を選抜して実施しております」

フィリップスの疑問に、首席参謀サイモン・ヘイワーズ大佐が答えた。

「少数精鋭《せいえい》で来るということだな」

フィリップスは頷き、油断はできぬな、と口中で呟いた。

「左舷側より爆音。接近して来ます！」

二三時一〇分、艦橋見張員が報告を上げた。

フィリップスは、左舷側の空を見上げた。

敵機の影は、すぐには見えない。視界に入るものは、無数の星々だけだ。

ほどなく、フィリップスの耳にも爆音が聞こえ始め、急速に拡大した。

各艦の対空火器は、まだ火を噴かない。

先に発砲すれば、発射炎で位置を暴露《ばくろ》してしまう。

敵が艦影に気づかないのであれば、このままやり過ごすのが賢明だ。

左舷側から迫った爆音が、右舷《うげん》側へと抜けた。

音が一旦小さくなり、再び拡大する。反転し、右舷側から接近して来たのだ。

フィリップスは、右舷側を注視した。

右後方の空に、月齢一九の月が見えている。

月の光を、一瞬黒い影が遮《さえぎ》った。

（来る！）

フィリップスが直感したとき、爆音が再び「プリンス・オブ・ウェールズ」の頭上を通過した。

二秒ほどの間を置いて、「プリンス・オブ・ウェールズ」の前甲板が青白い光に照らし出された。

前部二基の主砲塔──四連装と連装を組み合わせた特異な配置の主砲が、おぼろげな光の中に浮かび上がっている。

「敵機、吊光弾《ちょうこうだん》を投下！」

「『リパルス』の頭上に吊光弾！」

二つの報告が、続けざまに飛び込んだ。

「敵機多数、左九〇度より接近！」

レーダーマンが敵の動きを報告する。肉眼では見えない、闇の中の動きを、電波の目がはっきり捉えている。

「艦長より砲術、射撃開始！」

リーチが、射撃指揮所に下令した。

「プリンス・オブ・ウェールズ」の対空火器は、すぐには火を噴かなかった。

後続する「リパルス」も、四隻の駆逐艦も、沈黙を守っている。

視界が不自由な夜間だ。両用砲、ポンポン砲、機銃群の指揮官は、敵機を引きつけてから撃つよう命じているのだろう。

新たな爆音が聞こえ始めた。

先に、「プリンス・オブ・ウェールズ」の頭上を通過したものよりも遥かに大きい。多数の敵機が、先を争うようにして突っ込んで来るのだ。

艦の左舷側が明るくなり、砲声が届いた。

大太鼓《おおだいこ》を打つような音と、小太鼓を連打するような音が、同時に響いた。

一三・三センチ両用砲と二ポンド八連装ポンポン砲が、対空射撃を開始したのだ。

「『リパルス』射撃開始！」

「『エレクトラ』『エクスプレス』射撃開始！」

「『ヴァンパイア』『テネドス』射撃開始！」

見張員が、次々と報告を上げる。

「プリンス・オブ・ウェールズ」の前方にも発射炎が閃き、駆逐艦の小振りな艦影を、瞬間的に浮かび上がらせる。

左舷上空に、閃光が走った。一瞬、ばらばらになった敵機の残骸が視界に入ったが、すぐに闇の中に消えた。

「敵……撃墜！」

弾《はず》んだ声で報告が上げられるが、間断《かんだん》ない砲声に遮られ、途切れ途切れにしか聞こえない。

両用砲、ポンポン砲は、なおも撃ちまくる。

新たな撃墜機はない。視界の利かない夜間だ。照準の正確さは望めない。

爆音が「プリンス・オブ・ウェールズ」の頭上を通過した。

右舷側にも発射炎が閃き、離脱する敵機の背後から一三・三センチ砲弾、二ポンド砲弾が追いすがる。

二機目、三機目が、続けて頭上を通過する。

（そろそろ来るか）

フィリップスが予感したとき、「プリンス・オブ・ウェールズ」の左舷側海面に飛沫《しぶき》が上がった。

炸裂音は大きいが、弾着位置は遠い。敵一番機の投弾は、大きく逸《そ》れたのだ。

二発目、三発目が、続けて落下する。二発目は遠方に落下したが、三発目が右舷至近に着弾し、艦橋の右脇に、巨大な水柱《みずばしら》を噴き上げる。

四発目から六発目までは外れたが、七発目が直撃弾となった。

後方から炸裂音が届き、衝撃と振動が艦橋を震わせた。

「被害状況報せ！」

リーチが、内務長のケネス・ロスマン中佐に命じるが、すぐには報告が来ない。

敵弾は繰り返し「プリンス・オブ・ウェールズ」

の周囲に落下し、夜の海面を沸《わ》き返《かえ》らせる。

ほどなく二発目の直撃弾が、「プリンス・オブ・ウェールズ」を見舞《みま》った。

今度も後部に命中したらしく、炸裂音と衝撃が伝わった。

「三番両用砲、後甲板に被弾。敵弾は五〇〇ポンドと推定。戦闘、航行に支障なし！」

「『リパルス』より報告。被弾二。損害軽微とのことです」

ロスマン内務長の報告が艦橋に上げられ、続いて通信長ゴードン・ネルソン中佐が報告した。

日本軍は精鋭を繰り出したようだが、命中弾数は合計四発に留まったのだ。

「左前方より新たな敵機！　低空より接近！」

安心する間もなく、新たな報告が飛び込む。攻撃は、まだ終わっていなかったのだ。

「取舵《とりかじ》一杯！」

「取舵一杯！」

リーチの命令を、航海長ジャック・ベーカー中佐が操舵《そうだ》室に伝える。

舵《かじ》が利くのを待つ間、両用砲、ポンポン砲が撃ちまくる。

一三・三センチ弾が低空で次々と炸裂し、爆発光が敵機の姿を瞬間的に浮かび上がらせる。

イギリス空軍のブリストル・ブレニムやブリストル・ボーファイターを思わせる、双発の中型機だ。

海面近くの低空から攻撃して来るのは、雷撃を狙ってのことか。

（万一、被雷《ひらい》すれば――）

最悪の事態が脳裏《のうり》に浮かび、フィリップスは思わず身を震わせた。

魚雷一、二本程度の命中で「プリンス・オブ・ウェールズ」が沈むことはないが、速力の低下は避けられない。傾斜に伴う射撃精度の低下も懸念される。

そうなれば、アメリカ軍と合流しても、戦力としては期待できない。友軍の前で、大英帝国海軍《ロイヤル・ネイヴィー》の恥をさらすようなものだ。

（かわせ。何としても、かわしてくれ）

口中で呟いたつもりだが、知らず知らずのうちに口に出してしまったらしい。

「ベストを尽くします」

リーチが、フィリップスに向かって頷いた。

一三・三センチ両用砲、二ポンドポンポン砲は、依然《いぜん》射撃を続けている。

「プリンス・オブ・ウェールズ」の左舷側は、発射炎によって昼間のように明るくなり、海面付近では、爆発光が続けざまに閃いている。

連射音が砲声に加わり、青白い火箭が闇を裂いて噴き延びた。四〇ミリ機銃、二〇ミリ機銃が射撃を開始したのだ。

どの射弾が命中したのかは不明だが、敵一機が火を噴き、よろめく。

そこにポンポン砲弾が直撃し、真っ赤な炎をしぶかせて砕ける。

更に敵一機が、海面に叩き伏せられるように墜落する。

対空火器の戦果は二機だけだ。残りは、ひるまずに突っ込んで来る。

敵機は高度を上げることなく、「プリンス・オブ・ウェールズ」の前方を、左から右に通過した。

最後の一機が通過したとき、舵がようやく利き始め、「プリンス・オブ・ウェールズ」は艦首を大きく左に振った。

全長二二七・一メートル、最大幅三四・二メートル、基準排水量三万六七二七トンの巨体が、夜の海面を弧状《こじょう》に切り裂き、左へ左へと回ってゆく。

フィリップスは夜の海面を凝視《ぎょうし》するが、雷跡らしきものは視認できない。

東洋艦隊の指揮官としては、リーチ艦長の的確な操艦による回避の成功を祈るだけだ。

やがて――。

「雷跡、全て後方に抜けました！」

「敵機、離脱します！」

見張員とレーダーマンが、前後して報告を上げた。

期《き》せずして、艦内に歓声が上がった。

日本軍の攻撃を凌いだ。開戦後、最初の戦いに勝った。命拾いした――そんな複数の思いが、入り交じっていた。

「『リパルス』はどうだ？」

「損害軽微との報告です」

フィリップスの問いに、ヘイワーズが答えた。

「駆逐艦の被害は？」

「被弾した艦はありません。敵機は、全機が本艦と『リパルス』を狙ったようです」

「オーケイ！」

フィリップスは、満足の声を上げた。

イギリス東洋艦隊は、夜間攻撃による被害を最小限に抑えた。

水平爆撃と雷撃の連続攻撃を受けながら、「プリンス・オブ・ウェールズ」「リパルス」共に、被害は爆弾命中二発に留まったのだ。

フィリップスは、力を込めて命じた。

「針路を戻せ。友軍が、本艦と『リパルス』を待っている」

## 7

南方部隊が、英国東洋艦隊に対する航空攻撃の結果を知ったのは、日付が一二月九日に替わった一時間後だった。

「撃沈にまで至らなくとも、一隻程度は落伍《らくご》させることを期待していたのだがな」

第六戦隊旗艦「青葉」の艦橋で、司令官五藤存知少将が、ため息と共にその声を吐き出した。

開戦直後、南遣艦隊の小沢治三郎司令長官は、仏印に展開する第二二航空戦隊に、英東洋艦隊の捕捉、撃滅を命じていた。

同部隊が米太平洋艦隊に合流する前に叩き、敵がこれ以上強大化するのを防ぐのだ。

二二航戦は、一二月八日早朝より南シナ海一帯に索敵機を飛ばしたが、スコールの発生による視界不良等もあって、英艦隊の発見に手間《てま》取《ど》った。

パラワン島の南西沖で、索敵機が英艦隊を発見し、報告電を打電したときには、既に日没が迫り、日があるうちの攻撃は不可能となっていた。

本来であれば、一二月九日の夜明けを待ってから、攻撃を開始すべきだったかもしれない。

だが、二二航戦の司令官松永貞市《まつながさだいち》少将は、

「攻撃を翌日に持ち越せば、航空偵察からやり直しになる。英艦隊を再び捕捉できるとは限らないし、英艦隊が米艦隊に合流してしまうかもしれない」

と判断したのだろう、夜間攻撃を強行した。

攻撃終了後、指揮官機は、

「攻撃終了。敵戦艦一ニ爆弾二発命中、同一ニ爆弾二発命中ヲ確認ス。〇〇三二《マルマルサンフタ》（現地時間一二月八日二三時三二分）」

と打電している。

爆弾二発程度の命中で、戦艦が沈没ないし戦闘不能に陥ることはあり得ない。

二二航戦は、英東洋艦隊の戦艦二隻に手傷《てきず》を負わせただけに留まったのだ。

「首席参謀、二二航戦の失敗をどう見る？」

「現場にいたわけではありませんし、確《かく》たることは申し上げられませんが、夜間の航空攻撃に無理があったのではないでしょうか」

五藤の問いに、貴島掬徳首席参謀は、前置きしてから答えた。

「英国海軍は、タラント攻撃を成功させている。あの作戦も、夜間攻撃だったと記憶しているが」

「タラント攻撃は、軍港内に停泊している艦を目標としていました。しかも、英軍は完全な奇襲に成功し、対空砲火による反撃をほとんど受けませんでした。二二航戦の夜間攻撃とは、状況が大きく異なります」

「作戦行動中の戦艦を、夜間の航空攻撃で沈めるのは困難だということかね？」

「戦艦が作戦行動中であれば、昼間であっても、航空攻撃で沈めるのは困難だと考えます。これまでのところ、作戦行動中の戦艦を航空攻撃だけで沈めた戦例はありません。盟邦ドイツの『ビスマルク』が英本国艦隊に撃沈されたときも、航空機は雷撃によって同艦を損傷させただけに留まっています」

「砲術参謀の意見は？」

五藤は、桃園幹夫砲術参謀に声をかけた。

「ポンポン砲の弾幕射撃に幻惑《げんわく》されたのではないか、と推測します」

桃園は、二二航戦の報告電が受信されたときから考えていた答を返した。

「ポンポン砲とは、狸《たぬき》の腹鼓《はらつづみ》みたいな名前だな」

「ヴィッカース社が開発した、八連装の四〇ミリ機銃です。我が国でも、毘式《びしき》四〇ミリ機銃として導入したことがあります」


毘式四〇ミリ機銃は、大正一五年にライセンス生産という形で導入が決まった対空火器だ。

当初は大型艦の対空砲や、駆逐艦以下の小型艦艇の備砲《びほう》として装備されたが、故障が多発した上に、最大射程が短く、有効性が低いと判断されたため、順次国産の二五ミリ機銃、一三ミリ機銃に置き換えられている。

現在は、駆潜艇や掃海艇のような小型艦艇の備砲や陸上基地の対空砲として用いられているだけだ。

「あの機銃は、欠陥《けっかん》兵器と評価されたはずだが？」

「英国では改良を続け、実用的な対空兵器に仕上げたものと考えられます。そうでなければ、最新鋭戦艦に装備したりはしません」

ポンポン砲は、毎分二〇〇発の発射速度を誇り、最大射程は六〇〇〇メートルに達する。

キング・ジョージ五世級戦艦は、八連装のポンポン砲を片舷二基ずつ装備する。

二二航戦の陸攻隊は、ポンポン砲の猛射を浴び、照準を狂わされたのではないか、と桃園は推測を述べた。

「夜間では瞳孔《どうこう》が開きますから、曳痕によって目が眩《くら》みやすくなります。二二航戦が夜間攻撃ではなく、昼間攻撃を選んでいれば、ポンポン砲による目くらましを受けることなく、投弾、投雷を成功させたかもしれません」

と、最後に付け加えた。

「英軍は、対空火器で陸攻を墜とすよりも、搭乗員の目を眩ませる効果を狙ったのか」

感心したように、五藤は言った。そんな対空火器の使い方があるのか、と言いたげだった。

「あくまで私の推測です」

桃園は応えた。実際にポンポン砲が目潰《めつぶ》しの効果を持っていたかどうかは、二二航戦の搭乗員に聞かねば分からない。

「本艦が夜間空襲を受けた場合には、同様の手段で対抗できるか？」

「防巡の兵装では困難です。――残念ながら」

貴島の問いに、桃園は答えた。

「青葉」を始めとする六戦隊各艦の対空兵装は、長一〇センチ連装砲六基、二五ミリ連装機銃一二基、一三ミリ連装機銃二基だ。

長一〇センチ砲は発射速度が高いといっても、ポンポン砲ほどではないし、二五ミリ弾、一三ミリ弾の曳痕では明るさが足りない。

「夜間空襲を受けた場合には――いや昼間であっても、操艦でかわして御覧《ごらん》に入れますよ」

久宗米次郎「青葉」艦長が、自信ありげに言った。

「青葉型、古鷹型は、妙高型以降の重巡に比べればちびですが、動きは機敏《きびん》です。降爆であれ、雷撃であれ、鍛え抜いた操艦術をもって回避します」

「艦長の操艦術を活かせるかどうか、だな」

陰気《いんき》な表情で、五藤は言った。

「航空攻撃の失敗で、英東洋艦隊は米太平洋艦隊に合流することが確実となった。敵は、フィリピンに出現したときよりも更に強大になって、我が軍を潰しにかかって来る」

艦橋の中が、しばし静寂《せいじゃく》に包まれた。

昨日、台湾からルソン島の南方海上まで長距離偵察に飛んだ九七式大型飛行艇が、シブヤン海を西進する米艦隊を発見している。

同機の報告電によれば、

「敵ハ戦艦一〇、巡洋艦八、駆逐艦多数。戦艦二隻ハ新式ト認ム」

となっている。

米軍は、真珠湾に在泊していた八隻の戦艦に、条約明け後に竣工した新鋭戦艦二隻を加えて、フィリピンに回航したのだ。

この大兵力に、英国戦艦二隻が加わる。

最新鋭艦を含めて、戦艦が一二隻となれば、連合艦隊が全戦艦を繰り出しても対抗は難しい。

呉工廠《こうしょう》では、最新鋭戦艦の「大和《やまと》」が竣工したとの情報が届いているが、同艦が訓練を終えて戦力化されるまでには半年ほどかかる。

それほどの強敵に、戦艦は二隻しか持たない南方部隊が立ち向かおうとしているのだ。

比類《ひるい》なき強大な敵に、どう挑み、どう戦うのか。

「敵とぶつかるまでに、まだ少し時間がある」

五藤は、ちらと艦外に目をやった。

第二艦隊旗艦「愛宕」と南遣艦隊旗艦「鳥海」は、「青葉」から少し離れた場所に錨泊している。

「我が六戦隊も、防巡の特性を活かした戦い方を考えよう」

## 8

「左六〇度に艦影。戦艦二、駆逐艦四。檣頭にイギリス国旗を確認」

アメリカ太平洋艦隊旗艦「ペンシルヴェニア」の艦橋に、見張員の報告が上げられた。

フィリピン・ミンドロ島とパラワン島の間にある

カラミアン諸島の中で、最大の面積を持つブスアンガ島の北方海上だ。

アメリカ太平洋艦隊司令部が、イギリス東洋艦隊に指定した会合《かいごう》ポイントだった。

司令長官ハズバンド・E・キンメル大将は、左前方の海面に双眼鏡を向けた。

合衆国の戦艦とは大きく異なった艦形を持つ巨艦が二隻、駆逐艦に先導されて、ゆっくりと近づいて来る。

一番艦は、城のようながっしりした形状の艦橋と、四連装、連装という二種類の主砲塔を持つ。

一目見たら、忘れられない外観だ。

その後方から進んで来る巨艦は、やや古めかしい外見を持つ。

巨大な三脚檣は、キンメルの旗艦「ペンシルヴェニア」と相通《あいつう》ずるものがある。

合衆国のノースカロライナ級戦艦と同世代の新鋭戦艦「プリンス・オブ・ウェールズ」と、リナウン級巡洋戦艦の「リパルス」が、太平洋艦隊の前に姿を現していた。

「二隻だけですか」

ウィリアム・スミス参謀長が不満そうな口調で言った。

本気でマレー半島やシンガポールを守る気があるなら、より多くの艦を出すべきだ、と思っているのかもしれない。

「イギリスは、ドイツ、イタリアとの戦争を第一に考えねばならない。その事情は、考慮しなければなるまい」

たしなめる口調でキンメルが言ったとき、通信室から報告が上げられた。

「東洋艦隊のトーマス・フィリップス提督が、長官と直接お話をしたいと希望しておられます」

「繋《つな》いでくれ」

キンメルは、即座に命じた。

若干の間を置いて、受話器の向こうから、深みのある声が伝わって来た。文法の教師が話すような、堅苦しい発音の英語だった。

「大英帝国海軍東洋艦隊司令長官のトーマス・フィリップス大将であります」

「アメリカ合衆国海軍太平洋艦隊を預かっておりますハズバンド・E・キンメル大将です。貴艦隊の合流を、心より歓迎いたします」

「早速《さっそく》ですが、当面の目標をお知らせいただきたい。分散している日本艦隊を、各個撃破の要領で叩くというのが、貴軍の作戦構想だとうかがいましたが」

「日本海軍の連合艦隊《コンバインド・フリート》は、麾下部隊を三隊に分散させています。第一にハイナン島、第二にタイワン、第三に日本本土です。最初の攻撃目標は、ハイナン島の日本艦隊です」

「そうではないかと考えておりました」

フィリップスの声に、好意的な笑いが混じった。

「ハイナン島にいる日本艦隊は、我が国の領土であるマレー半島、シンガポールを狙っていると考えられます。この部隊を片付けてしまえば、極東における大英帝国領土は安泰《あんたい》です。一点、注意を喚起《かんき》しておきたいのですが」

「うかがいましょう」

「フランス領インドシナにいる、日本軍の基地航空部隊に注意していただきたい。我が東洋艦隊も昨夜、移動中に空襲を受けました。損害は軽微でしたが、夜の闇の中でも的確に艦を発見し、攻撃して来ます。侮り難い相手です」

「太平洋艦隊は、空母三隻を伴っております。貴艦隊の頭上は、我が艦隊が責任を持って守ります」

「貴官の御厚意に感謝します。太平洋艦隊に、神の御加護《ごかご》のあらんことを」

「東洋艦隊にも、神の御加護のあらんことを」

互いに儀礼的な挨拶を交わし、会話は終わった。

「日本本土にいた艦隊は、どのあたりまで来ているかね？」

受話器を置くと、キンメルは航海参謀ハンク・ジエームス中佐に聞いた。

昨日夕刻、九州《キューシュー》の南方海上で、戦艦五隻乃至六隻、空母六隻乃至七隻を含む大艦隊を、友軍の潜水艦が発見している。

山本五十六《イソロク・ヤマモト》が率いる日本海軍の主力部隊に間違いない。

ハイナン島、タイワンにいる艦隊が、同部隊と合流すれば、太平洋艦隊に遜色《そんしょく》ない大部隊になる。

その前に、ハイナン島の部隊だけでも叩かねばならない。

「航路にもよりますが、一八ノットで航行したとすれば、沖縄《オキナワ》付近でしょう。ハイナン島まで最短の航路を取るとすれば、六〇時間程度で到達します」

「のんびりしてはおられぬな」

キンメルは呟いた。

現海域からハイナン島までは約六〇〇浬。平均一八ノットで航行すれば三三時間。

日本海軍の主力より、二七時間早く到達する。

二七時間といえば長いようだが、日本艦隊の捕捉に手間取れば、取り逃がす危険がある。

「全艦針路三〇〇度。ハイナン島に向かう」

重々しい声で命じたキンメルに、ジェームス航海参謀が具申した。

「平均一八ノットでハイナン島に向かった場合、敵艦隊との交戦は日没後になります。昼戦となるよう、時間を調整してはいかがでしょうか？」

キンメルは、時計を見上げた。

時刻は、現地時間の一一時一九分。

ハイナン島に接近するのは明日、一二月一〇日の二〇時過ぎとなる。

「夜間の接近砲戦では、戦艦主砲の長射程を活かせません。我が方の有利な点が一つ失われます」

チャールズ・マックモリス作戦参謀も発言した。

航海参謀の意見を採るべきだ、と主張したい様子だった。

「私は、夜戦を選ぶべきだと考えます」

スミス参謀長が、強い語調で具申した。

「昼戦を選んだ場合、日本艦隊との戦闘は明後日の夜明け後となります。必然的に、敵主力の接近を許すこととなり、太平洋艦隊は空母の艦上機から空襲を受ける可能性が危惧されます。水上砲戦と対空戦闘を、同時に行うことはできません。ハイナン島への突入を明日の日没後とした方が、確実に同地の日本艦隊を撃滅できると考えます」

「……参謀長の案を採ろう。各個撃破を狙うのであれば、敵との交戦は、少しでも早いほうがよい」

キンメルは、少し考えてから断を下した。思い出したように付け加えた。

「イギリス艦隊に打電せよ。『共《トモ》ニ征《イ》カン、イザ』と」

「盟邦というだけで、イギリス艦隊を信用できるものかな。フィリップス提督とは、直接顔を合わせたわけではなく、力量も不明だというのに」

太平洋艦隊次席指揮官と第一任務部隊《TF1》の司令官を兼任するウィリアム・パイ中将は、首を傾げながら呟いた。

「ペンシルヴェニア」から送られた「共ニ征カン、イザ」の信号は、パイの旗艦「オクラホマ」でも受信されている。

イギリス東洋艦隊を友軍として歓迎する意志を、全軍に向けて示したのだ。

「政治的な思惑という奴でしょう。キンメル長官にしても、本心からイギリス艦隊を歓迎しているわけではないと考えます」

参謀長のジェームズ・オズボーン大佐が言った。

イギリス海軍が誇る最新鋭戦艦一隻と、旧式ながら三八センチ砲六門を装備する巡洋戦艦一隻の戦列加入は、大幅な戦力強化に見えるが、太平洋艦隊の全将兵が喜んだわけではない。

太平洋艦隊の司令部幕僚や各戦隊の指揮官からは、

「太平洋艦隊には一〇隻もの戦艦があり、日本艦隊より優位に立てる。イギリス艦隊が加わったところで、戦力的にはさほどプラスにならない」

「イギリス東洋艦隊とは、一度も合同訓練を行ったことがない。共通の敵と戦うとしても、別行動を取った方がよいのではないか」

と、否定的な声が上がったのだ。

特に強く反対したのがパイだ。

「イギリス艦隊とは、戦術思想も、命令系統も異なります。合流すれば、プラスにならないどころか、マイナスになる可能性すら危惧されます。イギリス艦隊は予備兵力として、安全な後方で待機させるか、遊撃隊として動いて貰うのが最善と考えます」

と、キンメルに具申した。

パイは腹の底で、東洋艦隊のフィリップス司令長官を「事務屋《オフィス・ワーカー》」と呼んでいる。

フィリップスは英本国の軍令部で勤務した期間が長く、艦船勤務の経験が少ないため、実戦ではあまり期待できないと考えていたのだ。


東洋艦隊歓迎の意見は、太平洋艦隊よりも、アジア艦隊のトーマス・ハート司令長官より出された。

「合衆国艦隊とイギリス艦隊が手を携えて日本艦隊を打ち破れば、内外に対し、格好の政治的アピールになる。アジアの植民地に住む米英両国の国民を勇気づけると共に、枢軸国《すうじくこく》に米英の絆《きずな》の強さを見せつけ、戦意を低下させる効果も期待できる。東洋艦隊の申し出は、是非受けるべきだ」

と、強く主張した。

キンメルは最終的に、

「『プリンス・オブ・ウェールズ』は、我が軍のノースカロライナ級に匹敵する最新鋭艦であり、その威力には大いに期待できる。また同艦のクルーは、既に大西洋上でドイツ戦艦『ビスマルク』と戦った経験を持っている。戦艦同士の砲戦を経験した者の存在は貴重だ。また、フィリップス提督はイギリス海軍の主流派であり、将来は本国艦隊司令長官や軍令部長の椅子を約束されている。そのような指揮官と共に戦えば、合衆国とイギリスの友誼《ゆうぎ》を深めることに繋がる」

との理由で、反対意見を抑え、東洋艦隊の合流に同意した。

戦術上のメリットよりも、政治上の効果を重視したのだ。

「戦争が政治の延長線上にあるといっても、戦術は別だ。キンメル長官には分かっているはずだがな」

パイは「プリンス・オブ・ウェールズ」を見つめながら呟いた。

その一方では、このようにも考えている。

ハイナン島の日本艦隊は弱敵だ。イギリス艦隊の戦列加入がプラスにならなくとも、足を引っ張られることにはならないだろう――と。

ほどなく、盟邦の艦隊を加えた太平洋艦隊は、ハイナン島を指して、ゆっくりと動き始めた。

# 第五章　海南島《かいなんとう》沖海戦

# 1

ハイフォンは、中国の雷州《らいしゅう》半島と海南島、仏印東岸に囲まれたトンキン湾の奥に位置している。

仏印にある港湾都市の中では、最も北にある街だ。

現在、この街には、日本軍の兵士が溢《あふ》れている。

マレー進攻のため、海南島に待機していた第二五軍三万五〇〇〇名の将兵が、米軍の攻撃を避けるため、避退して来たのだ。

第二五軍は、ハイフォン周辺の海岸や岬《みさき》に部隊を展開させ、トンキン湾を監視すると共に、海南島にも洋上監視用の小部隊を残している。

ハイフォンへの移動は、開戦前に行われたが、米英軍に動きを気づかれていないとの保証はない。

ハイフォン市内に潜《ひそ》む間諜の存在も考えられる。

昭和一五年九月、日本軍が北部仏印に進駐するまでは、米英による国民党軍への支援ルート、いわゆる援蔣《えんしょう》ルートの重要な陸揚港《りくあげこう》だった場所なのだ。

米太平洋艦隊や英東洋艦隊がトンキン湾に突入し、第二五軍の頭上から、巨弾の雨を降らせる可能性は大いに考えられる。

接近する敵艦をいち早く発見し、第二五軍司令部に通報するのが、監視部隊の役目だった。

「どうして、こういうことになった？」

一二月一〇日の夕刻、ハイフォン南方の海岸で、九名の兵と共に監視任務に当たっている天宮喜一《あまみやきいち》軍曹は、夜のトンキン湾を眺めながら自問した。

天宮は、第二五軍に属する三個師団のうち、第一八師団の歩兵第五六連隊に所属している。

英国領マレー半島のコタバルに上陸を予定していた部隊だ。

本来であれば、今頃はコタバルの英軍飛行場を占領し、シンガポールを目指して南下を開始していたはずだった。

ところが現実には、マレー上陸どころか、ハイフオンへの後退を余儀なくされている。

マレー半島に上陸するのがいつになるのか、全く見当がつかない状態だ。

勇《ゆう》を振るって英軍陣地に突入するはずだった兵士たちは、敵艦の影に怯《おび》えながら日を送っている。

その間に、マレー半島の英軍は防備を固めるであろうから、作戦は困難さを増す。

何が、皇軍《こうぐん》の作戦を狂わせたのか、と考えずにはいられない。

いや、作戦の実施が遅れる程度なら、まだましな方だ、と思い直す。

海軍の南方部隊は、敵艦隊を全力で阻止するというが、守られるかどうかは分からない。

南方部隊が敗北し、トンキン湾に米英の艦隊が突入して来たら――。

（我が第二五軍は破滅《はめつ》だ）

天宮は、思わず身を震わせた。

米英の戦艦が装備する主砲は、小さなものでも口径三五・六センチ、大きなものでは四〇センチに達するという。

陸軍の火砲であれば、要塞砲に匹敵する巨砲だ。

そのような砲を、二〇門、三〇門と並べて砲撃されたら、海岸で配置に就いている監視部隊も、内陸で待機している第二五軍の主力部隊も、ひとたまりもなく壊滅するであろう。

「どうかされましたか、軍曹殿？」

天宮と共に、監視任務に就いている長谷川均《はせがわひとし》上等兵が訝しげに聞いた。

天宮が身体を震わせるのを見て、不審に思ったようだ。

「何でもない。それより、敵出現の兆候はないか？」

「ありません。艦影は見えませんし、敵機の爆音も聞こえません」

長谷川は答えた。

「米英の艦隊が来るとすれば、昼間じゃないですかね？　わざわざ夜を選ぶとは思えません」

天宮が率いる班の次席指揮官を務める武田俊介《たけだしゅんすけ》伍長が言った。

「海軍の偵察機が、海南島に接近する敵艦隊を発見したと報告している。到達予想時刻は二一〇〇《フタヒトマルマル》から二二〇〇《フタフタマルマル》の間だ。敵が速度を緩《ゆる》めなければ、そろそろ始まるはずだ」

天宮は、夜の海面に目を凝《こ》らした。

現在、空に月はない。夜空を彩るのは無数の星々のみであり、トンキン湾の海面は、闇の底に沈んでいる。

海軍の夜戦見張員は、特殊な訓練によって暗視《あんし》視力を鍛え、月明かりが全くない海面であっても、五〇〇〇メートル以上遠方の敵艦を発見できると聞くが、天宮の班には、そこまで夜目《よめ》が利く者はいない。裸眼《らがん》であれば、二〇〇〇メートル先を見通せれば上々といったところだ。

視界の外に、敵艦隊がいるのではないか。自分たちが全く気づかぬうちに、ひしひしと距離を詰めて来ているのではないか。今にも闇の彼方に発射炎が走り、巨弾が飛んで来るのではないか——そう考えると、気が気ではない。

相手が同じ陸軍の兵士であれば、ここまで怯えることはないが、相手が戦艦では手の出しようがない。

日露戦役のとき、輸送船の船上でロシアの軍艦に襲われた将兵も、今の自分たちと同じ気持ちだったのではないかと思う。

二二時二四分（現地時間二一時二四分）、静寂は唐《とう》突《とつ》に破られた。

「原口《はらぐち》小隊より入電！『二一四四《フタヒトヨンヨン》（現地時間二〇時四四分）、南方部隊、海南島沖ニテ敵艦隊ト戦闘ヲ開始セリ』であります！」

無線手を担当する森崎太郎《もりさきたろう》伍長が報告した。

原口小隊は、海南島に残留した洋上監視部隊だ。

「始まったか！」

天宮は小さく叫び、海南島がある南東海上を見つめた。

ハイフォンから海南島までは、最も近い海岸でも二〇〇キロ離れており、昼間であっても島を肉眼で見ることはできない。しかも戦闘が行われているのは、ハイフォンから見て、島を挟んだ反対側なのだ。

だが天宮は、監視所から身を乗り出し、夜の海面を見つめ続けた。

微《かす》かに砲声が聞こえたような気がしたが、それが風に乗って伝わって来たものなのか、空耳《そらみみ》なのかは分からなかった。

## 2

海南島の陸軍部隊が、ハイフォンの第二五軍本隊に緊急信を打電する少し前、第六戦隊旗艦「青葉」の艦橋に、夜戦見張員の報告が届いていた。

「敵らしき艦影、右三〇度、一三〇《ヒトサンマル》（一万三〇〇〇メートル）。大型艦五……いや六隻確認。中小型艦は確認できません！」

「一三〇《ヒトサンマル》で発見したか。梟《ふくろう》並だな」

五藤存知第六戦隊司令官は、賛嘆《さんたん》の声を上げた。

一万三〇〇〇メートルといえば、戦艦であっても、洋上の小さな点ぐらいにしか見えない距離だ。

「青葉」の見張員は、視界の利かない夜間に、それを発見したのだ。

「星明かりを遮る影から判断したのでしょう。曇天《どんてん》であれば、こうはいきません」

「青葉」艦長久宗米次郎大佐の返答は誇らしげだ。

「夜戦の権威」と言われる五藤から、部下を「梟並」と賞賛されたことは、この上ない名誉《めいよ》だったに違いない。

「旗艦より信号。『合戦準備。夜戦ニ備ヘ』」

「六戦隊、合戦準備。右砲雷戦！」

続いて上げられた報告を受け、五藤は凛《りん》とした声で命じた。

砲術参謀桃園幹夫少佐は、五藤の表情が、常になく生き生きしていることに気がついた。

水雷の専門家であり、「夜こそ俺のすみかだ」と公言《こうげん》するほど、夜戦に強い指揮官だ。強敵相手に、自分の本領《ほんりょう》を存分に発揮できるとあって、大いに張り切っているのだろう。

「砲術、右砲戦！」

「水雷、右魚雷戦！」

久宗が、砲術長岬恵介少佐と水雷長大原丈太郎《おおはらじょうたろう》少佐に下令する。

六基の長一〇センチ連装高角砲のうち、右舷側に指向可能な四基が旋回し、発砲の態勢を整える。

第三戦隊の「金剛」「榛名」や第四戦隊の「愛宕」「高雄」も、同様の動きを取っているはずだ。

敵艦隊からは、まだ発砲はない。

日本艦隊は海南島の南東岸を背に布陣《ふじん》しているため、艦影が島影《しまかげ》に隠れており、発見を困難にしているのだ。

「砲術参謀、砲戦距離はどうする？」

五藤が桃園に声をかけた。

「青葉」「加古」が装備する長一〇センチ砲の最大射程は一万四〇〇〇メートルだ。既に敵艦を射程内に捉えているが——。

「六〇《ロクマル》（六〇〇〇メートル）以内まで詰めて下さい。遠距離から発射しても命中は望めません。発射炎で、こちらの位置を暴露するだけです」

と、桃園は答えた。

「相手が戦艦では、近距離から撃っても同じではないかね？」

貴島掬徳首席参謀が聞いた。

長一〇センチ砲は、初速は大きいものの、戦艦の装甲鈑を貫通する力はない。こと対艦戦闘については、駆逐艦の主砲と同じ「豆鉄砲《まめでっぽう》」なのだ。

「上部構造物を破壊することはできます」

「いいだろう。豆鉄砲には豆鉄砲なりの戦い方がある。砲戦距離は六〇《ロクマル》としよう」

桃園の返答を受け、五藤が頷いた。

久宗が、射撃指揮所に「砲戦距離六〇《ロクマル》」と伝え、

「加古」にも命令が送られる。

その間にも、敵艦隊は距離を詰め、「距離一二〇《ヒトフタマル》(一万二〇〇〇メートル)」の報告が上げられる。

(この艦で戦艦とやり合おうなんて、正気《しようき》の沙汰《さた》じゃないな。いや、南方部隊だけで米太平洋艦隊主力を迎え撃つこと自体、自殺行為だ)

桃園は、そっと自分の首筋をなでた。

海南島から発進した索敵機が「敵艦隊見ユ」の報告電を打ったのは、この日の一五時一四分だ。

発見位置は、三亜港よりの方位九五度、一二〇浬であり、二一時三〇分から二二時の間には、海南島に接近すると見積もられた。

近藤信竹第二艦隊司令長官は、

「連合艦隊主力との合流は間に合わぬ。南方部隊だけでは勝算は乏しいが、敵に少しでも損害を与えると共に、ハイフォンへの敵艦隊の接近を阻止する」

と決定し、南方部隊を海南島の南東岸に沿って布陣させた。


現在、南方部隊は三隊に分かれ、針路を七五度に取っている。

「青葉」「加古」は、第四、第六、第八駆逐隊、合計一〇隻の駆逐艦を後方に従え、最前列に展開している。二隻の防巡と駆逐艦一〇隻で、臨時に水雷戦隊を編成した形だ。

本隊は、第二艦隊旗艦「愛宕」が先頭に立ち、その後方に「高雄」「鳥海」「最上」「三隈《みくま》」「熊野《くまの》」「鈴谷《すずや》」、高速戦艦「金剛」「榛名」という並びだ。

南遣艦隊隷下の第三水雷戦隊は、本隊の右舷側で待機している。

索敵機の情報によれば、敵は戦艦だけでも一二隻。戦艦は僅か二隻、後は巡洋艦、駆逐艦だけという南方部隊に、太刀打ちできる相手ではない。

唯一明るい材料は、高速、長射程を誇る魚雷の存在だ。

重巡、防巡、駆逐艦の一部が搭載する九三式六一センチ魚雷は、射程二万二〇〇〇で雷速四八ノット。

しかも純粋酸素を動力源としているため、航跡をほとんど残さない。

駆逐艦の多くが搭載する九〇式六一センチ魚雷は、九三式魚雷に比べてやや旧式だが、射程を七〇〇〇に調整すれば、四六ノットの雷速を発揮する。

全艦が雷撃を敢行《かんこう》すれば、敵戦艦の全てとは言わないまでも、何隻かを撃沈ないし航行不能に陥れることは不可能ではない。

夜の闇を活かした雷撃戦に、全てがかかっていた。

(皮肉なものだ。本艦の初陣《ういじん》が対空戦闘ではなく、夜間の水上砲戦だとは)

腹の底で、桃園は苦笑している。

空母や戦艦を敵機の攻撃から守ることを主目的に改装を施された防空艦が、戦艦や巡洋艦と殴り合いをすることになったのだ。

しかも、最も頼りとなる武器は、二基の四連装魚雷発射管だ。改装を受けるとき、軍令部や艦政本部の一部から、「防巡には不要」とされ、撤去を主張された装備なのだ。

最初の配属先が南方部隊となったときから、このようなことになるのでは、という予感はあったが、運命の皮肉を思わずにはいられない。

とはいえ、「青葉」「加古」の乗員、特に砲術科員には信頼が置ける。

航空機は、速度の大きさ、動きの複雑さにおいて、艦艇の比ではない。

両艦の砲術科員は、その航空機を撃墜できるよう、入念に訓練を積んできたのだ。

艦艇が相手なら必中できるはずだ、と桃園は信じていた。

「右前方より爆音。敵の観測機らしい」

二一時三四分(現地時間二〇時三四分)、空中聴音《ちょうおん》室《しつ》より報告が上げられた。

米軍は、空中から日本艦隊を発見すべく、水上機を放ったのだ。

「見つかるのは時間の問題ですな」

貴島が陰気な表情で呟いた。

五藤は、動じた様子を見せない。艦橋の中央に立ち、右舷前方を見つめている。

「落ち着け。平常心を保て」

無言のうちに、全員にそう告げているように感じられた。

ほどなく、爆音が聞こえ始めた。

一機だけではない。一〇機以上が放たれ、南方部隊の上空に迫っている。

爆音が、一旦左舷側に抜ける。

若干の間を置いて、再び頭上に接近して来る。

南方部隊の陣容《じんよう》や艦の並びを見極《みきわ》めようとしているかのようだ。

「砲術より艦長、発砲命令を！」

「駄目《だめ》だ。別命あるまで待機だ」

岬砲術長の具申を、久宗艦長が却下する。

発射炎によって位置を暴露すれば、「青葉」だけではなく、南方部隊全体が攻撃を受ける。

味方のためにも、今は堪《こら》えねばならない。

「敵距離一〇〇《ヒトマルマル》（一万メートル）！」

「敵艦隊取舵。二五五度に変針！」

見張員が報告し、次いで岬が報告を上げた。

南方部隊とは正反対の針路だ。敵は、反航戦の態勢を取ったのだ。

「来るぞ！」

五藤が小さく叫んだとき、「青葉」の頭上を爆音が通過し、青白い光が降り注ぎ始めた。

「後部見張りより艦橋。後方に吊光弾多数！」

後部指揮所が、状況を報せる。

敵の観測機が、南方部隊の頭上から一斉に吊光弾を投下したのだ。

海南島の島影を利用して姿を隠していた南方部隊の艦艇群は、その姿を光の下にさらけ出されている。

右舷側海面に発射炎が閃き、敵の艦影が瞬間的に浮かび上がった。

発砲した艦は五隻だ。回頭を終えた艦が、砲撃を開始したのだ。

敵弾の飛翔音が、急速に拡大する。観測機の爆音などとは、比較の段ではない。夜の大気が、激しく鳴動《めいどう》している。

桃園にとっても、「青葉」の乗員にとっても、生涯《しょうがい》で初めて聞く音だった。

「総員、衝撃に備えよ！」

久宗が下令した数秒後、真下から突き上げるような衝撃と共に、「青葉」の右舷側海面が大きく盛り上がり、奔騰《ほんとう》した。

夜目にも白い海水の柱がそそり立ち、しばし右舷側の視界を閉ざす。

基準排水量九〇〇〇トンの艦体が、嵐に翻弄《ほんろう》される小舟のように、激しく動揺する。

防巡への改装前は、重巡洋艦に類別《るいべつ》されていた艦だが、帝国海軍の重巡の中では、準同型艦の古鷹型と共に最も小さかった艦だ。

至近弾の爆圧は、その艦体を容赦なく突き上げ、揺さぶっていた。

動揺がやや収まったところで、桃園はちらと五藤を見やった。

五藤は艦橋の中央に仁王立《におうだ》ちとなったまま、僅かに唇《くちびる》の端を吊り上げている。動じた様子は全くない。

至近弾の一発や二発で慌てるな――そんな意志を感じさせた。

「後部見張りより艦橋。『愛宕』『高雄』に至近弾！」

「砲術より艦橋。敵戦艦は旧式艦と認む」

二つの報告が、艦橋に上げられる。

艦橋からでは、敵の艦形を見分けるのは困難だが、射撃指揮所には直径一八センチの大双眼鏡がある。

岬砲術長は、発射炎の中に浮かび上がった影から、敵の艦形を見抜いたのだ。

数秒後、右舷側海面に新たな発射炎が閃いた。

今度は、海上の八箇所だ。新たに三隻の戦艦が、砲撃に加わったのだ。

「旗艦からの命令は？」

「まだありません！」

五藤の問いに、通信参謀の関野英夫《せきのひでお》少佐が答えた。

敵弾が、轟音《ごうおん》を上げて飛来する。

再び「青葉」の右舷側に至近弾落下の水柱が奔騰し、強烈な爆圧が艦底部を突き上げる。

最初の砲撃よりも、衝撃が大きいようだ。「青葉」の艦体が何メートルも持ち上げられたような気がする。

敵が、三度目の砲撃を放った。

海上の複数箇所に閃いた発射炎が、周囲の星明かりをかき消し、艦影を浮かび上がらせた。

「砲術より艦橋。発砲せる敵艦一〇隻！」

岬が、新たな報告を上げる。

多数の敵弾が夜気《やき》を震わせながら飛来し、弾着の衝撃が襲う。

多数の水柱が目の前に奔騰し、爆圧が艦底部を突き上げ、鋼鉄製の艦体を震わせる。

「機関長、異常はないか？」

久宗が機関長磯部太郎《いそべたろう》中佐を呼び出し、報告を求めた。

至近弾落下に伴う爆圧を三度も受けたのだ。缶の故障や機関部への浸水は、充分に起こり得る。

「至近弾はときとして、直撃弾以上の深刻な被害をもたらす」

各艦の機関長や内務長の中には、そう語る者も少なくない。

「異常ありません！」

磯部が気丈《きじょう》な声で返答したとき、敵が第四射を放った。

今度は、全弾が「青葉」の後方に落下したらしく、水柱を見ることはなかったが、爆圧は艦尾を突き上げ、艦が僅かに前にのめった。

束《つか》の間《ま》、艦首甲板が海面すれすれにまで沈み込んだように見えた。

「操舵室、舵に異常はないか？」

「異常なし！」

航海長早坂彰《はやさかあきら》中佐の問いに、操舵長織部忠正《おりべただまさ》特務少尉が返答する。

防巡に改装される前から、「青葉」の舵輪《だりん》を握って来たベテランだ。報告には、全幅の信頼が置ける。

艦の動揺が収まったとき、敵艦隊の頭上に、複数の光源が出現した。

満月のそれを思わせる青白い光が、敵の艦影を浮かび上がらせている。

本隊の戦艦、重巡から発進した観測機が、敵艦の頭上から吊光弾を投下したのだ。

「砲術より艦橋。敵戦艦は一二隻。最後尾の二隻は英国戦艦と認む！」

岬が、新たな報告を上げた。

心なしか、声が上ずっているように感じられる。

南方部隊は、新鋭艦を含む一二隻もの戦艦から砲撃を受けているのだ。恐怖を感じないではいられなかったろう。

「一二隻とは張り込んだものだ」

五藤の言葉からは、敵に対する恐れや感嘆よりも、呆れたような響きが感じられる。鶏《にわとり》を裂くのに牛刀《ぎゅうとう》を以てする類《たぐ》いだ、と言いたげだった。

敵の艦上に、新たな発射炎が閃いた直後、通信室と連絡を取っていた関野通信参謀が叫んだ。

「旗艦より入電！『六戦隊、突撃セヨ』」

「よし、行くぞ！」

このときを待っていた――その感情を露わにした口調で、五藤が叫んだ。

その口から、続けざまに命令が飛び出した。

「六戦隊、針路一三五度。最大戦速！」

「後続艦に信号。『我ニ続ケ』」

五藤の命令を受けた久宗が、早坂航海長に「面舵《おもかじ》一杯。本艦針路一三五度」を命じる。

「司令官、雷撃はまだですか？」

貴島が聞いた。

雷撃については、各戦隊の司令官に時機判断を委ねる旨、近藤長官から通達が届いている。

敵艦隊との距離は一万。敵戦艦は、九三式六一センチ魚雷の射程内にある。

「まだだ」

五藤はかぶりを振った。

雷撃目標と発射時機は、自分が判断する——引き締まった顔が、無言のうちに告げていた。

機関の鼓動が高まり、「青葉」が増速したとき、新たな敵弾が飛来した。

弾着の衝撃がまたも艦を震わせ、空中高く噴き上げられた海水が、滝となって「青葉」の頭上から降り注いだ。

## 3

ハズバンド・E・キンメル太平洋艦隊司令長官は、旗艦「ペンシルヴェニア」の艦橋で苛立っていた。

偵察機の情報によれば、ハイナン島で守りに就いている日本艦隊は、戦艦二隻、巡洋艦八隻乃至九隻、駆逐艦二〇隻から二五隻。

米英の連合国艦隊は、戦艦、巡戦だけで一二隻を数える。

護衛として、巡洋艦八隻、駆逐艦二八隻が付くが、これらが戦闘に加わるまでもない。

戦艦、巡戦が斉射を数回浴びせるだけで、殲滅できると思っていた。

ところが麾下の戦艦は、思うように直撃弾を得られない。

ノースカロライナ級、コロラド級戦艦の四〇センチ砲弾も、「ペンシルヴェニア」以下六隻の三五・六センチ砲弾も、はるばるヨーロッパから参陣した「プリンス・オブ・ウェールズ」「リパルス」の射弾も、大量の海水を空中に噴き上げるばかりだ。

「長官、砲弾を無駄遣《むだづか》いしては、肝心なときに弾切れとなる危険があります」

「そのようなことは分かっている！」

ウィリアム・スミス参謀長の具申に、キンメルは怒声で返した。

スミスの意見は、もっともだと理解している。

ここはハワイ近海ではなく、本国から遠く離れた南シナ海の戦場だ。

フィリピンのアジア艦隊には、戦艦の主砲弾は備《び》蓄《ちく》されておらず、補給を受けることもできない。

一〇隻の戦艦も、イギリス艦隊の「プリンス・オブ・ウェールズ」「リパルス」も、弾薬庫内の主砲弾を撃ち尽くせば、それで終わりなのだ。

その貴重な砲弾を、巡洋艦を中心とした弱小艦隊相手に浪費したのでは、連合艦隊《コンバインド・フリート》の主力と戦うとき、砲弾が足りなくなるかもしれない。

(いっそ見逃すか?)

そんな考えが、キンメルの脳裏をかすめる。

このような弱敵は放置し、ヤマモトの本隊と先に戦う方が賢明ではないか。

ハイナン島の日本艦隊は、敵の主力を撃滅した後、あらためて片付ければよい。

(いや、それはできぬ)

キンメルは思い直した。

強大な太平洋艦隊が、弱小の日本艦隊に背を向けたとあっては、合衆国海軍の名誉に関わる。

しかも今は、イギリス東洋艦隊と共同行動を取っている最中なのだ。

同盟軍の前で、怯懦な振る舞いはできない。

「敵との距離を――」

命令を口にしかかったとき、日本軍の吊光弾が、戦艦部隊の頭上で点灯された。

おぼろげな光が降り注ぎ、キンメルの旗艦「ペンシルヴェニア」も、その姿を浮かび上がらせた。

数秒後、ハイナン島の手前に多数の発射炎が閃き、敵の艦影が瞬間的に浮かび上がった。

「右六〇度に戦艦二隻を確認!」

「ペンシルヴェニア」の射撃指揮所から、報告が上げられる。

## アメリカ海軍 ペンシルヴェニア級戦艦「ペンシルヴェニア」

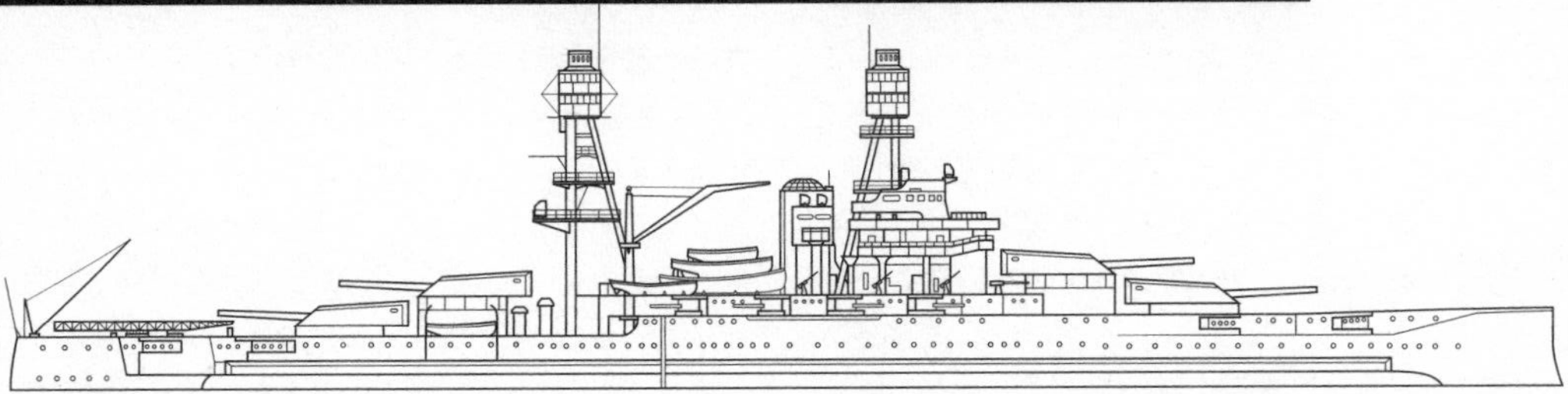

| | |
|---|---|
| **全長** | 185.3m |
| **最大幅** | 32.4m |
| **基準排水量** | 33,100トン |
| **主機** | ギヤードタービン 4基／4軸 |
| **出力** | 32,000馬力 |
| **速力** | 20.5ノット |
| **兵装** | 35.6cm 45口径 3連装砲 4基 12門 |
| | 12.7cm 25口径単装砲 12門 |
| | 7.6cm 50口径 単装高角砲 10門 |
| | 12.7mm 単装機銃 8基 |
| **航空兵装** | 水上機 3機／射出機 1基 |
| **乗員数** | 2,290名 |
| **同型艦** | アリゾナ |

アメリカ海軍が1913年度計画で建造した主力戦艦。ネバダ級の拡大発展版で、船体長、排水量ともに１割ほど増している。これにより主砲の砲門数はネバダ級の10門から12門に増した。艦幅もわずかながら拡がったことで、２軸推進から４軸推進となっている。

1916年６月に就役、大西洋艦隊に所属。1917年４月、アメリカはドイツに宣戦し第１次大戦に加わったが、本艦は燃料の問題で欧州には派遣されなかった。その後、1929年から２年間にわたり、籠マストから三脚檣に変更されたほか、機関の換装、副砲および高角砲の換装など、近代戦に対応すべく大改装工事を施された。

大改装ののち、所属を太平洋艦隊に変更。ハズバンド・E・キンメル大将の太平洋艦隊司令長官就任とともに太平洋艦隊旗艦となり、緊張が高まる日本との開戦に備え、日々訓練を積んでいる。

発射炎の中に浮かび上がったシルエットの大きさから、敵の艦種を識別したのだ。

「第一《BD1》、第二《2》戦艦戦隊は、敵の戦艦二隻に砲撃を集中せよ。第四《BD4》、第六《6》戦艦戦隊、及び英艦隊は、巡洋艦以下の艦を叩け」

　キンメルは、日本艦隊との相対位置を脳裏に思い描きながら命じた。

　BD1、2は、三五・六センチ砲戦艦から成る部隊だ。

　BD1は「ネバダ」「ペンシルヴェニア」「アリゾナ」、BD2は「オクラホマ」「テネシー」「カリフォルニア」を擁している。

　二隻の敵戦艦を確実に仕留《しと》めるには、コロラド級戦艦の「メリーランド」「ウェストバージニア」を擁するBD4か、最新鋭戦艦の「ノースカロライナ」「ワシントン」を擁するBD6の方が適任かもしれない。

　だが、BD1、2は、戦艦部隊の前方に位置しており、二隻の敵戦艦を照準しやすい位置にある。

　ここは、六隻の三五・六センチ砲戦艦で砲火を集中するのが最善だ。

　各艦が新目標への砲撃を開始する前に、敵の射弾が飛来する。

「ペンシルヴェニア」の右舷側海面に、敵弾落下の水柱が奔騰し、しばし右舷側の視界を閉ざす。

　爆圧は、微かに艦橋に伝わって来る。

　射撃精度は粗い。夜間に一万一〇〇〇ヤード（約一万メートル）の距離で、初弾命中を得られるほどの腕はないようだ。

　水柱が崩れたとき、前をゆく「ネバダ」の右舷側海面にも、弾着の水柱が奔騰する。

　二隻の敵戦艦は、BD1の旗艦「ネバダ」と、BD1二番艦の位置にある太平洋艦隊旗艦「ペンシルヴェニア」を狙って来たのだ。

「小癪《こしゃく》な！」

　キンメルが呟いたとき、「ネバダ」の右舷側に火焔がほとばしり、巨大な三脚檣が左舷側に仰《の》け反《ぞ》る様が見えた。雷鳴を思わせる砲声が、「ペンシルヴェニア」の艦橋にも伝わった。

艦長チャールズ・M・クック大佐が「撃て《ファイア》！」を下令し、「ペンシルヴェニア」の三五・六センチ主砲一二門も、右舷側に向けて火を噴く。

斉射の衝撃は、基準排水量三万三一〇〇トンの艦体を激しく震わせ、強烈な砲声は、しばし艦橋内での会話を不可能にする。

「『アリゾナ』斉射。『オクラホマ』『テネシー』『カリフォルニア』斉射」

斉射の余韻《よいん》が収まるのを見計らったように、後部指揮所から報告が上げられ、三五・六センチ砲の砲声が伝わって来る。

直撃弾を得た艦はない。

六隻の戦艦が発射した、合計六八発の三五・六センチ砲弾は、水柱を派手《はで》に噴き上げたものの、敵艦の艦上に火焔が躍ることはない。

日本艦隊は島を背にすることで、照準を困難にし、一二隻の戦艦に空振りを繰り返させているのだ。

敵戦艦の第二射弾が、「ネバダ」「ペンシルヴェニア」の右舷側海面に落下する。

今度も、弾着位置は遠い。

水柱は目視できる位置に奔騰するが、直撃にはほど遠い。

（かの東郷提督《アドミラル・トーゴー》が率いた艦隊は、ツシマ沖の海戦で驚異的な射撃精度を誇ったようだが、ヤマモトの部下たちは、トーゴーの後継者に相応しくないようだな）

キンメルが唇を侮蔑《ぶべつ》の形に歪めたとき、

「長官、同航戦に切り替えては？」

スミス参謀長が具申した。

現在、日本艦隊はハイナン島の南東岸に沿い、針路を七五度に取っている。

太平洋艦隊の針路は二五五度。日本艦隊とは正反対だ。

戦艦、巡戦一二隻の巨砲で、敵を容易《たやす》く一掃できれば問題はなかったが、予想外に手こずっている。

このままでは、取り逃がす恐れがある。

「全戦艦、右一斉回頭。同航戦に切り替える！」

キンメルは、即座にスミスの具申を容《い》れた。

太平洋艦隊の全艦にイギリス東洋艦隊まで加わった大艦隊が、弱小の日本艦隊を取り逃がしたとあっては、合衆国海軍の名誉に関わる。

一隻たりとも、逃がすわけにはいかない。

「面舵一杯。針路七五度」

「面舵一杯。針路七五度！」

クック艦長が航海長アルバート・ミルズ中佐に命じ、ミルズが操舵室に指示を送る。

「ペンシルヴェニア」も、他の一一隻の戦艦、巡戦も、すぐには艦首を振らない。

基準排水量が最も小さなネバダ級戦艦でも二万九〇〇〇トン、最も大きなノースカロライナ級戦艦は三万五〇〇〇トンに達するのだ。舵が利くまでには、どうしても時間がかかる。

舵の利きを待つ間に、キンメルは新たな命令を発した。

「第六、第九《CD6、9》巡洋艦戦隊、及び第一水雷戦隊《DF1》は戦艦部隊に先行。針路を三〇度に取り、敵の頭を塞げ。退路を断った上で殲滅してくれる」

## 4

司令官命令に従い、艦首を大きく右に振った「青葉」は、第六戦隊の僚艦《りょうかん》「加古」と駆逐艦一〇隻を従え、三三ノットの速力で突撃を開始していた。

艦橋トップの射撃指揮所からは、直径一八センチの大双眼鏡を通じて、敵戦艦の隊列が見える。

主砲の砲口からほとばしる発射炎は、目も眩むほどの明るさだ。

敵弾は、轟音を上げて「青葉」の頭上を通過する。

海南島の南東岸に沿って進撃していたときには、

何度も至近弾を食らったが、変針し、突撃に移ってからは、「青葉」への砲撃はない。

敵戦艦は、南方部隊本隊の金剛型戦艦二隻と高雄型重巡三隻、最上型重巡四隻を、もっぱら砲撃しているようだ。

「青葉」「加古」は、他の重巡よりも小さいため、脅威が小さいと思われているのかもしれない。

「舐めたら痛い目にあうぜ、米軍！」

砲術長岬恵介少佐は、双眼鏡の中に映る敵戦艦を見据えて呟いた。

長一〇センチ砲を主兵装とする防巡と、三五・六センチ砲、四〇センチ砲を装備する戦艦では、火力が違い過ぎる。

しかも、彼我の距離は一万を切っているのだ。

主砲弾が直撃すれば、「青葉」など一撃で消し飛びかねない。

だが、岬は恐怖を感じていない。

「青葉」の砲術長に任じられたとき、

「飛行機みたいな小さな目標を撃つために、修練《しゅうれん》を積んできたんじゃない」

との不満を抱いたが、その「青葉」が、思いがけず水上砲戦に参加することになったのだ。

しかも、相手は帝国海軍が長年宿敵《しゅくてき》と目《もく》してきた米軍の主力戦艦だ。

砲術の専門家にとっては、一世一代の晴れ舞台だ。

「小口径砲には小口径砲の強みがある。そいつを思い知らせてやるぜ」

双眼鏡の向こうの敵戦艦に、岬は挑戦的な言葉を投げつけた。

艦の左前方には、城のようにがっしりした艦橋を持つ艦と、長大な艦体を持つ艦が見えている。

前者はキング・ジョージ五世級戦艦、後者はリナウン級巡洋戦艦のようだ。

「青葉」以下の一二隻は、戦艦群の最後尾に食らいつこうとしているらしい。

「艦長より砲術。敵との距離六〇《ロクマル》で七五度に変針する。直進に戻り次第、射撃開始だ」

「目標の指示を願います」

「貴官に任せる。最も照準を付けやすい艦を狙え」

「砲戦距離六〇《ロクマル》。最も照準を付けやすい艦を狙います」

久宗艦長とのやり取りを終え、岬は艦内電話の受話器を置いた。

「砲戦距離六〇《ロクマル》。変針と同時に、砲撃を開始する。目標は追って指示する」

発令所を呼び出し、第三分隊長の星川龍平《ほしかわりゅうへい》大尉に伝える。

その間にも、「青葉」は敵との距離を詰めてゆく。

不意に、敵弾の飛翔音が轟いた。

岬が息を呑んだとき、「青葉」全体が激しく上下に揺さぶられ、射撃指揮所も動揺した。

正面に奔騰した水柱に突っ込み、崩れ落ちる海水が、甲板や高角砲、艦橋の上から降り注ぐ。射撃指揮所の中に、しばし夕立《ゆうだち》に降り込められたような音が満ちる。

「敵との距離は?」

「七五《ナナゴ》(七五〇〇メートル)!」

岬の問いに、測的長を務める上田辰雄《うえだたつお》中尉が返答した。

「砲術長、まだですか?」

「まだだ」

高角砲六基の指揮を担当する第一分隊長月形謙作《つきがたけんさく》大尉の催促《さいそく》に、岬は言下《げんか》に答えた。

命じられた砲戦距離は六〇《ロクマル》だ。それまでは、忍《にん》の一字《いちじ》だ。

直進する「青葉」の頭上から、新たな敵弾が迫る。

弾着と同時に、艦が激しく動揺する。

九〇〇〇トンの基準排水量を持つ巡洋艦が、巨浪《きょろう》に翻弄される小舟のようだ。

動揺が収まったとき、艦首が大きく左に振られた。

「敵戦艦、右六〇度、六〇《ロクマル》!」

艦が直進に戻ると同時に、上田が報告を上げた。

「目標、右六〇度反航の敵。測的始め！」

「高角砲、交互撃ち方！」

岬は、第三分隊と第一分隊に下令した。

長一〇センチ高角砲の発射間隔は四秒だ。

斉射なら四秒置きに八発、交互撃ち方なら二秒置きに四発ずつとなる。

岬は、間を置かずに射弾を叩きつけた方がよいと判断し、交互撃ち方を選択したのだ。

さほど間を置かずに、

「測的よし！」

「方位盤よし！」

「高角砲、射撃準備よし！」

各分隊からの報告が飛び込んだ。

「撃ち方始め！」

堪えていたものを吐き出すように、岬は命じた。

一瞬の後、前甲板に閃光が走り、鉄塊《てっかい》を打ち合わせるような砲声が射撃指揮所を包んだ。

各高角砲の一番砲四門が、初めて実戦で火を噴いた瞬間だ。

戦艦の主砲に比べれば、発射の反動は小さいが、砲声は強烈だ。耳朶《じだ》に鞭《むち》を打たれるような衝撃が伝わって来る。

二秒後、各高角砲の二番砲が火を噴く。

細く長い砲身の先から火焔がほとばしり、再び強烈な砲声が伝わる。

第三射を放ったとき、敵の巨弾が轟音を上げて飛来した。全弾が「青葉」の頭上を通過し、左舷側海面に落下した。

左舷側の艦底部を爆圧が突き上げ、艦は右舷側に傾斜する。「青葉」が横転するのではないかと思わされるほどの衝撃だ。

次いで揺り戻しが起こり、艦は左舷側に傾く。

動揺が収まると同時に、「青葉」は第四射を放った。右舷側に向けて火焔がほとばしり、四度目の砲声が轟いた。

岬は敵戦艦を凝視するが、直撃弾の閃光はない。

六〇〇〇の距離を隔てての反航戦だ。大口径砲であれ、小口径砲であれ、直撃弾を得るのは容易ではない。

「青葉」が第五射を放ったとき、敵戦艦の動きに変化が生じた。

艦首を大きく右舷側に振っている。

回頭しようとしているのだ。

「一分隊、敵は回頭に入った。今のうちに、一発でも多くぶち込め！」

岬は、月形第一分隊長に下令した。

回頭中の艦は静止しているように見えるため、直撃弾を得易《えやす》い。速射性能の高い長一〇センチ砲には、敵に大打撃を与える好機だ。

「了解！」

月形の返答と同時に、「青葉」は第六射を放った。

六度目の砲声が、射撃指揮所を震わせた。

「青葉」が射弾を浴びせていたのは、イギリス東洋艦隊の戦艦「プリンス・オブ・ウェールズ」だった。

同艦と巡洋戦艦「リパルス」はこのとき、アメリカ太平洋艦隊司令長官の命令に従い、他の戦艦と共に、右一斉回頭に入ろうとしていたが、基準排水量が三万トンを超える巨艦であるだけに、舵が利くまでには時間がかかる。

「プリンス・オブ・ウェールズ」は、舵が利き始める前に、敵巡洋艦の砲撃を受けたのだ。

敵弾は、最初は空振りを繰り返したが、「プリンス・オブ・ウェールズ」が回頭を始めた直後から命中し始めた。

六〇〇〇メートルの近距離とはいえ、艦中央部の主要防御区画や主砲塔の正面防楯《ぼうじゅん》が、小口径砲弾の貫通を許すことはない。

中央部の装甲鈑や、主砲塔への命中弾は、全て鋭い打撃音と共に弾《はじ》き返している。

だが、艦体の非装甲部や上部構造物への命中弾は、無視できない被害を艦に与え始めた。

右舷側の一番ポンポン砲が直撃を受け、けたたましい破壊音と共に、砲身や砲架《ほうか》、旋回ハンドルがちぎれ飛ぶ。爆発が収まった後、ポンポン砲は原形を留めぬ鉄屑《てつくず》の山と化している。

上甲板に一発が命中し、板材を引き剝がして吹き飛ばしたかと思うと、艦首の非装甲部に一発が命中し、握《にぎ》り拳《こぶし》ほどもある破孔を穿《うが》つ。

一番揚錨機《ようびょうき》への直撃弾は、巻き取られていた鎖《くさり》を引きちぎって八方へと飛ばし、錨が海面に落下して飛沫を上げる。

後部のボートダビットにも一発が命中し、ばらばらに砕けた救命艇の破片が海面に落下する。

二〇ミリ単装機銃座への直撃弾は、機銃を銃架ごとなぎ払い、「プリンス・オブ・ウェールズ」の対空火力を奪ってゆく。

艦橋の右側面や正面にも、敵弾が命中している。

艦橋の防楯が貫通され、敵弾が内部に飛び込んで来ることはないが、被弾時の打撃音と衝撃は、トーマス・フィリップス東洋艦隊司令長官らが詰めている戦闘艦橋にまで伝わって来る。

「何なんだ、あの艦は……？」

フィリップスは、唸り声を発した。

大きさは、イギリス海軍のケント級、ロンドン級といった重巡に近いようだが、兵装は重巡のそれではない。

口径は小さい代わりに、速射性が非常に高い砲を装備し、小口径砲弾を雨霰《あめあられ》とぶつけて来る。

「我が軍のダイドー級に相当する艦かもしれません」

首席参謀サイモン・ヘイワーズ大佐がフィリップスの疑問に答えた。

ダイドー級は、艦隊防空を主目的に設計、建造された巡洋艦だ。中口径砲は搭載せず、一三・三センチ連装両用砲を主兵装としている。

昨年五月より順次竣工し始め、主として地中海方面で船団護衛に当たっている。

そのダイドー級に相当する艦を、日本軍も建造したのでは、とヘイワーズは推測した。

「敵三番艦、左八〇度。その後方に駆逐艦！」

砲術長パトリック・オブライエン中佐の報告が、戦闘艦橋に飛び込んだ。

「艦長、舵を戻せ。『リパルス』もだ。現針路のまま固定しろ！」

フィリップスはあることに気づき、血相を変えて命じた。

「ですが、太平洋艦隊からの指示は——」

「魚雷が来る。このまま回頭を続ければ、左舷側に食らうぞ！」

困惑したジョン・リーチ艦長に、フィリップスは叩きつけるように叫んだ。

「敵二番艦の後方に駆逐艦」というオブライエンの報告を聞いて、日本艦隊が雷撃を企図《きと》していると睨んだのだ。

戦艦、巡戦だけで一二隻という米英艦隊に、日本艦隊が対抗するには、魚雷以外にあり得ない。

「航海長、舵戻せ。中央に固定！」

リーチが、航海長スティーブ・カーン中佐に慌ただしく命じる。

「リパルス」には、ヘイワーズ首席参謀がフィリップスの指示を伝える。

イギリス本国からシンガポールに回航された二隻の巨艦が、激しく身震いしながら回頭を中止し、日本艦隊に艦首を向ける。

日本軍の巡洋艦二隻、駆逐艦一〇隻は、「プリンス・オブ・ウェールズ」「リパルス」の正面を、左から右に抜ける格好になったのだ。

「砲術、正面の敵艦を撃て！」

リーチがオブライエンに下令し、「プリンス・オブ・ウェールズ」の第一、第二砲塔六門の三五・六センチ主砲が、轟然《ごうぜん》と火を噴く。

発射の瞬間、衝撃が艦首から艦尾までを刺し貫き、強烈な砲声が艦橋を満たす。

主砲六門発射の反動は、基準排水量三万六七二七トンの巨体に、急制動をかけるかのようだ。

僅かに遅れて、「リパルス」も前部二基四門の三八センチ主砲を発射し、砲声が「プリンス・オブ・ウェールズ」の艦橋に伝わって来る。

日本軍の巡洋艦、駆逐艦は、小口径砲を乱射しながら、二隻の巨艦の面前《めんぜん》を横切ってゆく。

「プリンス・オブ・ウェールズ」の射弾が、駆逐艦の隊列の中央に落下した。

オレンジ色の閃光が走り、周囲の海面のみならず、空までも明るく照らし出した。巨大な火焔が、ひとしきり海面をのたうったが、さほど長くは続かず、白い水蒸気がすぐに取って代わった。

夜の海面に吸い込まれるようにして、炎が姿を消したとき、その直前まで最大戦速で航進していた駆逐艦も姿を消していた。

「プリンス・オブ・ウェールズ」の巨弾は、駆逐艦を直撃しただけではなく、魚雷か爆雷の誘爆を引き起こしたのだ。

巡洋艦、駆逐艦の小口径砲弾は、なおも「プリンス・オブ・ウェールズ」「リパルス」を襲う。

主砲塔の正面防楯や艦橋は、敵弾を跳ね返しているが、被弾の度に打撃音が響く。

「プリンス・オブ・ウェールズ」が、回頭後二度目の射弾を放つ。

今度は直撃弾はなく、巨大な水柱を奔騰させるだけに留まるが、駆逐艦九隻のうち、最後尾の艦が遅れ始める。

至近弾の爆圧が機関部を損傷させ、速力を低下させたようだ。

「逃がすな、艦長！」

フィリップスが叫んだとき、不意に後部指揮所から、悲鳴じみた声で報告が飛び込んだ。

「左舷艦尾に味方艦接近！　『ワシントン』です！」

「と、取舵一杯！」

リーチが叫んだ。顔からは、血の気が引いている。人の顔がここまで白くなるものか、と思わされるほどだ。

ノースカロライナ級戦艦の二番艦「ワシントン」は、基準排水量三万五〇〇〇トンだ。そのような巨艦が衝突すれば、ただでは済まない。

当たりどころによっては、第三砲塔の弾火薬庫や後部の缶室に被害が及び、轟沈しかねない。

「取舵一杯、急げ！」

カーン航海長が、砲声に負けぬほどの大声で舵機室に命じるが、「プリンス・オブ・ウェールズ」は直進に戻ったばかりだ。舵が利き始めるまでには、一分以上かかる。

「しくじった……」

フィリップスは失敗を悟り、唇を噛《か》みしめた。

敵の雷撃を予想し、麾下の二隻に回避を命じたが、アメリカ軍には警報を送らなかった。

咄嗟のことで、自軍にしか頭が回らなかったのだ。

一方のアメリカ軍は、雷撃を予想せず、キンメル司令長官の命令にしたがって、一斉回頭を続行した。

その結果、アメリカ戦艦一〇隻の最後尾に位置していた「ワシントン」が、「プリンス・オブ・ウェールズ」の横腹に艦首を向ける形になったのだ。

「『ワシントン』近づきます！　距離五〇ヤード……四〇ヤード……」

後部見張員が、切迫した声で報告する。

左舷側に目をやると、アメリカ軍の新鋭戦艦が、白波を立てながら急速に近づいて来る様が見える。

距離は、ほとんどない。その気になれば、飛び移ることも可能ではないかと思わされるほどだ。

「ワシントン」が、更に近づいた。巨大な三連装砲塔や教会の尖塔《せんとう》を思わせる塔状の艦橋のみならず、レーダーアンテナまでがはっきりと見えた。

「三〇ヤード……二〇ヤード……駄目だ、当たります！」

ほとんど悲鳴と化した報告が飛び込んだとき、「ワシントン」の前部が、艦橋の死角に消えた。

衝突の衝撃はない。

「プリンス・オブ・ウェールズ」と「ワシントン」は、ぎりぎりのところで衝突を免れたのだ。


「言わんこっちゃない！」

事故を寸前《すんぜん》で回避したもう一方の当事者——合衆国戦艦「ワシントン」の艦橋では、艦長ハワード・H・J・ベンソン大佐が、顔を真っ赤に染めて怒鳴っている。

TF1のウィリアム・パイ司令官から、イギリス東洋艦隊の合流について意見を求められたとき、ベンソンは反対意見を唱えた。

太平洋艦隊は一〇隻もの戦艦を擁しており、うち四隻を四〇センチ砲の搭載艦で固めている。

イギリスの最新鋭戦艦とはいえ、三五・六センチ砲を主砲とする「プリンス・オブ・ウェールズ」に力を借りなくても、日本艦隊には充分勝てる。

それ以上に重要なのは、太平洋艦隊と東洋艦隊は合同訓練を一度も行っていないことだ。

気心《きごころ》の知れていない部隊を合同させれば、事故を起こす危険がある。

「友軍を侮辱する意図はありませんが、異分子《いぶんし》と共には戦えません」

ベンソンはパイにはっきり伝え、キンメル長官には御再考を求めていただきたい、と要望した。

にも関わらず、キンメルはイギリス東洋艦隊を合流させた。のみならず、TF1の戦艦群に、「プリンス・オブ・ウェールズ」「リパルス」と隊列を組ませた。

その結果が、たった今の騒動だ。

最悪の事態こそ免れたものの、「ワシントン」は停止せざるを得なくなり、後ろに続く「ノースカロライナ」「メリーランド」らも減速を余儀なくされている。

「だから、奴らとは一緒に戦えないと言ったんだ。戦術に政治なんか持ち込むからだ！」

左舷側に位置する「プリンス・オブ・ウェールズ」を睨み据えながら怒鳴ったとき、

「『プリンス・オブ・ウェールズ』より通信！」

通信長のジョージ・ニコルス少佐が報告した。

「詫びでも入れて来たか？」

怒りが収まらぬまま、聞き返したベンソンに、ニコルスは切迫した声で報告した。

「『三四五度に変針されたし』と伝えています。敵は魚雷を発射した、と！」

「りょ、両舷前進全速！」

「取舵一杯。針路三四五度！」

ベンソンは、咄嗟に機関長フランシス・パトリック中佐と航海長ロン・ギャビン中佐に命じた。

「プリンス・オブ・ウェールズ」があのような行動を取った理由が、ようやく分かった。

同艦は、魚雷を回避しようとしていたのだ。

一旦は五ノット程度まで落とした「ワシントン」の速力が、再び上がり始める。

艦首は、すぐには振られない。何と言っても、基準排水量三万五〇〇〇トンの巨艦だ。舵が利き始めるまでには、どうしても時間がかかる。

「魚雷航走音、左三〇度、及び左一二〇度！」

「停止、後進全速！」

ソナーマンから報告が上げられるや、ベンソンはパトリック機関長に命じた。

魚雷は「ワシントン」を前後に挟む形で向かって来る。動きを止めれば回避できると睨んだのだ。

「ワシントン」の推進軸に、逆向きの回転がかけられ、一旦加速しかかった巨体が身震いする。

「魚雷音、本艦正面を通過。続いて艦尾付近を通過！」

艦の停止と、ソナーマンの新たな報告がほとんど同時だった。

後進を命じるのがもう少し遅ければ艦首に、早過ぎれば艦尾に、被雷していたに違いない。

多分に偶然の要素があったものの、ベンソンは絶妙なタイミングで後進を命じ、艦を守ったのだ。

ベンソンは、ニコルス通信長に命じた。

「旗艦に報告。『我、雷撃を受く。されど、回避に成功せり』！」

## 5

ＢＤ６とイギリス東洋艦隊の間で生じた混乱は、即座にアメリカ太平洋艦隊司令部に報告されていた。

「何をやっとるのだ⁉」

キンメルは怒りの声を上げた。

「戦闘中に味方同士で衝突しそうになるとは、それでも最新鋭艦の艦長か！」

「責任は、イギリス艦隊の方が大きいようです」

「ワシントン」のベンソン艦長と連絡を取っていたチャールズ・マックモリス作戦参謀が言った。

「『プリンス・オブ・ウェールズ』と『リパルス』が回頭を途中で止めたため、『プリンス・オブ・ウェールズ』が『ワシントン』の針路上に立ち塞がる形になり、衝突事故を起こしそうになったとのことです」

「フィリップス提督は、何故そんな真似を？」

「雷撃回避のためです。『ワシントン』と『ノースカロライナ』に、『三五五度に変針されたし』と警報が送られたと報告がありました」

「雷撃は回避できたのか？」

「被雷した艦はないとのことです」

「不幸中の幸いか」

キンメルは、口中で神に感謝の言葉を唱えた。

イギリス艦隊の行動は、隊列を混乱させたものの、敵の雷撃を空振りに終わらせたのだ。

（イギリス軍と合流したのは、正しかったのだろうか？）

キンメルは自問した。

　反対意見を抑えて、イギリス東洋艦隊の合流を歓迎したキンメルだが、艦隊の混乱を目の当たりにすると、ウィリアム・パイ中将を始めとする反対派の意見が正しかったのでは、と考えざるを得ない。

　被雷した艦をゼロに抑えたことは、フィリップスの功績かもしれないが……。

「長官、敵の水雷戦隊が接近して来ます。距離八〇〇〇ヤード！」

　ウィリアム・スミス参謀長の叫び声が、キンメルの思考を断ち切った。

「……！」

　キンメルは、声にならない叫びを上げた。

　敵戦艦二隻に対する集中射撃や隊列の前方で生じた混乱に気を取られ、水雷戦隊の接近を見逃していたのか。

　咄嗟に、キンメルは二つの命令を発した。

「BD1、2、雷撃回避。三四五度に変針！」

「第二水雷戦隊《DF2》、敵駆逐艦を迎撃せよ！」


　BD1、2に肉薄《にくはく》しようとしていたのは、第三水雷戦隊だった。

　軽巡「川内」を旗艦とし、後方に三個駆逐隊、一四隻の吹雪《ふぶき》型駆逐艦を従えている。

　雷撃の機会をうかがっていたが、敵の混乱を見て、突撃に移ったのだ。

　吊光弾の光は既に消えているが、敵戦艦は発砲を繰り返すことで位置を暴露している。

　敵艦の位置や彼我の距離を見誤ることはなかった。

「右魚雷戦。雷撃目標、右前方の戦艦。雷速四六ノット。雷撃距離四〇《ヨンマル》（四〇〇〇メートル）！」

「川内」のすぐ後ろに付けている「吹雪」の駆逐艦長山下鎮雄《やましたしずお》中佐は、水雷指揮所に指示を送った。

　三水戦に所属する一四隻の吹雪型駆逐艦は、三連装の六一センチ魚雷発射管三基を装備する。旗艦「川内」を合わせれば、一三〇本の発射が可能だ。

吹雪型の搭載魚雷は九三式ではなく、やや旧式の九〇式だ。性能面では九三式に及ばないものの、雷速四六ノットで七〇〇〇メートルの最大射程を持つ。

敵との距離を目一杯詰め、多数の魚雷を叩き込むのだ。

「雷速四六ノット、宜候《ようそろ》」

水雷長日高隆夫《ひだかたかお》大尉が復唱を返したときには、前方に多数の発射炎が閃いている。

戦艦とその面前に展開する護衛駆逐艦が、両用砲を撃ち始めたのだ。

小口径砲弾多数の飛翔音が轟き、先頭をゆく「川内」や、その後方に位置する「吹雪」の周囲に、多数の水柱が噴き上がる。

「川内」が、右前方に指向可能な一四センチ主砲二門を放ち、砲声が「吹雪」にも伝わる。

「目標、右前方の敵駆逐艦。撃ち方始め！」

山下が射撃指揮所に下令し、一拍置いて、「吹雪」の前甲板から火焰がほとばしる。

一二・七センチ連装砲二門の発射だ。

戦艦の主砲とは比較にならない小口径砲だが、二門を同時に放ったときには、下腹を突き上げるような反動が伝わる。

「『白雪《しらゆき》』『初雪《はつゆき》』撃ち方始めました」

「一九駆、二〇駆各艦、撃ち方始めました」

後部見張員から報告が届き、小口径砲の砲声が、夜の海面を騒がせてゆく。

時折《ときおり》、敵駆逐艦の後方に、めくるめく閃光が走り、巨大な影が浮かび上がる。

敵戦艦が、「金剛」「榛名」に砲火を浴びせているのだ。

「金剛」「榛名」は、帝国海軍の戦艦の中でも最古参であり、防御力は高いとは言えない。複数の戦艦の集中射撃に、耐えられるとは思えない。

（保ってくれ、『金剛』『榛名』。俺たちが雷撃を成功させるまでは）

前方に閃く発射炎と、その中に浮かび上がる艦影を見つめながら、山下は後方の戦艦に呼びかけた。

「水雷、敵との距離は？」

「七〇《ナナマル》！」

山下の問いに、日高水雷長が返答する。

九〇式魚雷の射程距離だが、「川内」より指示された雷撃距離は四〇《ヨンマル》だ。

砲撃でも雷撃でも同じだが、遠距離からの及《およ》び腰《ごし》の攻撃では、満足な命中率は確保できない。

三水戦司令官の橋本信太郎《はしもとしんたろう》少将は、危険を冒しても必中の距離まで肉薄すると決めたのだろう。

敵弾は、間断なく降り注ぐ。

多数の小口径砲弾が大気を貫いて迫り、前方や左右の海面を白く沸き返らせる。

「川内」も、「吹雪」以下一四隻の駆逐艦も、一四センチ砲、一二・七センチ砲を撃ちまくりながら突撃を続ける。

三水戦の各艦は、前部二門の主砲しか使えないため、敵の猛射に対して、見劣《みおと》りせざるを得ない。

多数の両用砲を並べ、雨霰と砲弾を浴びせて来る敵と比べると、か細い抵抗にしか感じられない。

それでも三水戦は、海面を白く切り裂きながら、敵との距離を詰めてゆく。

不意に、「川内」の艦上に閃光が走った。

山下が目を見張るより早く、光は凄まじい勢いで膨れ上がり、巨大な火焔に変わった。

炎は、大音響と共に八方に弾け、無数の破片が飛び散った。

「航海、面舵五度！」

「面舵五度、宜候！」

山下の指示を受け、航海長滝田勇《たきたいさむ》中尉が舵輪を右に回す。

「吹雪」は僅かに艦首を右に振り、炎に包まれた旗艦を避ける。

「全艦に送信。『我、三水戦ノ指揮ヲ執ル』」

一一駆司令荘司喜一郎《しょうじきいちろう》大佐が、通信室に指示を送った。

## 日本海軍 吹雪型駆逐艦「吹雪」

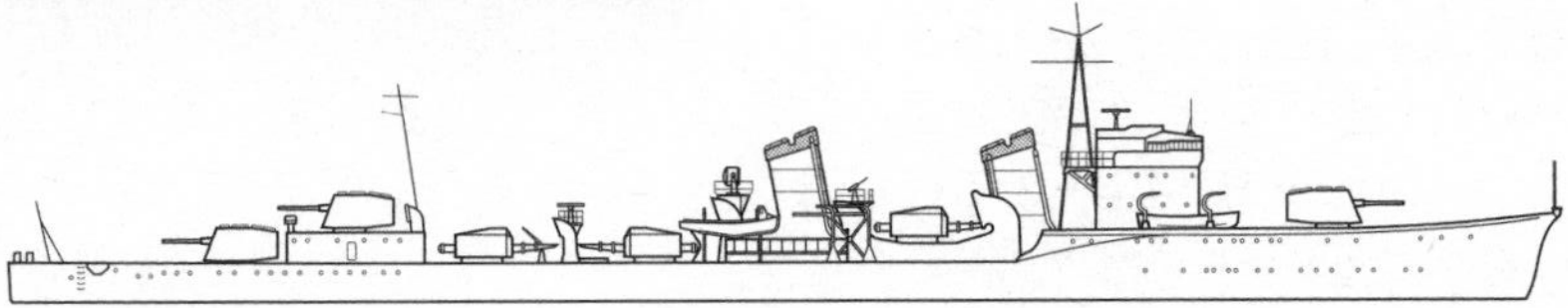

| | |
|---|---|
| 全長 | 118.5m |
| 最大幅 | 10.4m |
| 基準排水量 | 1,680トン |
| 主機 | 艦本式タービン 2基／2軸 |
| 出力 | 50,000馬力 |
| 速力 | 38ノット |
| 兵装 | 12.7cm 50口径 連装砲 3基 6門<br>7.7mm 単装機銃 2丁<br>61cm 3連装魚雷発射管 3基 |
| 乗員数 | 219名 |
| 同型艦 | 白雪、初雪、深雪、叢雲、東雲、薄雲、白雲、磯波、浦波<br>(ほか準同型艦14隻) |

ワシントン海軍軍縮条約により主力艦の保有制限を受けた日本海軍は、条約の制限を受けない補助艦艇による戦力拡充を図り、建造したのが本型である。前型の睦月型も高性能かつ重武装の駆逐艦として知られていたが、本型は12.7センチ砲６門、魚雷発射管９射線とさらなる重武装となっている。

一番艦の本艦は大正15年６月に起工、昭和２年11月に進水、昭和３年８月10日に竣工し、姉妹艦「白雪」「初雪」「深雪」とともに第11駆逐隊を編制した。その後、昭和６年６月29日、衝突事故により「深雪」が沈没し、３隻体制となった第11駆逐隊は、昭和15年末より第３水雷戦隊に編入され、旗艦「川内」の指揮下におかれている。

「吹雪型駆逐艦」と称される本型に続き、綾波型、暁型と改良型が建造され、合計24隻が就役した。

本型は、日本海軍がこれ以降に建造する駆逐艦の基本形をつくった艦といわれ、列強の駆逐艦にも影響を与えている。

三水戦に所属する各駆逐隊の司令の中では、荘司が最先任だ。「川内」が旗艦の任を果たせなくなった以上、指揮権は荘司が継承する。

「吹雪」は、炎上する「川内」の右脇を通過する。

炎は、艦の中央部から噴出しているようだ。後ろ半分は黒煙に覆われ、艦上の様子を見ることはできない。

おそらく、魚雷発射管か後部の主砲弾火薬庫が被弾し、誘爆を起こしたのだろう。

「川内」は、すぐに死角に消える。

先頭に立った「吹雪」に敵弾が殺到し、周囲の海面が激しく沸き返る。

「水雷、敵との距離は？」

「六〇《ロクマル》！」

山下の問いに、日高が即答する。

「……か」

荘司の呟きが、山下の耳に届いた。

敵弾の飛翔音と炸裂音、自艦の砲声、風切り音等に遮られ、はっきりとは聞き取れなかったが、山下の耳には「あと二〇《フタマル》か」と言ったように聞こえた。

射点までは約二分。それまで被弾せずにいられるだろうか、と懸念しているのかもしれない。

不意に、後方から爆発音が届いた。

「『白雪』被弾！」

後部見張員の報告が、それに続いた。

一一駆の二番艦が、被弾、落伍したのだ。一番艦の「吹雪」は、一艦だけ突出した格好になる。

「吹雪」の頭上に敵弾の飛翔音が轟き、前後左右に弾着の飛沫が上がる。

これまでのところ、直撃弾はない。敵弾が間断なく飛来する中を、無傷のままで突っ走っている。

「このまま行ければ……」

山下が呟いたとき、また新たな爆発音が届いた。

一度だけではない。二度、連続した。

「『浦波《うらなみ》』『敷波《しきなみ》』被弾。行《ゆ》き足《あし》止まりました！」

後部見張員が、状況を報告する。

第一九駆逐隊の二、三番艦だ。三水戦の中央付近にいた艦が落伍したことになる。

三水戦は、三隊に分断された格好だ。

「敵距離、五〇《ゴマル》！」

「止むを得ぬ。魚雷発射！」

日高の報告を受け、荘司が下令した。

「ですが、まだ――」

「発射だ。急げ！」

異議を唱えた山下に、荘司は押し被せるように言った。

射点に到達するまでに、あと二、三隻の損害を覚悟する必要がある。駆逐艦の数が減少すれば、命中魚雷もそれだけ少なくなる道理《どうり》だ。

命中率の低下は承知の上で、五〇《ゴマル》で投雷する。

荘司は、そのように判断したのだろう。

「航海、取舵一杯！」

「水雷、魚雷発射！」

致し方なし――腹の底で呟きながら、山下は二つの命令を発した。

「取舵一杯、宜候！」

滝田航海長が、目一杯舵輪を回す。

基準排水量一六八〇トンの「吹雪」の艦体は、右に大きく傾きながら、左に艦首を振ってゆく。

「魚雷発射完了！」

日高からの報告が届く。

三基の三連装発射管で、時を待っていた九〇式六一センチ魚雷が、一斉に発射され、四六ノットの速力で敵に向かっていったのだ。

「『初雪』より入電。『魚雷発射完了』」

「『磯波《いそなみ》』より入電。『魚雷発射完了』」

二つの報告が上げられた直後、またも後方から爆発音が届いた。

今度は、これまでのものよりも大きい。海が裂けたかと思わされるほどの大音響だった。

「あ、『天霧《あまぎり》』轟沈！」

後部見張員が報告する。

第二〇駆逐隊の司令駆逐艦だ。

投雷のために転舵《てんだ》し、横腹を向けたところに、敵弾を受けたのだろう。

最終的に、一〇隻が投雷に成功した。

合計九〇本の九〇式六一センチ魚雷が、時間差を置いて放たれたのだ。

「吹雪」は、後部の二、三番主砲で敵に応戦しつつ、離脱にかかっている。

敵弾は艦の後方から追いすがり、弾着の飛沫が周囲に上がる。

「何本当たるか」

敵弾の飛翔音や炸裂音、後部に轟く砲声を聞きながら、山下は口中で呟いた。

橋本三水戦司令官は、「雷撃距離四〇《ヨンマル》」を命じたが、実際には敵の猛射に射《い》すくめられ、五〇《ゴマル》で発射している。

一〇〇〇メートルの差が、どれだけ命中率を低下させるかは、まだ分からなかった。


「敵駆逐艦、距離五五〇〇ヤードにて変針。投雷せる模様！」

射撃指揮所からの報告が、太平洋艦隊旗艦「ペンシルヴェニア」の艦橋に上げられたとき、既にBD1、2の三五・六センチ砲戦艦六隻は三四五度に変針し、魚雷に艦首を正対させていた。

回頭の間、日本艦隊からの砲撃が、各艦に浴びせられている。

「ネバダ」と「ペンシルヴェニア」には、コンゴウ・タイプの三五・六センチ砲弾が殺到し、他の戦艦には、重巡の二〇・三センチ砲弾が降り注ぐ。

直撃弾はないものの、「ペンシルヴェニア」は一度ならず至近弾に襲われ、一二・七センチ単装砲一基、一二・七ミリ単装機銃二基が損傷していた。

「両舷前進全速！」

「ペンシルヴェニア」艦長チャールズ・M・クック

大佐が下令し、艦が増速する。

「ペンシルヴェニア」の基準排水量は三万三一〇〇トン、満載排水量は三万六五〇〇トンに達する。

これだけの重量を持つ巨艦が、最高速度の二〇・五ノットで突進すれば、魚雷ごときは水圧で跳ね飛ばせるはずだ。

「『ネバダ』増速！」

「『アリゾナ』増速！　BD2各艦、順次増速します！」

見張員が、僚艦の動きを報告する。

各艦に、日本艦隊からの砲火が浴びせられる。

「ネバダ」「ペンシルヴェニア」の正面から、三五・六センチ砲弾が轟音を上げながら殺到し、舷側《げんそく》付近や艦の正面に、巨大な水柱を奔騰させる。

お返しだ、と言わんばかりに、各戦艦の主砲が砲撃を再開する。

回頭に伴い、後部の主砲は使用できなくなったが、前部二基の主砲塔は敵艦を射界に収めている。

「ペンシルヴェニア」の第一、第二砲塔、六門の三五・六センチ砲が轟然と咆哮《ほうこう》する。

全主砲の半分であっても、その砲声は落雷に等しく、しばし艦橋内の全ての音がかき消される。

発射の反動は、艦に急制動をかけ、その場に停止させんばかりだ。

「ネバダ」「アリゾナ」の主砲も、やや遅れて砲撃を再開し、BD2の「オクラホマ」「テネシー」「カリフォルニア」も、敵戦艦の一番艦に砲撃を集中する。

敵戦艦の二番艦に、直撃弾炸裂の閃光が走った。

光の中に、コンゴウ・タイプの艦影がくっきりと浮かび上がった。

「本艦の射弾か？」

「イエス・サー！」

キンメルの問いに、クック艦長が誇らしげに答えた。

何度も空振りを繰り返した「ペンシルヴェニア」

だが、ようやく命中弾を得たのだ。

続いて「ネバダ」か「アリゾナ」の射弾が命中したらしく、敵二番艦の艦上に、新たな閃光が走る。

火災が発生したらしく、赤々とした光が、艦影と背後に横たわるハイナン島の稜線《りょうせん》を浮かび上がらせている。

「オーケイ……」

キンメルが満足の声を上げたとき、異変が生じた。

戦艦群の前方に展開していた駆逐艦の一隻が、突如奔騰した巨大な水柱に包み込まれたのだ。

キンメルが息を呑んだとき、水柱は火柱《ひばしら》に変わり、巨大な炸裂音が轟いた。

夜の大気が激しく震え、「ペンシルヴェニア」の巨大な三脚檣までが揺さぶられた。

数秒後、「ペンシルヴェニア」の左舷前方に位置していた駆逐艦の艦首に、新たな水柱が奔騰した。

再び強烈な炸裂音が轟き、駆逐艦が何かに打ちのめされたかのように、大きく前にのめった。「ペンシルヴェニア」の艦橋からは、駆逐艦が見えない壁に激突したように見えた。

駆逐艦の艦尾が大きく持ち上がり、舵やスクリューが露わになる。

艦首を失った駆逐艦は、前部に呑み込んだ大量の海水によって、海中に引き込まれつつあるのだ。

「敵の魚雷だ！」

ウィリアム・スミス参謀長が、呻《うめ》くような声を漏らした。

敵の投雷を確認した後、ＢＤ１、２の戦艦群と共に、ＤＦ２の駆逐艦群も三四五度に変針し、艦首を魚雷に正対させていた。

だが、日本軍の水雷戦隊は魚雷を放射状に放っていたため、駆逐艦は右前方、あるいは左前方から突っ込んで来た魚雷を受けたのだ。

「本艦正面より雷跡二！」

見張員が、悲鳴じみた声で報告を上げた。被雷した駆逐艦の火災煙が、雷跡を照らし出したのだ。

「針路このまま。そいつは当たらん！」

クック艦長が、自信ありげに命じた。

「ペンシルヴェニア」は速力を落とさぬまま、正面の魚雷にまっすぐ突っ込んでゆく。

クックが言った通り、被雷の衝撃が艦を襲うことはなかった。

艦首付近の水圧が、魚雷を跳ね飛ばしたのだ。

「見たか、ヤマモト。戦艦以外の艦では、戦艦には勝てぬのだ」

キンメルは、最大のライバルである連合艦隊司令長官に呼びかけた。この場に山本五十六《イソロク・ヤマモト》はいないと分かっていたが、ヤマモトの名を口にしないではいられなかった。

キンメルの言葉が終わらぬうちに、半《なか》ば悲鳴と化した見張員の声が飛び込んだ。

「左舷四五度より雷跡。近い！」

キンメルの表情が、しばし凍り付いた。両目を大きく見開いた。

その口が再び開かれる前に、衝撃が二度、続けざまに「ペンシルヴェニア」の巨体を揺るがした。

動揺が収まるより早く、キンメルが生涯で初めて耳にする途方もない大音響が、艦底部より伝わった。それは同時に、キンメルが生涯で最後に聞く音でもあった。

凄まじい勢いで突き上がってきた炎の奔流《ほんりゅう》が、キンメル以下の太平洋艦隊司令部幕僚やクック艦長らを飲み込んだ。


「ペンシルヴェニア」被雷の瞬間は、太平洋艦隊次席指揮官ウィリアム・パイ中将が座乗する戦艦「オクラホマ」の艦橋からも、はっきり見えた。

艦の左舷前部に、二本の水柱がそそり立ったと見えた直後、第二砲塔付近から巨大な火柱が奔騰したのだ。

火焔は瞬《また》く間に前後左右に広がり、第一砲塔や下部艦橋、三脚檣、更には煙突付近にまで達した。

「神よ、お慈悲《じひ》を……！」

炎に包まれる「ペンシルヴェニア」を見つめていたパイの耳に、その声が届いた。

「オクラホマ」艦長ハワード・D・ボード大佐の従兵が、胸の前で何度も十字を切っている。震える唇は、何度も「神よ、お慈悲を」と繰り返している。

その水兵の声を、海面を渡って来た巨大な炸裂音がかき消した。

パイを始めとする第一任務部隊《TF1》の幕僚も、各艦の乗員も、声を出すこともなく、「ペンシルヴェニア」の惨状を見つめ、艦が上げる断末魔《だんまつま》の叫びを聞いている。

「ペンシルヴェニア」の艦体が、第二砲塔付近からちぎれた。

前部は燃えながら漂い始め、後部は切断面から沈み始めた。

「ペンシルヴェニア」の艦尾が大きく持ち上がり、スクリュープロペラが露わになった。この状態になって、機関はまだ動き続けているのか、スクリューは高速で回転を続けており、周囲に飛沫を散らしている。

太平洋艦隊の旗艦が、キンメル司令長官と共に姿を消すのは、時間の問題でしかない。

誰もが、その事実を認めざるを得なかった。

「し、司令官……！」

TF1参謀長ジェームズ・オズボーン大佐が、声を震わせながら叫んだ。

「ペンシルヴェニア」が被雷してから沈没に至るまでの地獄図《じごくず》の凄まじさと、太平洋艦隊司令部が旗艦もろとも失われてしまったという事実。

その衝撃が、オズボーンから冷静さを奪い取ったようだった。

「全艦に通信。『〈ペンシルヴェニア〉轟沈。キンメル長官の生死不明。我、太平洋艦隊の指揮を執る』！」

パイはいち早く自身を取り戻し、「オクラホマ」の通信室に命令を伝えた。

「フィリップス提督の方が、階級が上です」

作戦参謀のポール・マーフィ中佐が、注意を喚起した。

「だから、何だというのかね？」

マーフィが言わんとしていることは理解しているが、パイは敢えて質問した。

「指揮権は、フィリップス提督に移るのでは？」

「正気か、貴様は！」

パイは、あらん限りの大声で罵声を浴びせた。

マーフィは屈辱のためか、顔面が蒼白《そうはく》になったが、パイは構うことなく続けた。

「フィリップスに指揮など執らせたら、太平洋艦隊は全滅するわ！」

イギリス東洋艦隊は、太平洋艦隊司令部の指揮下に入り、その一員として行動した。

その指揮官トーマス・フィリップスは大将、パイは中将だ。

他に大将がいない以上、キンメル戦死後の指揮権は、フィリップスに移ることになる。

だがフィリップスは、衝突事故を起こしかけた張本人だ。雷撃回避のためとはいえ、東洋艦隊のことしか考えなかった身勝手《みがって》な行動は許されるものではない。

「事務屋《オフィス・ワーカー》の下でなど戦えるものか。東洋艦隊は東洋艦隊で、勝手にやらせればいい」

これまで、表には出さなかった「オフィス・ワーカー」の一言を、パイは初めて口にした。

「ペンシルヴェニア」の轟沈と同時に、同盟軍に対する遠慮や気遣いが完全に消えたのだ。

「敵との距離が離れます！」

不意に、見張員の報告が上がった。

パイは、前方に双眼鏡を向けた。

先に直撃弾を与えたコンゴウ・タイプの火災煙が、右前方に見える。

「オクラホマ」のみならず、BD1、2との距離が開きつつある。

　合衆国の旧式戦艦は最高速度二一ノット、コンゴウ・タイプの最高速度は三〇ノットだ。

　日本艦隊は、速力差を活かして遁走《とんそう》するつもりなのだ。

「逃がさぬぞ、ジャップ！」

　パイは、怒りの声を上げた。

　太平洋艦隊の喪失艦は「ペンシルヴェニア」と駆逐艦二隻。

　戦果は、軽巡と駆逐艦を何隻か沈めただけだ。

　一二隻もの戦艦を擁する艦隊が、巡洋艦、駆逐艦中心の艦隊と戦って敗北したのでは、合衆国海軍は列国の海軍から笑いものになってしまう。

　パイは、指揮官を代行してから最初の命令を大音《だいおん》声《じょう》で発した。

「第四、第六戦艦戦隊《BD4、6》に命令。コンゴウ・タイプに砲撃を集中しろ。どんなことをしても逃がすな！」

## 6

　このとき、第三戦隊の高速戦艦「金剛」「榛名」は、隊列の最後尾に位置し、敵戦艦に応戦していた。

「榛名」は敵弾二発を被弾し、第四砲塔と射出機を吹き飛ばされている。

　後部に発生した火災は鎮火《ちんか》せず、艦の姿のみならず、左舷側に位置する海南島の稜線までを、赤々と浮かび上がらせている。

　だが、第一から第三までの三五・六センチ連装砲塔は健在だ。

　全主砲を右舷側に向け、各砲塔一門ずつの交互撃ち方で、三発ずつの三五・六センチ砲弾を、敵戦艦に放っている。

　前をゆく「金剛」も後甲板に直撃弾を食らったものの、主砲は全て健在だ。

　連装四基八門の三五・六センチ主砲を全て右舷側

# 日本海軍 金剛型戦艦「金剛」

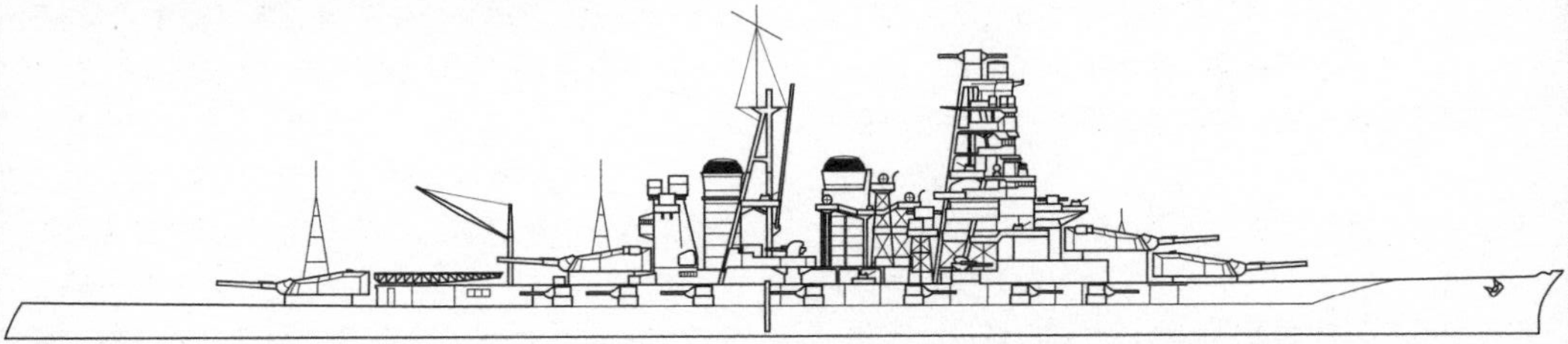

| | |
|---|---|
| 全長 | 219.4m |
| 最大幅 | 31.0m |
| 基準排水量 | 31,720トン |
| 主機 | 艦本式タービン 4基／4軸 |
| 出力 | 136,000馬力 |
| 速力 | 30.3ノット |
| 兵装 | 35.6cm 45口径 連装砲 4基 8門 |
| | 15.2cm 50口径 単装砲 8門 |
| | 12.7cm 40口径 連装高角砲 6基 12門 |
| | 25mm 連装機銃 10基 |
| 航空兵装 | 水上偵察機 3機／射出機 1基 |
| 乗員数 | 2,367名 |
| 同型艦 | 比叡、榛名、霧島 |

日本海軍における初めての超弩級戦艦である金剛型戦艦の一番艦。英・ヴィッカース社に発注され、明治45年12月に進水、大正2年8月に巡洋戦艦として竣工した。本艦は海外に発注された最後の主力艦であり、建造当初は世界最大、最強の戦艦であった。

昭和3年から同6年にかけて第1次改装が行われ、主缶の変更や装甲の追加が行われた。この改装により巡洋戦艦から戦艦に艦種変更されている。さらに昭和10年から同12年にかけて第2次改装が施され、機関の換装や艦尾の延長、主砲仰角の引き上げなど、近代戦に対応できるよう改良された。

艦齢こそ古いものの、30ノットを超える高速力を誇り、今次大戦の開戦に際しては空母機動部隊と南方部隊に本艦および同型艦が2隻ずつ配備されている。

に向け、「榛名」と共に、敵戦艦と渡り合っている。

「金剛」「榛名」には、敵戦艦六隻が砲火を集中していたが、現在は小康《しょうこう》状態だ。

三水戦の雷撃が成功し、敵戦艦一隻が轟沈してから は、砲撃が散発的になっている。

「三水戦が仕留めた戦艦には、太平洋艦隊の上級指揮官が乗っていたのではないか」

「榛名」艦長高間《たかま》完《たもつ》大佐は、敵情をそのように推測している。

敵戦艦一隻が轟沈した直後、「榛名」の通信長小《こ》竹明信《たけあきのぶ》少佐より、

「敵の通信が混乱しています。各艦からの通信が乱れ飛び、収拾《しゅうしゅう》が付かない状態のようです」

との報告があったためだ。

とはいえ、敵もすぐに態勢を立て直すはずだ。

「砲術より艦長。敵一番艦から六番艦、距離が離れます!」

射撃指揮所から、報告が上げられた。

三水戦が投雷する直前まで、敵戦艦の発射炎は右前方から右正横《せいおう》にかけて観測されたが、現在は右後方に移行している。

「榛名」との距離は開きつつあり、一部の敵艦は艦橋の死角に消えようとしている。

元々、金剛型戦艦と米旧式戦艦の間には、九ノットの速力差がある。

しかも三水戦の雷撃が、敵一番艦から六番艦に回避運動を余儀なくさせた。

轟沈した艦を除いた五隻の敵戦艦は、隊列の後方に取り残されたのだ。

「艦長より砲術、最も照準し易い敵艦はどれか?」

「七番艦です」

高間の問いに、砲術長芳賀軍司《はがぐんじ》中佐が即答した。

「よし、目標、敵七番艦。砲撃始め!」

「目標、敵七番艦。砲撃始めます」

芳賀が復唱を返し、一拍置いて、「榛名」の右舷側に火焰がほとばしる。

健在な主砲塔三基が、一番砲を放ったのだ。炎を反射した海面が真っ赤に染まり、発射の反動が艦を震わせる。

三五・六センチ砲三門発射の砲声は、落雷さながらだ。耳だけではなく、頭全体が痺《しび》れるようだ。

前をゆく「金剛」も、遅れてはならじと主砲を発射する。

発射炎が一瞬、艦影をくっきりと浮かび上がらせ、砲声は「榛名」にまで届く。

時間差を置いて放たれた七発の主砲弾は、夜気を震わせながら、敵戦艦に殺到する。

「用意……だんちゃーく！」

艦長付の大友吉太郎《おおともよしたろう》一等水兵が、弾着予定時刻の到来を報せるが、敵戦艦の艦上に、直撃弾の爆炎が躍ることはない。

新目標への第一射は、空振りに終わったのだ。

「榛名」が各砲塔の二番砲で第二射を放った直後、

「副長より艦長。後部の火災、鎮火の見込み！」

応急指揮官を務める副長重村和臣《しげむらかずおみ》中佐が弾んだ声で報告した。

「了解。消し止めるまで気を緩めるな」

高間は、即座に応答した。

火災が鎮火すれば、敵艦は格好の射撃目標を失い、命中率が低下する。

「榛名」が生き延びられる確率も、それだけ高くなるのだ。

（頑張ってくれ）

消火に懸命になっている下士官、兵に胸中で声援を送りながら、高間は艦内電話の受話器を置いた。

その間に「榛名」の第二射弾が落下している。

今度も、命中はない。先に、六隻の戦艦から集中砲火を浴びたときもそうだったが、夜間に一万の砲戦距離では、どうしても外れ弾が多くなる。

そのおかげで、「榛名」も「金剛」も、その前方をゆく重巡部隊も、圧倒的な敵を相手に生き延びているとと言えるが。

（距離を詰めれば、命中率も上がるのだが）

高間はしばし、航海長に「面舵」を命じたい衝動に駆られる。

だが、それは禁断の命令だ。

近藤信竹司令長官から第三戦隊に与えられている命令は、「敵戦艦を牽制《けんせい》しつつ、海南島近海より離脱せよ」であり、「敵艦隊を撃滅せよ」ではない。

敵を沈めることよりも、損害を最小限に抑え、生還することが最優先だ。

「榛名」が三度目の射弾を放ったとき、右舷側の海面にも発射炎が閃いた。

一箇所ではない。

右正横から右前方にかけ、時間差を置いて、六箇所に真っ赤な閃光が走っている。

「来たか！」

高間は、小さく叫んだ。

敵一番艦から六番艦までは、後方に置き去りにしたが、七番艦から一二番艦までの六隻は混乱から立ち直り、砲火を浴びせて来たのだ。

（何隻が、本艦と『金剛』に主砲を向けて来るか）

高間は、現在の隊形を思い浮かべた。

「金剛」「榛名」は、南方部隊本隊に所属している。本来であれば、第四戦隊の後方に付き、その後方に南遣艦隊の重巡五隻が並ぶのが正しい。

だが高間は、作戦打ち合わせの折り、

「三戦隊は、隊列の最後尾に付きます」

と希望した。

「金剛」「榛名」は、南方部隊の所属艦の中で、速力が最も遅い。

隊列の中央に位置すれば、南遣艦隊の重巡の前を塞いでしまい、行動の妨《さまた》げになる。

何よりも、二隻の戦艦は南方部隊の中で最も目立つ艦であり、敵戦艦も砲火を集中して来るはずだ。

「南方部隊単独で、勝てる相手ではない。本艦と『金剛』が囮《おとり》になることで、他の艦を一隻でも多く離脱させたい」

高間はそのように考え、殿軍《でんぐん》を引き受けたいと希望したのだ。

「金剛」艦長小柳富次《こやなぎとみじ》大佐も、高間の意気に感じたのだろう、隊列の最後尾に付くことに同意した。

これまでのところ、その目論見は、高間が考えた以上にうまく運んでいる。

敵戦艦一隻を轟沈させ、五隻を後方に置き去りにしている。

残る敵戦艦を引きつければ、他の艦艇は現海域から脱出し、連合艦隊本隊に合流できるはずだ。

たとえ、「金剛」「榛名」を犠牲《ぎせい》にしても——。

高間の思考は、敵弾の飛翔音によって断ち切られた。

先に、「榛名」に浴びせられた射弾のそれとは、音色《ねいろ》が異なる。音量そのものも大きい。

敵弾落下の前に、「榛名」は第四射を放った。

自艦の砲声が敵弾の飛翔音をかき消し、鋼鉄製の艦体が武者震《むしゃぶる》いのように震えた。

主砲発射の余韻が収まったとき、轟音が「榛名」の頭上を、右から左に通過した。

左舷側で爆発が起こり、火柱と共に土砂が噴き上がる。

敵弾は「榛名」の頭上を飛び越し、海南島の海岸に落下したのだ。

ほとんど間を置かず、新たな飛翔音が轟く。

それが途切れると同時に、「榛名」の右舷側海面が大きく盛り上がり、凄まじい勢いで奔騰した。

水柱というより、海水の巨大な壁だ。「榛名」の艦橋からでは頂《いただき》は見えず、壁の向こう側を見通すこともできない。

艦底部を突き上げる爆圧は、これまでで最も大きい。艦そのものが、上下に揺さぶられているようだ。

今にも、艦底部が破られるのではないか、という気がした。

「四〇センチ砲戦艦だな」

高間は唸り声を発した。

弾着時の衝撃から、敵弾は「榛名」のそれと同じ三五・六センチ砲弾ではなく、一回り大きい四〇センチ砲弾だと推測したのだ。

「長門」「陸奥」のライバルであるコロラド級戦艦か、それとも条約明け後に竣工した新鋭戦艦か。

どちらであっても、「金剛」「榛名」にとっては恐るべき強敵だ。

金剛型は、速度性能を重視した巡洋戦艦として竣工した艦を、二度の近代化改装によって戦艦に艦種変更したものだ。

防御装甲が薄いことに加え、竣工から四半世紀以上が経過し、艦体の老朽《ろうきゅう》化が進んでいる。

四〇センチ砲弾が一発でも直撃しようものなら、戦闘力の過半を失うか、航行不能に陥りかねない。

しかも、「榛名」の相手は一隻だけではない。

敵弾が続けざまに飛来したところから見て、二隻が「榛名」に砲門を向けている。

(せめて一隻でも仕留められれば……)

こちらの砲撃はどうか、と思い、高間は敵艦に双眼鏡を向けた。

目標としている敵七番艦の艦上に、火災炎は見えない。

その前方に位置する八番艦も同様だ。

「榛名」も「金剛」も、空振りを繰り返したのだ。

「榛名」は、至近弾落下の衝撃にもひるむことなく、第五射を放つ。

敵戦艦の艦上にも、第二射の閃光が走り、艦影が瞬間的に照らし出される。

「榛名」が目標とした七番艦だけではない。

その前方に位置する五隻も、時間差を置いて射弾を放っている。

第五射弾の弾着時刻が近づく。

「用意……だんちゃーく!」

大友一水が叫ぶ。今度こそ当たってくれ——そんな願いが込められているように感じられる。

闇の向こうに、発射炎とは明らかに異なる閃光が走り、敵の艦影がくっきりと浮かび上がった。

「やった！」

高間は声に出して叫び、艦橋内にも歓声が上がった。

「榛名」は第五射で直撃弾を得たのだ。

「次より斉射！」

「敵九番艦に火災。『金剛』の命中弾です！」

芳賀砲術長と見張長久保《くぼ》三郎《さぶろう》兵曹長の報告が前後して届いた。

高間は、双眼鏡を左にずらした。

七番艦の二隻前方に位置する艦が、視界に入って来る。七番艦同様、赤い光が艦影を浮かび上がらせている。

「やったな、『金剛』」

高間が口元をほころばせたとき、敵の第二射弾が落下した。

弾着の瞬間、「榛名」と「金剛」の間に、巨大な海水の壁が奔騰し、しばし「榛名」の前方を遮った。


艦首が壁に突っ込み、大量の海水がなだれ落ちる。有名な華厳《けごん》の滝の直下に乗り入れたかのようだ。

降り注ぐ海水は、第一、第二砲塔の砲身や天蓋《てんがい》、前甲板を激しく叩き、左右両舷から海に戻ってゆく。

その狂騒《きょうそう》が収まらぬうちに、新たな敵弾が轟音と共に落下する。

今度は全弾が「榛名」の左舷側に落下し、艦と陸地の間に、大量の海水を噴き上げた。

爆圧が左舷側の艦底部を突き上げ、「榛名」が僅かに右舷側へと傾く。

「榛名」は、帝国海軍の戦艦の中では最も小さいが、基準排水量は三万二一五六トンに達する。四〇センチ砲弾の落下に伴う爆圧は、それほどの重量物を揺るがす力を持つのだ。

艦の動揺が収まったところで、「榛名」はこの日最初の斉射を放った。

発射の瞬間、交互撃ち方のそれより遥かに凄まじい衝撃が艦を揺るがした。たった今の至近弾の爆圧よりも、自艦の斉射の衝撃の方が、強烈なように感じられた。

敵艦の艦上にも、発射炎が閃く。主砲発射の爆風が、火災炎を煽ったのだろう、敵七番艦の艦上の光が大きく揺らぐ。

「『金剛』斉射！」の報告が上げられ、前方から砲声が轟く。

二隻の戦艦が放った、一四発の三五・六センチ砲弾が、各々の目標へと飛翔する。

「榛名」の斉射弾が先に落下し、続いて「金剛」の斉射弾が目標を捉えた。

奔騰する水柱が、敵七、九番艦の火災炎を隠す。

敵艦が再び姿を現すが、火災炎が拡大した様子はない。「榛名」と「金剛」の斉射弾は、目立った損害を与えられなかったようだ。

このときには、「榛名」に敵の第三射弾が迫っている。

敵弾の飛翔音が急速に拡大し、極限に達したところで途切れた。

同時に、「榛名」はこれまでにない、凄まじい衝撃に見舞われた。

艦全体が左に押し流され、海南島に叩きつけられたか、と錯覚《さっかく》するほどの衝撃だった。

下からも、衝撃が襲う。

周囲に落下した敵弾の爆圧が、艦底部を突き上げているのだ。

被害状況報告が届かぬうちに、次の敵弾が迫る。

再び強烈な衝撃が襲いかかり、艦の周囲を水柱が囲む。四〇センチ砲弾が噴き上げた海水は、柱というより、岩峰《がんぽう》さながらのヴォリュームを持っている。

「榛名」の巨体は、苦悶《くもん》するように打ち震え、金属的な叫喚《きょうかん》を発した。

直撃弾は、敵戦艦一隻につき一発のみ。合計二発に過ぎない。

その二発が、「榛名」にとっては痛打《つうだ》となったことを、高間は直感していた。

「艦長、まだです！」

航海長吉沢公明《よしざわきみあき》中佐が声を励《はげ》ました。

寡黙《かもく》で、黙々と操艦をこなす士官だが、その吉沢が顔を紅潮《こうちょう》させていた。

「機関は全力発揮が可能です。本艦の心臓部も、足も健在なのです。舵にも異常はありません」

具申の最後の部分は、二度目の斉射に伴う砲声にかき消された。

音量は、第一斉射と変わらない。

機関部や舵と同じく、三基の主砲塔もまた健在なのだ。

「本艦は、まだ生きている。まだ戦える」

艦自身が、そう訴《うった》えているかのようだった。

射撃指揮所からも、芳賀の報告が届いた。

「砲術より艦長。主砲は健在なり！」

高間の胸中から、怯《ひる》みが消えた。

艦が動く限り、主砲が一門でも残っている限り、最後まで戦うのだ。

高間は、大音声で命じた。

「砲撃続行。弾薬庫が空になるまで撃ちまくれ！」

## 7

隊列の最後尾で、「金剛」「榛名」が敵戦艦の射弾を引き受けている頃、隊列の先頭では、中小型艦同士の戦闘が繰り広げられていた。

敵の巡洋艦、駆逐艦が、三〇ノット以上の速力で、南方部隊の前方に回り込みつつある。

「敵は巡洋艦六、駆逐艦一〇隻以上。敵の並びは巡、駆。敵針路三〇度」

第六戦隊旗艦「青葉」の射撃指揮所に、上田辰雄測的長の報告が届く。

南方部隊は海南島の南東岸に沿って、七五度の針路を取っているから、「イ」の字を裏返したような位置関係だ。

敵巡洋艦、駆逐艦の後方では、敵戦艦が繰り返し発射炎を閃かせている。

後方の四隻は、三戦隊の「金剛」「榛名」に砲撃を集中しているが、前方の二隻——先に雷撃で仕留め損なった英国巡戦「リパルス」と戦艦「プリンス・オブ・ウェールズ」は、「愛宕」以下の重巡部隊を目標としているようだ。

米艦隊は、足の速い巡洋艦、駆逐艦で、南方部隊の退路を断ち、戦艦の巨弾を浴びせて殲滅を図るつもりであろう。

「砲術より艦長。前方の敵は巡洋艦六、駆逐艦一〇隻以上。敵針路三〇度」

岬は、久宗米次郎「青葉」艦長を呼び出し、敵情を報告した。

「左砲戦。駆逐艦を叩く」

岬は驚いて、久宗に聞き返した。

「左砲戦ですか⁉」

司令部は、敵の後方に回り込むつもりなのだ。

敵戦艦と駆逐艦の間に、割り込むことになる。

「司令官にお考えがあるようだ」

と、久宗は返答した。

その「お考え」について、説明はない。五藤司令官も、意図は説明していないのかもしれない。

「高角砲、左砲戦。目標、敵駆逐艦。宜候！」

岬は命令を復唱し、艦内電話の受話器を置いた。

月形謙作第一分隊長と星川龍平第三分隊長に、

「高角砲、左砲戦。目標、敵駆逐艦。交互撃ち方」

と指示を送る。

大局を見、六戦隊の行動を決めるのは司令官だ。

俺は「青葉」砲術長として、敵艦を沈めることだけを考えればいい、と割り切った。

久宗と岬がやり取りをしている間にも、「青葉」は「加古」と八隻の駆逐艦を従え、敵の隊列に向かってゆく。

前方に、多数の発射炎が閃いた。

若干の間を置いて、夕立を思わせる音と共に、多数の敵弾が殺到し、「青葉」の左前方で、多数の小爆発が起きた。

飛沫の大きさから見て、駆逐艦の一二・七センチ砲弾だ。

敵は、巡洋艦の二〇・三センチ砲、一五・二センチ砲を「愛宕」以下の重巡部隊に向け、「青葉」以下の一〇隻には、駆逐艦の小口径砲を向けると決めたらしい。

敵が、第二射を放つ。再び多数の発射炎が閃き、巡洋艦、駆逐艦のスマートな艦影が、瞬間的に浮かび上がる。

「青葉」が、艦首を右に振った。射撃指揮所から見える敵の艦影が左に流れた。

「撃ち方始め！」

艦が直進に戻ったところで、岬は下令した。

一拍置いて、左舷側に向けて発射炎が閃き、硬いものを打ち合わせるような砲声が轟いた。

各砲塔の一番砲四門が、第一射を放ったのだ。

「『加古』撃ち方始めました。四駆、六駆、八駆、撃ち方始めました」

後部指揮所が、僚艦の動きを報告する。

「青葉」は、各砲塔の二番砲で第二射を放つ。

第三射、第四射、第五射と、砲撃を連続する。

すぐには、直撃弾は出ない。

「青葉」「加古」の一〇センチ砲弾も、駆逐艦の一二・七センチ砲弾も、海面で炸裂し、飛沫を上げるだけだ。

敵弾も、「青葉」の周囲に繰り返し落下している。

ほとんどは駆逐艦の一二・七センチ砲弾だが、侮ることはできない。

戦艦や重巡の乗員からは「豆鉄砲」と揶揄《やゆ》される一二・七センチ砲弾だが、当たりどころによっては大きな被害を受ける。

砲術長としては、「青葉」が致命的な損害を受ける前に、一隻でも多くの敵を仕留めるよう努める以外にない。

通算七度目の砲撃で、「青葉」は最初の直撃弾を得た。

敵の隊列の中央に爆炎が躍り、敵駆逐艦の姿を赤々と照らし出した。

「青葉」は、交互撃ち方による砲撃を続ける。

二秒置きに四発ずつの一〇センチ砲弾が飛び出し、敵駆逐艦の艦上に、新たな爆発光が次々と閃く。

直撃弾を得る度に、火災炎が大きく揺らぐ。

やがて、その駆逐艦は隊列から落後し、漂流し始めた。

このときには、六戦隊の二番艦「加古」や、後続する八隻の駆逐艦も、命中弾を得ている。

「加古」も「青葉」同様、交互撃ち方によって、二秒置きに一〇センチ砲弾を敵艦に叩き込む。

秒速一〇〇〇メートルの初速で発射される、直径一〇センチ、重量一三キロの砲弾は、舷側に破孔を穿ち、甲板の板材を吹き飛ばし、一二・七センチ両用砲を爆砕し、艦橋を貫通する。

防御力の乏しい駆逐艦は、みるみる鉄製の襤褸《ぼろ》と化し、行き足が止まる。

他に、三隻の敵駆逐艦が被弾し、炎上している。

「青葉」には、今のところ直撃弾はない。

後続する「加古」も、被害はないようだ。

二隻の防巡は、敵の矢面《やおもて》に立っているにも関わらず、被弾を免れている。

「武運が強いな、この艦は」

口中で、岬は呟いた。

六戦隊の五藤司令官も、「青葉」の久宗艦長も、「加古」の高橋艦長も、怯懦とは無縁の指揮官だ。

相手が戦艦であっても、恐れることなく肉薄し、近距離からの砲雷撃を叩き込む。

先の雷撃は失敗に終わったものの、「青葉」も「加古」も、敵戦艦の巨弾は食らっていない。

敵駆逐艦との戦いでも、「青葉」を直撃した砲弾は皆無《かいむ》だ。

「弾は勇者を避けて通る」という言葉が、現実になったような強運《きょううん》だ。

防巡の砲術長に任ぜられたときに味わった失望は、完全に消え去っている。

勇敢な指揮官の下で、望んでいた水上砲戦を戦うことができたし、武運にも恵まれている。

今、戦死しても悔いは残らぬ。いや、本艦の射撃指揮所こそが、俺にとって一番相応しい死に場所だ、とまで思っていた。

「測的より砲術長。左四五度に発射炎多数！」

上田測的長からの報告が、不意に飛び込んだ。

一〇秒ほどの間を置いて、新たな敵弾の飛翔音が轟き、「青葉」の正面から左舷前方にかけて、多数の水柱が奔騰した。

何発かは「青葉」の至近距離に落下し、爆圧が射撃指揮所にまで伝わった。

駆逐艦の射弾とは、明らかに異なる。

一二・七センチ砲弾は、信管《しんかん》が着発式であり、海面に落下すると同時に炸裂していたが、たった今撃ち込まれた砲弾は、遅動《ちどう》式の信管を持ち、海面下で爆発している。

炸裂時の衝撃も、小口径砲弾のものではない。

左前方に、再び多数の発射炎が閃き、複数の艦影が瞬間的に浮かび上がった。

「砲術より艦長、左四五度に敵巡洋艦。敵は左に回頭した模様！」

岬は、久宗に報告を送った。

敵の巡洋艦、駆逐艦は、南方部隊本隊の頭を押さえようとして、針路を三〇度に取っていたが、途中から大きく左に回頭し、六戦隊に左舷側を向けて来たのだ。

報告している間に、新たな敵弾が落下する。

「青葉」の正面から左前方にかけて、至近弾落下の水柱が奔騰し、爆圧が艦底部を突き上げる。

「『加古』に至近弾！　『嵐《あらし》』『萩風《はぎかぜ》』にも至近弾！」

後部指揮所の第一分隊士小村《おむら》剛《ごう》兵曹長からも、報告が上げられる。

「砲術より艦長――」

「目標を巡洋艦に変更！」

岬の意見具申は、久宗の命令によって遮られた。

「目標を巡洋艦に変更します」

「目標、左四五度の敵巡洋艦。測的始め！」

岬は復唱を返し、発令所に新目標の指示を送った。

敵弾は、次々と飛来する。

直撃弾は、まだない。敵弾は、周囲の海面を沸き返らせるだけだ。

それでも、少なからぬ敵弾が至近距離に落下し、「青葉」の艦体を揺さぶっている。

「いつまでも、逃げられると思うな。次こそは、ぶち抜いてやる」

そんな威嚇が込められているように感じられた。

「目標、左四五度の敵巡洋艦。測的よし！」

「方位盤よし！」

「高角砲、射撃準備よし！」

発令所、方位盤射手、第一分隊長からの報告が、連続して上げられた。

「撃ち方始め！」

敵弾の飛翔音や炸裂音にかき消されまいとして、岬は大音声で下令した。

左舷側に火焔がほとばしり、長一〇センチ砲の砲声が射撃指揮所を包む。

これまで同様、各砲塔一門ずつの交互撃ち方だ。直撃弾を得たと確認したら、連続砲撃に入る。

「『加古』撃ち方始めました！　各駆逐隊、撃ち方始めました！」

小村が、後続艦の状況を報告する。

重巡、軽巡の二〇・三センチ砲弾、一五・二センチ砲弾と、防巡、駆逐艦の一〇センチ砲弾、一二・七センチ砲弾の撃ち合いだ。

次々と飛来する二〇・三センチ砲弾、一五・二センチ砲弾は、「青葉」や「加古」の周囲に水柱を噴き上げ、爆圧によって艦底部を痛めつける。

日本側の小口径砲弾は、敵を捉えたようには見えない。

敵巡洋艦の艦上に、爆発光が走ることはなく、砲撃は激しさを増している。

艦種の違いを考えれば、火力、防御力共に、米側が優勢だ。六戦隊も、後方の三個駆逐隊も、ひとたまりもなく叩きのめされそうに思える。

にも関わらず、日本側は屈しない。

小口径砲を以て、米側の中口径砲と互角に渡り合っているように感じられる。

「いつまでかわし切れるか」

自艦の砲声、敵弾の飛翔音、炸裂音が絶え間なく轟き、爆圧が艦体を揺さぶる中、岬は口中で呟いた。

「青葉」の強運も、永久に続くわけではない。

先に叩きのめした敵駆逐艦と同じ運命が、数秒後に「青葉」を襲うのではないか。

その思考は、後方から伝わった炸裂音によって中断された。

「『加古』被弾！」

小村の報告が、炸裂音に続いた。

「加古」の被弾を引き金としたかのように、味方艦の損害が相次ぐ。

「『暁《あかつき》』『朝潮《あさしお》』被弾！」

「『野分《のわき》』被弾！」

「『加古』二発目……いや、三発目被弾！」

悲痛な声で、報告が上げられる。

「まずい……！」

岬は、とろ火で焼かれるような焦燥感を覚えた。

「加古」と姉妹艦の「古鷹」は、「最小限の排水量で、重兵装を持つ重巡を実現する」という発想の下に設計・建造されたため、徹底した軽量化が行われている。

妙高型以降の重巡に比べ、防御力が乏しいのだ。

その「加古」が、二〇・三センチ砲弾、一五・二センチ砲弾を何発も被弾すれば、致命傷になりかねない。

援護したくとも、どうにもならない。

「青葉」は敵巡洋艦に対し、未《いま》だに一発の直撃弾も得ていないのだ。

(防巡一隻を緒戦で失うのか。敵機相手の戦いを、経験しないうちに)

岬がそう思ったとき、敵弾の飛翔音が「青葉」に迫った。

岬が両目を大きく見開いたとき、多数の水柱が「青葉」の周囲に奔騰し、艦橋の後方から被弾の衝撃が伝わった。

「万事《ばんじ》休す……！」

岬は、しばし両目を閉ざした。

敵弾をかわし続けた「青葉」が、遂に被弾した。次からは、連続しての斉射が襲って来る。

叩きのめされ、火だるまとなった「青葉」「加古」の無残な姿や、射撃指揮所もろとも吹き飛ばされる自身の未来図が浮かんだが――。

「敵巡洋艦、火災！」

敵弾の新たな炸裂音の代わりに、上田の報告が、射撃指揮所に飛び込んだ。

岬は双眼鏡を覗き込み、はっきりと見た。

敵巡洋艦六隻のうち、三隻が火災を起こしている。

残る三隻の艦上には発射炎が見えるが、それは「青葉」や「加古」に向けたものではない。

断続的な閃光は逆光となって、敵の艦影を浮かび上がらせている。

敵巡洋艦よりも遠方――海南島の海岸付近に繰り返し閃く発射炎を見て、岬は状況を悟った。

「愛宕」以下七隻の重巡が、敵巡洋艦に射弾を浴びせたのだ。

南方部隊本隊の「愛宕」「高雄」と南遣艦隊の「鳥海」以下五隻の重巡は、海南島の島影を利用して敵戦艦を牽制し、射弾をかわし続けたが、期せずして六戦隊と敵巡洋艦を挟撃《きょうげき》する形になったため、二〇・三センチ主砲を放ち、瞬く間に三隻を撃破したのだった。

残った三隻の敵巡洋艦が反撃の砲火を浴びせるが、七隻の重巡からは、倍する射弾が飛んで来る。

弾着の水柱が敵巡洋艦を包み、崩れたときには、火災煙が立ち上っている。

更に一隻の巡洋艦が被弾、炎上したところで、残った巡洋艦、駆逐艦は離脱にかかった。

反航戦の態勢を取ったまま、速力を上げ、日本艦隊の後方へと抜けてゆく。

「よし……」

岬は、六戦隊が窮地《きゅうち》から脱したことを悟った。

複数の敵弾を受けた「加古」の状態が懸念されるが、「青葉」には一発が命中しただけだ。

機関は全力を発揮しているし、各高角砲から、被弾損傷の報告もない。

何よりも、南方部隊の頭を押さえにかかっていた敵部隊を撃退したのだ。

最大戦速を発揮すれば、敵戦艦を振り切り、現海域から離脱できる。

そう楽観していたが——。

「右後方に発射炎！　大きい！」

小村分隊士が、緊張した声で報告を上げた。

岬が思わず身体をこわばらせたとき、敵弾の飛翔音が「青葉」の頭上を右から左に抜けた。

二〇秒ほどの間を置いて、左舷側に爆発光が走り、火柱がそそり立った。

炎を背に、味方重巡二隻の艦影が浮かび上がる。

いずれも、高雄型だ。位置から見て、「愛宕」「高雄」「鳥海」のうち二隻に違いない。

小村が、新たな報告を上げた。

「右後方の敵艦は、英国戦艦！」

「青葉」艦橋の第六戦隊司令部は、既に状況を把握していた。

戦艦群の一斉回頭によって、隊列の先頭に位置することになった英国戦艦「プリンス・オブ・ウェールズ」と巡洋戦艦「リパルス」の砲撃だ。

これまで戦闘を静観していたのは、巡洋艦、駆逐艦同士の戦闘が乱戦状態になったため、味方撃ちを恐れて砲撃を控えていたことが理由であろう。

米艦隊が戦場から離脱したため、もはや遠慮は要らぬと見て、砲撃を再開したに違いない。

右後方から発射炎が届き、巨大な砲声が夜気を震わせる。

「四駆、八駆に通信。『魚雷発射可能ナリヤ』」

五藤六戦隊司令官が、敵弾の飛翔音に負けぬほどの大声で命じた。

桃園砲術参謀には、すぐに五藤の狙いが分かった。

六戦隊が従えている駆逐艦のうち、第四戦隊の陽炎《かげろう》型駆逐艦と第八戦隊の朝潮《あさしお》型駆逐艦は、魚雷の次発装填装置を装備している。

一度の海戦で、二度の雷撃が可能なのだ。

五藤は、二隻の英戦艦に二度目の雷撃を敢行するつもりなのだろう。

四駆、八駆から返信が来る前に、敵弾が落下する。

今度は海南島の海岸ではなく、海面に爆発光が走った。

一瞬、高雄型の艦影が浮かび上がったが、すぐに崩れ、炎の中に呑み込まれた。

「あ、『愛宕』被弾！」

見張員が、悲鳴じみた声で報告する。

桃園は、思わず息を呑んだ。

南方作戦の総指揮を執る近藤信竹中将の乗艦が、戦艦の巨弾を受けたのだ。

「愛宕」は、赤々と燃えている。炎は、海南島の稜線がはっきりと認められるほど明るい。

たった今の一撃が、「愛宕」に致命的な打撃となったことは間違いない。

右後方の英艦隊が、新たな咆哮を上げる。

みたび、敵の巨弾が飛翔する。

「南遣艦隊司令部より入電《カキュウ》！『我、南方部隊ノ指揮ヲ執ル。全艦、可及的速ヤカニ現海面ヨリ離脱セヨ。武運ヲ祈ル。二二二八《フタフタフタハチ》（現地時間二一時二八分）』」

関野英夫通信参謀が、通信室より報告を送って来る。

近藤長官の生死は不明だが、「愛宕」がもはや旗艦の任に堪《た》えないことは、艦の様子を見れば分かる。

南遣艦隊の小沢治三郎司令長官は、全艦をこの場から避退させると決定したのだ。

「愛宕」と、近藤長官以下の二艦隊司令部幕僚を見捨てることになるが、止むを得ざる決断と言えた。

英戦艦の巨弾が、再び「愛宕」を捉えた。

外れ弾の水柱が奔騰したのだろう、しばし「愛宕」の火災炎が隠れた。

水柱が崩れ、再び姿を現した「愛宕」は、もはや原形を留めていなかった。

城郭のような艦橋も、その後ろに並ぶ二本の煙突も、松明のような有様《ありさま》になっている。

火を放たれ、落城《らくじょう》を目前にした城を想起させる姿だ。近藤司令長官や、「愛宕」艦長伊集院松治《いじゅういんまつじ》大佐が生きているとは、とても思えない。

戦艦が放つ巨弾の破壊力を、あらためて思い知らされる光景だった。

「四駆、八駆より入電。『我、魚雷発射ノ準備完了』。雷撃可能な艦は六隻です」

「四駆、八駆に命令。『右魚雷戦。目標、右同航ノ敵戦艦。魚雷発射始メ』」

関野の新たな報告を受け、五藤は即座に下令した。

英戦艦に雷撃を敢行し、その後は一目散《いちもくさん》に避退するのだ。

現状では、それが六戦隊に、というより、南方部隊に可能な最後の攻撃であろう。

右後方から新たな砲声が伝わった直後、関野が報告を上げた。

「四駆、八駆より報告。『魚雷発射完了』」

「避退する！」

五藤が、意を決したように下令した。

久宗「青葉」艦長が、大音声で下令した。

「後続艦に信号。『我ニ続ケ』」

「針路このまま。両舷前進全速！」

イギリス東洋艦隊司令長官トーマス・フィリップス大将の目に、「プリンス・オブ・ウェールズ」「リパルス」の左前方に位置する小部隊――巡洋艦二隻、駆逐艦六隻は入っていなかった。

この部隊は、先にイギリス艦隊に対して、雷撃を試みた。

幸い、フィリップスが敵の目論見に気づき、早い段階で回避運動に入るよう命じたため、「プリンス・オブ・ウェールズ」も「リパルス」も、被雷を免れた。

その代償として、「プリンス・オブ・ウェールズ」がアメリカ戦艦「ワシントン」と衝突寸前になり、陣形の混乱を招いたが、日本艦隊が決死の勇を振って発射した魚雷は一本も命中することなく、海中へと消えていったのだ。

雷撃に失敗した小部隊など、何ほどの脅威にもならない。彼らは、既に魚雷を使い果たしているのだ。

それよりも、優先して叩くべきなのは、日本艦隊の主力だ。

最後尾に位置する二隻の戦艦は、アメリカ軍の戦艦が砲火を集中しているが、その前方に七隻の重巡が展開している。

これらを全て沈めてしまえば、マレー侵攻を目論む日本軍の意図を挫《くじ》くことができる。

「本艦と『リパルス』は、重巡に砲火を集中しろ。一隻たりとも逃がすな！」

フィリップスは「プリンス・オブ・ウェールズ」の艦橋に立ち、大音声で下令した。

軍令部での勤務を中心に海軍生活を過ごして来たフィリップスだったが、このときばかりは、ロイヤル・ネイヴィーの偉大な先達――ナポレオン時代の名将ホレイショ・ネルソンや、ユトランド海戦でイギリス艦隊の指揮を執ったジョン・ジェリコー大将と同じ精神《スピリット》が自身の内にあることを感じていた。

（パリサーとキンメル提督の仇《かたき》を討つ）

腹の底で、フィリップスは呟いた。

パリサーは面倒な役を引き受け、アメリカ軍との交渉を成立させてくれた。

東洋艦隊を歓迎してくれたキンメルには、好感と恩義《おんぎ》を感じている。

その二人が、太平洋艦隊旗艦「ペンシルヴェニア」と共に、海に消えてしまったのだ。

彼らの無念を晴らさずして、本国に帰るわけには行かない。東洋艦隊司令長官の名誉に懸けても、二人の復讐《ふくしゅう》を果たすのだ。

フィリップスの意を受けたかのように、「プリンス・オブ・ウェールズ」「リパルス」が、巨砲の咆哮を上げる。

最初に戦果を上げたのは「リパルス」だ。

敵重巡の一番艦に撃ち込んだ三八センチ砲弾六発のうち、一発が見事に目標を捉え、大火災を引き起こしたのだ。

続く二度目の斉射が、一番艦に止《とど》めを刺している。

「プリンス・オブ・ウェールズ」は、まだ命中弾を得ていない。

敵重巡の二番艦を目標に、二度の斉射を放ったが、三五・六センチ砲弾は海南島の海岸に落下して土砂を噴き上げるか、目標の手前に落下して、水柱を奔騰させただけだ。

「『リパルス』に負けるな！」

ジョン・リーチ艦長が、射撃指揮所に激励を送る。

それに触発されたかのように、「プリンス・オブ・ウェールズ」の全主砲が咆哮し、一〇発の三五・六センチ砲弾を叩き出す。

主砲の口径は、アメリカ軍の新鋭戦艦が装備する四〇センチ砲よりやや小さく、一発当たりの破壊力も劣るが、斉射の砲声と反動は、決して小さなものではない。

艦橋は、雷に打たれたかのように震え、基準排水量三万六七二七トンの艦体が揺らぐ。

今度こそ——フィリップスはその期待を込め、闇の彼方を見つめる。

ほどなく海南島付近に、新たな爆発光が閃いた。躍る炎の中に、敵重巡の艦影がくっきりと浮かび上がった。

「よし!」

フィリップスは、満足の声を上げた。

主砲は何度も空振りを繰り返し、友軍の戦艦と衝突しそうになるなど、いいところがなかった「プリンス・オブ・ウェールズ」だが、ここに至り、ようやく直撃弾を得たのだ。

「敵三番艦を続いて叩け。『リパルス』は敵四番艦に目標変更!」

フィリップスが意気込んで命じたとき、唐突にそれは起こった。

前をゆく「リパルス」の左舷後部付近で、夜目にも白い海水の柱が突き上がったのだ。

水柱の頂は、「リパルス」の艦橋のみならず、メインマストも軽く超えている。戦艦の四〇センチ砲弾が至近距離に落下しても、ここまでは行くまいと思わされるほど巨大な海水の岩峰だ。

「リ、『リパルス』被雷!」

信じられない、と言いたげな見張員の報告に、巨大な炸裂音が伝わる。

「リパルス」は黒煙を噴き出しながら、みるみる速力を落とす。

左舷側の推進軸に異常を来《きた》したのか、艦が左舷側に回り始める。

「面舵一〇度!」

「速力、一〇ノットに落とせ!」

リーチが慌ただしく、ジャック・ベーカー航海長と機関長アラン・フィールディング中佐に命じる。

「プリンス・オブ・ウェールズ」は、艦の軸線を「リパルス」の左方に向けていたのだ。このまま進めば追突する。

「アメリカ艦隊に緊急信。『〈リパルス〉被雷。回避されたし』と！」

フィリップスも、通信室に命じる。

先に日本艦隊の雷撃を回避したときには、アメリカ軍に連絡を入れずに転舵したため、危うく「ワシントン」と衝突しそうになった。

そのときの失敗を、繰り返してはならない。

「プリンス・オブ・ウェールズ」の機関出力が絞られ、速力が急減する。

舵は、すぐには利かない。艦は速力を落としながらも、直進を続けている。

「リパルス」の艦尾が、近づいて来る。

後部の第三砲塔やマストが目の前に迫り、被雷箇所付近から噴出する黒煙が、「プリンス・オブ・ウェールズ」の艦首甲板まで流れて来る。

（いかん、当たる……！）

フィリップスが衝突を覚悟したとき、「プリンス・オブ・ウェールズ」の艦首が右に振られた。

艦首が「リパルス」の艦尾をかすめ、巡洋戦艦の巨大な艦影が左に流れた。

「プリンス・オブ・ウェールズ」は、すんでのところで最悪の事態を免れたのだ。

「今日は何という日だ！　二回も、衝突の危機に陥るとは！」

毒づいたフィリップスの耳に、見張員の報告が飛び込んだ。

「日本艦隊、離脱します！」

フィリップスは、左前方に双眼鏡を向けた。

先に直撃弾を与えた二番艦も含め、日本軍の重巡部隊と「プリンス・オブ・ウェールズ」の距離が急速に開きつつある。

日本艦隊は、「リパルス」の被雷によって生じた隙を利用して逃げ出したのだ。

逃がすな、撃て――の命令を、フィリップスは呑み込んだ。

日本艦隊との距離が開きすぎている。

敵艦隊撃滅の機会は、もはや去ったことを、フィリップスは悟っていた。

「魚雷は、いったいどこから……」

信じ難い思いで、フィリップスは呟いた。

左舷前方にいた日本軍の小部隊は、速力を上げて遁走した。他に、雷撃を試みた敵艦は報告されていない。

日本軍の重巡が雷装を持つことは知っているが、彼我の距離は一万ヤード以上離れている。それほどの射程距離を持つ魚雷があるのだろうか？

「潜水艦かもしれません」

ヘイワーズ首席参謀が、フィリップスの疑問に答えた。

「潜水艦？」

「左様です。日本軍は開戦前から、南シナ海に潜水艦を送り込み、我が軍やアメリカ軍の動静を探っていました。その潜水艦が、海南島付近に潜み、海戦に参加したとしても不思議はありません」

「貴官の主張通りなら、我が軍とアメリカ軍は、敵の罠《わな》にかかったことになる」

フィリップスはかぶりを振った。

日本軍は、海南島付近に罠を仕掛け、英米連合軍艦隊を待ち受けていた。

キンメルが海南島を戦場に選んだのは、敵の術中に陥ることを意味していたのだ。

「あくまで推測です。確証はありません。それより、『リパルス』の状況を確認しませんと」

「そうだったな」

フィリップスは頷き、隊内電話で「リパルス」艦長ウィリアム・テナント大佐を呼び出した。

「フィリップスだ。状況はどうか？」

「被雷は一本だけですが、左舷側の缶室をやられました。出し得る速力は二〇ノットぎりぎりです」

「了解した。貴艦はシンガポールに帰還せよ。駆逐艦二隻を護衛に付ける」

フィリップスは指示を与え、受話器を置いた。

「『リパルス』はシンガポールに帰還させる。『テネドス』『ヴァンパイア』を護衛に付ける」

と、幕僚たちに決定を伝える。

「本艦と『エレクトラ』『エクスプレス』は、作戦行動を続けるのですね?」

確認を求めたリーチに、フィリップスは頷いた。

「当然だ。このまま、引き下がれるか!」

## 8

南方部隊の健在な艦艇が、南遣艦隊司令部の命令に従って戦場からの離脱を図っている頃、海南島の南東岸付近では、「金剛」と「榛名」が炎上しながらも、米軍の戦艦四隻と砲火を交わし続けていた。

米艦隊は「金剛」「榛名」に二隻ずつの戦艦を割り当て、交互に射弾を浴びせて来る。

「金剛」にも、「榛名」にも、一五秒から二〇秒置きに巨弾が飛んで来る。

それも、「金剛」「榛名」の三五・六センチ砲弾より破壊力が大きい四〇センチ砲弾だ。

決着は、ごく短時間のうちに付くかに見えた。

ところが、「金剛」も、「榛名」も、すぐには沈黙しなかった。

「金剛」の周囲には、多数の水柱が繰り返し奔騰し、至近弾の爆圧が、艦底部を突き上げている。

敵弾落下の度に、基準排水量三万一七二〇トンの巨体が激しく揺れ動き、艦内各所からきしむような音を発する。

もう一方の「榛名」は、既に敵弾二発を被弾し、火災を起こしている。

主砲塔四基のうち、第四砲塔は既に破壊され、主砲火力は四分の三に減じている。

にも関わらず、両艦は発射炎を閃かせ、咆哮を上げ続けた。

砲声は、周囲の海面や、背後に横たわる海南島の海岸に殷々《いんいん》とこだまする。

艦齢二五年を超える艦体は、斉射の反動に耐えかねるように激しく震える。

「帝国海軍の軍艦は、最後まで屈さぬ。艦が浮いている限り、そして主砲が一門でも残っている限り、砲声が止むことはない」

そう、敵に向かって主張しているようだった。

両艦の抵抗を押し潰さんとするように、重量一トンの巨弾が多数、唸りを上げて殺到する。

弾着の度、多数の水柱が奔騰して両艦の姿を隠し、米戦艦の乗員に「轟沈したか」との期待を抱かせる。

だが、水柱が崩れるや、両艦は健在な姿を現す。

「榛名」は火災炎という格好の射撃目標を敵に与える形になっているため、斉射一回毎に、最低一発の敵弾が直撃する。

被弾の度、舷側や甲板に破孔が穿たれ、副砲や高角砲が吹き飛ばされる。

火災は、艦内の複数箇所で発生し、上甲板や通路で炎がのたうつ。

これだけの打撃を受けながらも、「榛名」は残された六門の主砲を振り立て、六発ずつの三五・六センチ砲弾を撃ち続けている。

「各隊は戦場から離脱したか？」

「榛名」艦長高間保大佐は、通信室を呼び出して聞いた。

視界を火災煙に遮られているため、重巡部隊や第三水雷戦隊はおろか、前方にいる「金剛」の姿さえ見えない。

僚艦の状況を知るには、通信室だけが頼りだ。

それも、いつまで保つかは分からない。

通信機が使用不能になる前に、小沢治三郎中将の南遣艦隊や、南方部隊本隊の残存艦が逃げ延びたかどうかを知りたかった。

「南遣艦隊司令部から『全艦、可及的速ヤカニ現海面ヨリ離脱セヨ』との命令が発せられましたが、以後の通信はありません」

小竹明信通信長が返答する。

その間にも、新たな敵の射弾が飛来する。

弾着の瞬間、「榛名」を囲んで多数の水柱が奔騰し、艦の後部から強烈な衝撃が伝わった。

直撃弾の炸裂と真下からの爆圧、性質の異なる二種類の打撃を受け、「榛名」は激しく振動し、金属的な叫喚を放った。

高間の耳には苦痛の叫びというより、断末魔の声を上げているように感じられた。

「砲術より艦橋、第三砲塔損傷！」

「火薬庫注水、急げ！」

芳賀軍司砲術長の報告を受け、高間は即座に下令する。

「榛名」の火力は半減したが、艦は屈しない。残された第一、第二砲塔が射弾を放ち、砲声が甲板上を駆け抜ける。

その余韻が収まったとき、立ちこめる火災煙の向こうに、強烈な閃光が見えた。

数秒の間を置いて、先の直撃弾よりも遥かに凄まじい爆発音が伝わった。

爆風が押し寄せ、火災煙を吹き飛ばす。

開けた視界の中に現れたものを見て、高間は思わず息を呑んだ。

「榛名」と共に砲撃を続けていた「金剛」が、姿を消している。

目の前に見えるのは、巨大な炎の塊《かたまり》だ。

噴火口から流れ出したばかりの溶岩《ようがん》を、間近に見ているようだ。

「停止！　後進全速！」

高間は機関室に命じた。

前進を続ければ、「榛名」は僚艦を覆う巨大な炎の中に突っ込むことになる。

「榛名」の巨体が、激しく身震いする。

基準排水量三万二一五六トンの艦体を前進させようとする巨大な慣性と、逆進させようとする力が激しくせめぎ合っているのだ。

その間に、敵の新たな斉射弾が飛来する。

全弾が「榛名」と「金剛」の間に落下し、奔騰する海水が、燃えさかる「金剛」を隠す。

「榛名」の未来位置を狙って発射したが、「榛名」が逆進をかけたため、艦の前方に落ちたのだ。

艦が一旦停止したとき、「金剛」の艦上で新たな爆発が起こり、大量の火の粉が飛び散った。

一部は、既に破孔を穿たれた「榛名」の艦首甲板や、第一、第二砲塔の天蓋にまで降り注いだ。

「榛名」が後退を開始し、「金剛」から離れる。炎の塊と化した姉妹艦が、徐々に遠ざかってゆく。

「『フッド』と同じ……か」

高間は独語した。

「金剛」が、主砲弾火薬庫に直撃弾を受け、誘爆を起こしたことは間違いない。

今年五月、盟邦ドイツの戦艦「ビスマルク」が英国の巡洋戦艦「フッド」を轟沈させたときと同じだ。

「金剛」は、軍籍こそ日本にあるが、英国ヴィッカース社のバロー・イン・ファーネス工場で生《せい》を受けている。日本が外国に発注した、最後の戦艦なのだ。


その「金剛」が、同郷の「フッド」と同じ最期《さいご》を遂げたことに、奇縁《きえん》を感じないではいられなかった。

高間の耳に、新たな敵弾の飛翔音が届いた。

今度は「榛名」の後退を計算に入れていたのだろう、多数の水柱が艦を囲む形で奔騰し、前甲板に爆発光が閃いた。

爆圧が艦を上下動させ、直撃弾の衝撃が艦橋を震わせた。何か巨大なものが落下したらしく、右舷側の海面に飛沫が上がった。

動揺が収まったとき、高間は第一砲塔が天蓋を大きく引き裂かれ、砲身が消失している様を見た。

「艦長より砲術、第一砲塔火薬庫注水。急げ！」

高間が芳賀に命じたとき、前部で砲声が轟いた。

最後に残った第二砲塔が、射弾を放ったのだ。

砲声も、艦体にかかる反動も、これまでよりも遥かに小さい。

「せめて、もう一太刀……」

高間はそう呟き、砲撃の成果を見守った。

勝算がないことは分かっている。「榛名」が遠からず、「金剛」と同じ運命を辿《たど》ることも。

それでも、一方的に打ちのめされる形で最期を迎えたくはない。

一発でいいから命中弾が欲しい、と強く願った。

弾着を待つ間に、敵の新たな斉射弾が落下した。

今度は、被弾の衝撃が後部から襲って来た。

直撃弾が炸裂した瞬間、これまでになかった異様な振動が艦橋に伝わった。

炸裂音は艦上ではなく、艦内の奥深いところから届いている。

心臓部をやられた。この一発が止めになる――高間は、そう直感した。

「だんちゃーく！」

被害状況報告が届く前に、大友吉太郎一水が叫ぶ。

「榛名」は気息奄々《きそくえんえん》の状態であり、運命は旦夕《たんせき》に迫っているが、この状況下で、忠実に自身の任務を果たしている。

高間は、敵七番艦を見つめた。

期待した爆発光の閃きはない。二発の射弾は、空振りに終わったのだ。

「機関長より艦長。一、二番機械室損傷。一、二番推進軸、作動不能！」

「砲術より艦長。第二砲塔、動力停止。砲撃不能！」

二つの報告が、連続して艦橋に上げられた。

「第二砲塔、火薬庫注水！」

高間は、即座に芳賀に命じた。

主砲は使用不能になったが、敵はまだ砲撃を止めていない。主砲弾火薬庫に被弾し、誘爆を起こす事態は避けねばならない。

「艦長……」

声をかけた吉沢公明航海長に、高間は頷いて見せた。今まで、よくやってくれた、との意を込めたつもりだった。

高間は艦内放送用のマイクを取り、あらたまった声で命じた。

「艦長より達する。総員退去。繰り返す。総員退去だ。退艦に際しては、左舷側より海に飛び込み、海南島に向かって泳げ」

いつの間にか、敵の砲撃は止んでいる。

「榛名」が、完全に戦闘力を失ったと判断したのかもしれない。

「ありがたい」

はっきり声に出して、高間は呟いた。

海岸までは、さほど遠くない。陸地まで泳ぐことは、不可能ではない。

敵の砲撃がこれ以上なければ、多くの乗員を生還させることができる。

「通信より艦橋」

高間がマイクを置いたとき、小竹通信長より報告が入った。

「通信アンテナ損傷。送受信とも不可能です」

「味方の状況は分からぬか？」

「残念ではありますが……」

「……分かった。君たちも、早く退艦しろ」

高間は、小竹に最後の命令を伝えた。

（悔いを残してしまった）

唇を嚙みしめながら、腹の底で呟いた。

「榛名」の艦長としては、最善を尽くしたとの自負がある。

僚艦「金剛」と共に、圧倒的に優勢な敵の戦艦部隊を向こうに回し、味方艦が脱出するまでの間、敵を牽制したのだ。

ただ、任務を達成し得たかどうかが分からないのは残念だった。

（生きよう）

生に対する執着《しゅうちゃく》が、高間の内に芽生《めば》えた。

最後まで艦に残って乗員の退艦を見届け、しかる後に艦と運命を共にするのが艦長の役割だが、「榛名」と「金剛」が任務を達成したかどうかを知ることなく死ぬのは、あまりにも口惜《くちお》しい。

自分も、部下と共に海南島まで泳ぎ、生き延びるのだ。

内地に戻り、任務の成否を確かめた後は、いかなる処分を受けても構わない。

腹をくくったとき、高間は、吉沢航海長や大友一水が残っていることに気がついた。

高間と一緒に、運命を共にするつもりなのかもしれない。

高間は、彼らに声をかけた。

「一緒に来い。生き延びるんだ」

## 9

艦から脱出した「榛名」の乗員が、海岸に向かっている頃、第六戦隊は、後方に七隻の駆逐艦を従え、海南島から離れつつあった。

敵の艦影は、既に見えない。見張員が「後方に発射炎」と報せて来ることもない。

戦場からの離脱には、ひとまず成功したのだ。

旗艦「青葉」の艦橋は、沈黙が支配している。

離脱直前に、六駆、八駆が敢行した雷撃は一応の成功を収めたものの、命中した魚雷は一本だけだ。

魚雷一本で、戦艦が沈没に至るとは考え難い。

日本側が払った犠牲を考えると、勝ったとは到底言えない。

勝利感などは微塵《みじん》もなく、重苦しい敗北感のみがあった。

「司令官、被害集計が出ました」

桃園幹夫砲術参謀が、沈黙を破った。

戦場から離脱した後、「青葉」副長中村謙治《なかむらけんじ》中佐や、他艦から届いた報告を整理したのだ。

「本艦は被弾一。二番発射管に直撃を受け、戦死者六名、負傷者八名との報告です。『加古』は被弾二。六番高角砲と後甲板損傷。駆逐艦は『響《ひびき》』『暁』『荒潮《あらしお》』が沈没です。他に、『萩風』『野分』『朝潮』が被弾損傷しましたが、航行には支障なしと報告されています」

「本艦は、砲戦に支障なしということだな？」

「おっしゃる通りです」

「分かった」

五藤は頷き、ちらと左舷後方を見やった。

「重巡部隊は、何隻が脱出できたのだろうな？」

「『愛宕』は、おそらく駄目でしょう。近藤長官以下の二艦隊司令部も」

貴島掬徳首席参謀が、沈痛《ちんつう》な面持《おもも》ちで答えた。

それに異を唱える者はいない。

「青葉」の艦橋にいた者は、全員が「愛宕」が被弾した瞬間をはっきりと目撃している。

城郭のような艦橋を持ち、いかにも頑丈そうに見える高雄型重巡だが、二〇・三センチ砲装備の重巡が、戦艦の巨弾に耐えられる道理がなかった。

「『鳥海』と七戦隊の四隻は、脱出に成功した可能性大です。離脱直前、敵戦艦のうち四隻は、『金剛』『榛名』に砲撃を集中しており、英戦艦二隻は、六駆、八駆の雷撃で混乱していました。米英艦隊には、『鳥海』と七戦隊を攻撃している余裕はなかったと考えられます」

言葉を続けた貴島に、五藤は質問を重ねた。

「『高雄』はどうだろうか？」

「……分かりません。離脱に成功したと信じたいところではありますが」

貴島は、少し考えてから答えた。

六戦隊が離脱する直前、第四戦隊の二番艦「高雄」が被弾する瞬間が目撃されている。

「高雄」は、すぐに視界の外に消えたため、同艦の状況は不明だが、戦艦の主砲弾が命中したのであれば、ただでは済まない。

「高雄」も、「愛宕」と同じ運命を辿ったのではないか。帝国海軍は二隻の高速戦艦に加えて、重巡の中でも精鋭の誉れが高い高雄型を二隻も失ったのかもしれない。

そんな懸念が、貴島の表情から見て取れた。

「米太平洋艦隊の主力部隊に、英国東洋艦隊まで加えた大艦隊を相手取ったのです。半数以上の艦が離脱に成功しただけでも幸運――いや、奇跡だったと考えますが」

久宗米次郎「青葉」艦長の言葉に、五藤は「うむ」と応えた。

「我が六戦隊は、敵を攪乱《こうらん》することには成功しました。本艦も、『加古』も、比較的軽微な損害で切り抜けています。指揮下に入った駆逐艦も、半数以上が生き残りました。誇ってよいと考えます」

「そうだな」

五藤は、幕僚たちを見渡した。

「終わった戦いよりも、今後のことを考えよう。これからが本番だ」

桃園も、貴島も、表情を引き締めた。

南方部隊の残存艦艇のうち、戦闘の続行が可能な艦は、連合艦隊主力に合流して戦うことになる。

今度こそ機動部隊の指揮下で、防巡の本領を発揮するのか、あるいは連合艦隊主力と共に、二度目の水上砲戦を戦うのか。

いずれにしても六戦隊は、海南島沖の夜戦を上回る激戦に身を投じることになる。

「司令官、GF司令部からの命令電が届きました」

あたかも五藤の言葉に合わせたように、関野英夫通信参謀が、電文の綴りを携えて入室した。

「読みます。『南方部隊ハ〈高雄《タカオ》〉ヨリノ方位二五五度、三〇〇浬地点ニテ、連合艦隊主力ト合同セヨ。合流予定時刻ハ一二月一一日、一四〇〇《ヒトヨンマルマル》トス。二三《フタサン》〇〇《マルマル》』」

# 第六章　英国戦艦追撃

プリンス・オブ・ウェールズ

「敵味方不明機、右四〇度、高度六〇《ロクマル》（六〇〇〇メートル）より接近。機数四！」

第六戦隊旗艦「青葉」の射撃指揮所に、上田辰雄測的長の報告が届いた。

「砲術より艦長。敵四機、右四〇度、高度六〇《ロクマル》より接近」

岬恵介砲術長は、即座に久宗米次郎艦長に報告した。

上田は「敵味方不明機」と報告したが、出現した方位から見て、敵機であることは明らかだ。

おそらく、フィリピンの米軍航空基地から発進した機体であろう。

マニラ周辺の航空基地は、開戦初日に台湾の第一一航空艦隊が叩いたが、フィリピンの米軍航空部隊は、残存機をマニラ以南の航空基地に移動させ、抵抗を続けているのだ。

それらが南シナ海を横断し、南方部隊を叩きに来たのかもしれない。

「対空戦闘、配置に付け！」

高声令達器から久宗の声が流れ、ラッパが吹き鳴らされる。

高角砲を担当する第一分隊、機銃を担当する第二分隊の士官、下士官、兵は、上甲板を走って各自の配置に就く。

空から迫る脅威に対し、「青葉」は急速に戦闘準備を整えてゆく。

第六戦隊の僚艦「加古」や、南方部隊の重巡、駆逐艦も同様であろう。

「砲術参謀より射撃指揮所、敵機はおそらくB17。米陸軍の四発重爆だ」

「『空の要塞』のお出ましか」

江田島同期の桃園幹夫砲術参謀の言葉を聞いて、岬は小さく笑った。

米軍の四発重爆撃機ボーイングB17〝フライン

グ・フォートレス〟については、岬も聞いている。

爆弾搭載量が多いことに加えて、防御力が極めて高く、戦闘機では容易に撃墜できないという。

ただし、その攻撃方法は水平爆撃だ。

要塞や防御陣地のような静止目標であればともかく、移動目標に対する命中率は極めて低い。

しかも高度六〇〇〇メートルからの投弾だ。

命中する危険は、ほとんどないが――。

「防巡の実力を証明するには、格好の目標だ。本領を発揮して見せる」

岬はそう言って、艦内電話の受話器を置いた。

「目標、右四〇度、六〇《ロクマル》の敵四発重爆。測的始め」

「全高角砲、射撃準備」

星川龍平第三分隊長と月形謙作第一分隊長を呼び出し、下令した。

「目標、右四〇度、六〇《ロクマル》の敵四発重爆。測的始めます」

星川が、落ち着いた声で復唱を返した。

発令所は砲術科の頭脳とも呼ぶべき存在であり、緻密《ちみつ》な計算を必要とする。

星川の声に気負《きお》った様子はなく、平時の連絡のように淡々としていたが、発令所の責任者としては、むしろ頼もしさを感じさせた。

「全高角砲、射撃準備します」

月形も、星川に続いて復唱する。

星川とは対照的な、意気込んだ声だ。防巡の本領発揮だ、と言いたげだった。

「目標の高度が高めだが、大丈夫か？」

「高度一〇〇《ヒトマルマル》〇〇（一万）の目標でも墜とせるよう、訓練を積んで来たんです。一機も逃がしませんよ」

「任せたぞ」

信頼を込めて、岬は言った。

（万一当たったら、かなりの被害が出る。何としても阻止しなければ）

「青葉」の左舷側に位置する重巡を見やり、腹の底で呟いた。

第六戦隊が南方部隊本隊と合流したのは、この日――一二月一一日の夜明け直後だ。

朝日の中に浮かび上がった本隊の姿を見て、「青葉」乗員の誰もが息を呑んだ。

「金剛」「榛名」「愛宕」「高雄」「川内」の五艦が姿を消している。

南方部隊の中で、最も強力な二隻の高速戦艦と、第四戦隊の重巡二隻、第三水雷戦隊の旗艦が、南方部隊の総指揮官と共に失われたのだ。

三水戦の駆逐艦も、一四隻から一一隻に数を減じており、生き延びた艦にも被弾の跡が目立つ。

水上砲戦を戦っているときは、自艦のことだけで精一杯《せいいっぱい》であり、他艦の状況にまで気が回らなかったが、被害を目の当たりにすると、本隊は第六戦隊以上に激しい戦いを強いられたことが分かる。

米太平洋艦隊の主力と英国東洋艦隊は、やはり恐るべき敵だった。

夜戦に持ち込んだぐらいで、どうにかできる相手ではなかったのだ。

現在の時刻は、一一時一七分（現地時間一〇時一七分）。

南方部隊は、南遣艦隊旗艦「鳥海」を中心にした輪型陣を組み、一四ノットの艦隊速力で、連合艦隊本隊との会合地点に向かっている。

南方部隊は、巡洋艦、駆逐艦を中心とした高速部隊だが、合流直後、「鳥海」が機関の故障を起こしたため、速度を落とさざるを得なかったのだ。

「鳥海」は「愛宕」「高雄」と異なり、直撃弾は受けなかったが、至近弾を繰り返し受けている。

「缶か推進機をやられたのじゃないか」

と、「青葉」の磯部太郎機関長は推測していた。

輪型陣における第六戦隊の位置は、隊列の右方だ。「青葉」は「鳥海」の右前方、「加古」は「鳥海」の右後方を、それぞれ守っている。

四機のB17は、輪型陣の中央を狙って来る可能性が高い。

## 日本海軍 高雄型重巡洋艦「鳥海」

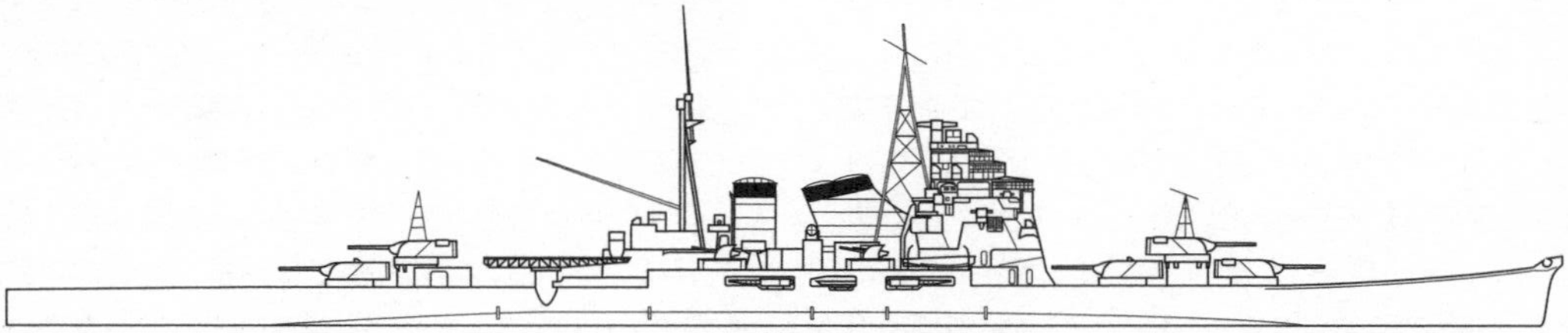

| | |
|---|---|
| **全長** | 203.8m |
| **最大幅** | 19.0m |
| **基準排水量** | 11,350トン |
| **主機** | 艦本式タービン 4基／4軸 |
| **出力** | 130,000馬力 |
| **速力** | 35.5ノット |
| **兵装** | 20.3cm 50口径 連装砲 5基 10門 |
| | 12cm 45口径 単装高角砲 4門 |
| | 25mm 連装機銃 8基 |
| | 13mm 単装機銃 2基 |
| | 61cm 連装魚雷発射管 4基 |
| **航空兵装** | 水上偵察機 3機／射出機 2基 |
| **乗員数** | 760名 |
| **同型艦** | 高雄、愛宕、摩耶 |

高雄型重巡洋艦の四番艦。「妙高」型の攻撃力は維持しつつ、際だった重装甲と高速力をもつ重巡洋艦として設計されている。

昭和３年３月起工、昭和６年４月進水。昭和７年６月30日竣工。昭和８年からは第二艦隊旗艦を務めている。昭和13年から僚艦「高雄」「愛宕」は近代化改修工事を受けたが、本艦は旗艦任務にあったことから小規模な改善工事にとどまり、その後も対英米状況の緊迫度が増したことから、近代化改修工事は保留となっている。

本型の主砲は、最大仰角70度と対空射撃が可能な竣工時は最新型のものだったが、その後の航空機の発達は著しく、舷側の単装高角砲とあわせ、改良が急務とされている。防空専門の巡洋艦も就役するなか、より近代戦に対応した艦となるべく改善案が練られている。

B17の来襲は、「青葉」と「加古」が実力を発揮する好機だが、南方部隊にとっては、被害拡大の危機でもあった。

微かに、爆音が聞こえ始めた。

B17が距離を詰めて来たのだ。

「測的よし！」

「高角砲、射撃準備よし！」

星川が、静かではあるが力強い声で報告し、月形からの報告が続けて入った。

前甲板では、一番から三番までの高角砲三基が右舷側に旋回し、細く長い砲身に大仰角をかけている。目標の高度が六〇〇〇メートルと高いためだろう、角度はほとんど垂直に近い。

昨夜の水上砲戦では、同時には撃てなかった二、三番高角砲、四、五番高角砲も、今度は一度に発射できる。

「撃ち方始め！」

岬の下令と同時に、強烈な砲声が轟き、発射の反動が射撃指揮所にも伝わった。

砲声も、衝撃も、昨夜の水上砲戦で感じたものより大きい。

昨夜は速射性を重視するため、各砲塔一門ずつの交互撃ち方を実施したが、今回は命中確率を高めるため、全高角砲を一斉に放ったのだ。

五秒ほどの間を置いて、後方からも砲声が伝わり、小村剛第一分隊士が「『加古』撃ち方始めました」と報告を上げる。

対空射撃を開始したのは、二隻だけだ。他の重巡、駆逐艦は、沈黙を保っている。

待つことしばし、上空に爆煙が湧き出した。

B17四機のうち、先頭の機体がよろめいた。

爆風が四発重爆の巨大な機体を煽ったようだが、墜落には至らない。火災煙も観測されない。

およそ二秒後、「加古」の射弾が炸裂する。

昨夜の水上砲戦で、高角砲一基を失ったため、発射弾数は一〇発だ。

再び、Ｂ17がよろめく。射撃精度は「青葉」に劣らない。

「連続発射！」

岬は、けしかけるように下令した。

「青葉」の長一〇センチ砲一二門が火を噴いた。

二秒の間を置いて、「加古」が撃つ。

第二斉射の四秒後には、「青葉」の高角砲は三度目の斉射を放っている。

半自動式の装塡機構を採用しているため、次発装塡の早さは、帝国海軍の艦砲中随一《ずいいち》だ。

Ｂ17は時速四〇〇キロ前後で飛行しているため、四秒後には大きく位置が変わっている。

一〇センチ砲弾が炸裂するまでの時間も、微妙に変化する。

だが「青葉」と「加古」の高角砲は、Ｂ17を逃がさない。

一射毎に砲塔が旋回し、砲身は仰角を変え、Ｂ17の動きに追随する。あたかも、敵機の動きと連動した精密機械のようだ。

斉射のたび、砲声が射撃指揮所を包み、衝撃が伝わって来る。江田島時代、上級生からさんざん食らった鉄拳《てっけん》制裁を、四秒置きに受けているようだ。

通算四度目の斉射弾が炸裂したとき、Ｂ17一機が左主翼から黒煙を噴き出し、高度を落とし始めた。

「敵機、左に旋回。後方に回り込むつもりです！」

「逃がすな！」

星川の報告を受け、岬は即座に下令した。

一機たりとも、「鳥海」には近寄らせない。輪型陣の内側にも侵入させない。

「青葉」「加古」の高角砲が数秒間沈黙し、射撃を再開する。

再び、四秒置きの砲声と衝撃が襲って来る。

「青葉」「加古」とも、五度目の斉射は空振りに終わったが、「青葉」の六度目の斉射弾が、Ｂ17一機をよろめかせた。

そのＢ17は、火も煙も噴き出すことはなかったが、力尽きたように機首を下げ、墜落し始めた。

高速で飛散する長一〇センチ砲弾の弾片が、Ｂ17のコクピットを襲い、操縦員を殺傷したのかもしれない。

続いて「加古」の斉射弾が、最後尾にいるＢ17の左主翼をもぎ取った。片方の主翼をもぎ取られたＢ17が、錐揉み状に回転しながら墜落し始めた。

「あと一機！」

岬が呟いたとき、最後のＢ17の周囲で、「青葉」の第七斉射弾が炸裂した。

複数の爆発光が確認された直後、Ｂ17は両翼から火災煙を引きずり始めた。

操縦員が機体を救おうと努力を続けたのだろう、Ｂ17は大きくよろめきながらも飛び続けたが、やがて機首を大きく傾け、海面に向かって落下し始めた。

「撃ち方止め！」

「砲術より艦長。敵全機撃墜！」

岬は第一分隊に下令し、次いで久宗に報告した。


「よくやった。名高い空の要塞を四機も墜とすとは、たいした腕だ。司令官も喜んでおられる」

久宗の弾んだ声が、受話器の向こうから伝わった。

「全員、訓練通りにやっただけです。砲術参謀が立案した訓練計画が優れていたのだと考えます」

岬は、謙虚《けんきょ》に応えた。

桃園砲術参謀は、

「敵機を確実に墜とすには、闇雲《やみくも》に発射するのではなく、目標とする敵機の位置、針路、速度、高度を正確に計測することが不可欠だ。砲撃の開始は、計測の終了後でよい。この点は、水上砲戦と全く変わらない」

「水上砲戦と異なるのは、時限信管の調整が非常に重要であることだ。高角砲弾は、炸裂時の衝撃波と弾片によって目標を墜とす。爆発が早過ぎたり、遅過ぎたりしては、敵機に打撃を与えることはできない。そのためには、高角砲員の一糸《いっし》乱れぬ連携が鍵《かぎ》となる」

と述べ、独自の訓練計画を作成して、「青葉」「加古」の測的長や各砲塔の射手、旋回手、信管手らを徹底的に鍛えるよう、岬と「加古」の矢吹潤三砲術長に要求した。

「青葉」「加古」だけではなく、六戦隊第二小隊の母港となっている横須賀にも出かけ、「古鷹」「衣笠」の砲術科員に同様の訓練を施すよう、艦長と砲術長に依頼した。

猛訓練の成果を、たった今「青葉」と「加古」は、実戦の場で発揮した。

飛来したB17全機を、投弾前に撃墜したのだ。

(防空の専門家を目指すのも悪くない)

と、岬はこのとき考えている。

帝国海軍では、鉄砲屋といえば水上砲戦の専門家を意味する。

岬自身も江田島修了後、艦隊決戦の場で能力を存分に発揮することを夢見て研鑽《けんさん》を積んで来た。

防空巡洋艦の砲術長に任ぜられたときは、大いに失望したものだが、昨日から今日にかけての戦いでは、水上砲戦と対空戦闘の両方を経験した。

敵機の撃墜に成功したときの満足感は、水上砲戦で敵艦に直撃弾を得たときと変わらない。

また、航空機が重要な戦力になりつつあるのは紛れもない事実だ。この流れは、今後大きく進むことはあっても、後退することはない。

帝国海軍でも、まだ数が少ない防空の専門家となることは、海軍に貢献《こうけん》できると共に、自分自身の未来を切り開く道にもなるはずだ。

内地に戻ったら、真剣に検討してみるべきだろう……。

——だが、「防空の専門家になる」のは、「生還する」ことが絶対条件であることを、間もなく岬は思い知ることになった。

一一時四九分(現地時間一〇時四九分)、後部指揮所の小村より報告が上げられたのだ。

「敵味方不明機、右一五〇度、高度三〇《サンマル》。水上機らしい！」

「水上機だと？」

報告が意味するところを、岬はすぐに察知した。

日本でも、米英でも、水上機は戦艦や巡洋艦に搭載し、索敵や弾着観測に利用する。

その水上機が、右後方から出現した以上、米英の水上砲戦部隊が近くにいる可能性が高い。

「合戦準備、昼戦に備え！」

小村の報告に続いて、久宗の命令が飛び込んだ。

「敵が三〇浬後方に接近している。キング・ジョージ五世級戦艦だ。英軍は、我が南方部隊を殲滅するつもりで追撃をかけて来たんだ！」

「日本艦隊の現在位置、旗艦よりの方位六〇度、三〇浬。敵は巡洋艦七、駆逐艦一六。速力は一四ノットと推定」

イギリス東洋艦隊旗艦「プリンス・オブ・ウェールズ」の戦闘艦橋に、通信室から報告が上げられた。

同艦が搭載する水上偵察機フェアリー・ソードフィッシュからの報告電だ。

複葉羽布《はふ》張り、固定脚という古めかしいスタイルを持つため、前大戦の遺物《いぶつ》などと酷評《こくひょう》されることもある機体だが、イタリアのタラント軍港攻撃やドイツ戦艦「ビスマルク」の追撃戦で武勲《ぶくん》を立てた実績を持つ。

「プリンス・オブ・ウェールズ」が搭載しているのは、その水上機型だ。

昨夜の水上砲戦では、観測任務を果たした後、無事に帰還している。

目立たぬながらも重要な役割を果たした機体が、今一度日本艦隊発見の手柄《てがら》を立てたのだ。

「主砲の射程内に敵を捉えるまでに、何分かかる？」

司令長官トーマス・フィリップス大将の問いに、航海参謀ジョゼフ・カーペンター中佐が答えた。

「砲戦距離を二万五〇〇〇ヤードとするのであれば、彼我の距離を一二浬まで縮める必要があります。最大戦速で航進すれば、八三分で敵を捕捉できます。ただし、敵が我が方の接近を悟り、増速しなければ、ですが」

「日本艦隊の巡航速度は、一六ノットないし一八ノットとの情報が得られています。発見された艦隊の速力がそれより遅いのは、昨夜の戦闘によって、機関に損害を受けた艦が存在するためと考えられます。捕捉は、充分可能です」

首席参謀サイモン・ヘイワーズ大佐の具申を受け、フィリップスは即断した。

「全艦、最大戦速。日本艦隊を殲滅する！」

海南島沖の戦闘が終了した後、フィリップスは、アメリカ太平洋艦隊の指揮を継承した次席指揮官ウイリアム・パイ中将に、

「日本艦隊を追撃し、殲滅すべきだ」

と提案した。

太平洋艦隊の戦艦群のうち、旧式戦艦は最高速度が遅いため、追撃戦には使用できないが、新鋭戦艦の「ノースカロライナ」と「ワシントン」は二七ノットの最高速度を発揮できる。

フィリップスの旗艦「プリンス・オブ・ウェールズ」は、二八ノットの発揮が可能だ。

この三隻で、日本艦隊を追跡し、巨砲によって殲滅するのだ。

パイはフィリップスの提案に冷淡《れいたん》であり、

「太平洋艦隊としては、貴官の案には賛成しかねる。貴隊のみで追撃するのであれば、止めるつもりはない」

と伝えて来た。

このためフィリップスは、東洋艦隊の駆逐艦「エレクトラ」「エクスプレス」のみを従え、三隻のみで日本艦隊の追跡に踏み切ったのだった。

「仇は討つぞ、パリサー」

フィリップスは、口中で東洋艦隊参謀長の名を呼

んだ。

参謀長アーサー・パリサー少将は、作戦打ち合わせのためにフィリピンに飛んだ後、連絡将校として、太平洋艦隊旗艦「ペンシルヴェニア」に乗艦し、海南島沖の海戦に臨んだ。

「ペンシルヴェニア」が日本艦隊の雷撃を受け、轟沈したとき、パリサーもキンメル提督らと共に戦死している。

フィリップスがシンガポールに着任してから、僅か二週間程度の短い付き合いだったが、フィリピンに飛んでキンメルと交渉し、東洋艦隊と太平洋艦隊の合流を承知させたことは、大きな功績だ。

できることなら、「プリンス・オブ・ウェールズ」に帰艦させ、共に戦いたかった。

ロイヤル・ネイヴィーの戦艦ではなく、本来の居場所ではないアメリカ海軍の戦艦で戦死したことは、パリサーにとっても悔いが残ったことだろう。

その無念は、自分が晴らす。

「プリンス・オブ・ウェールズ」の巨砲によって、日本艦隊を殲滅して見せてやる。

「艦長より機関長。両舷、前進全速！」

「プリンス・オブ・ウェールズ」艦長ジョン・リーチ大佐が、機関室に指示を送った。

艦底部から伝わる鼓動が高まり、鋼鉄製の巨体が速力を上げた。

前部六門の三五・六センチ主砲は仰角をかけられ、天を睨んでいる。

その砲口は、間もなく射程内に入るであろう日本艦隊に向けられているように思えた。


【第二巻に続く】

ご感想・ご意見は
下記中央公論新社住所、または
e-mail：cnovels@chuko.co.jpまで
お送りください。

C★NOVELS

# 荒海《あらうみ》の槍騎兵《そうきへい》1
## ——連合艦隊分断《れんごうかんたいぶんだん》

2020年8月30日　初版発行

著　者　横山《よこやま》　信義《のぶよし》

発行者　松田　陽三

発行所　中央公論新社
〒100-8152　東京都千代田区大手町1-7-1
電話　販売　03-5299-1730　編集　03-5299-1930
URL http://www.chuko.co.jp/

ＤＴＰ　平面惑星

印　刷　三晃印刷（本文）
大熊整美堂（カバー・表紙）

製　本　小泉製本


Published by CHUOKORON-SHINSHA, INC.
Printed in Japan　ISBN978-4-12-501419-7 C0293

## 蒼洋の城塞 1
**ドゥリットル邀撃**

横山信義

演習中の潜水艦がドゥリットル空襲を阻止。これを受け大本営は大きく戦略方針を転換し、ＭＯ作戦の完遂を急ぐのだが……。鉄壁の護りで敵国を迎え撃つ新シリーズ！

ISBN978-4-12-501402-9 C0293　980円
カバーイラスト　高荷義之

---

## 蒼洋の城塞 2
**豪州本土強襲**

横山信義

ＭＯ作戦完遂の大戦果を上げた日本軍。これを受け山本五十六はＭＩ作戦中止を決定。標的をガダルカナルとソロモン諸島に変更するが……。鉄壁の護りを誇る皇国を描くシリーズ第二弾。

ISBN978-4-12-501404-3 C0293　980円
カバーイラスト　高荷義之

---

## 蒼洋の城塞 3
**英国艦隊参陣**

横山信義

ポート・モレスビーを攻略した日本に対し、ついに英国が参戦を決定。「キング・ジョージ五世」と「大和」。巨大戦艦同士の決戦が幕を開ける！

ISBN978-4-12-501408-1 C0293　980円
カバーイラスト　高荷義之

---

## 蒼洋の城塞 4
**ソロモンの堅陣**

横山信義

珊瑚海に現れた米国の四隻の新型空母。空では、敵機の背後を取るはずが逆に距離を詰められていく零戦機。珊瑚海にて四たび激突する日米艦隊。戦いは新たな局面へ——

ISBN978-4-12-501410-4 C0293　980円
カバーイラスト　高荷義之

---

表示価格には税を含みません

# 蒼洋の城塞 5

**マーシャル機動戦**

横山信義

新型戦闘機の登場によって零戦は苦戦を強いられ、米軍はその国力に物を言わせて艦隊を増強。日本はこのまま米国の巨大な物量に押し切られてしまうのか⁉

ISBN978-4-12-501415-9 C0293　980円

カバーイラスト　高荷義之

---

# 蒼洋の城塞 6

**城塞燃ゆ**

横山信義

敵機は「大和」「武蔵」だけを狙ってきた。この二戦艦さえ仕留めれば艦隊戦に勝利する。米軍はそれを熟知するがゆえに、大攻勢をかけてくる。大和型×アイオワ級の最終決戦の行方は？

ISBN978-4-12-501418-0 C0293　980円

カバーイラスト　高荷義之

---

# 旭日、遥かなり 1

横山信義

来るべき日米決戦を前に、真珠湾攻撃の図上演習を実施した日本海軍。だが、結果は日本の大敗に終わってしまう――。奇襲を諦めた日本が取った戦略とは⁉　著者渾身の戦記巨篇。

ISBN978-4-12-501367-1 C0293　900円

カバーイラスト　高荷義之

---

# 旭日、遥かなり 2

横山信義

ウェーク島沖にて連合艦隊の空母「蒼龍」「飛龍」が、米巨大空母「サラトガ」と激突！　史上初の空母戦の行方は――。真珠湾攻撃が無かった世界を描く、待望のシリーズ第二巻。

ISBN978-4-12-501369-5 C0293　900円

カバーイラスト　高荷義之

## 旭日、遥かなり３

横山信義

中部太平洋をめぐる海戦に、決着の時が迫る。「ノース・カロライナ」をはじめ巨大戦艦が勢揃いする米国を相手に、「大和」不参加の連合艦隊はどう挑むのか！

カバーイラスト　高荷義之

ISBN978-4-12-501373-2 C0293　900円

## 旭日、遥かなり４

横山信義

日本軍はマーシャル沖海戦に勝利し、南方作戦を完了した。さらに戦艦「大和」の慣熟訓練も終了。連合艦隊長官・山本五十六は、強大な戦力を背景に米国との早期講和を図るが……。

カバーイラスト　高荷義之

ISBN978-4-12-501375-6 C0293　900円

## 旭日、遥かなり５

横山信義

連合艦隊は米国に奪われたギルバート諸島の奪回作戦を始動。メジュロ環礁沖に進撃する「大和」「武蔵」の前に、米新鋭戦艦「サウス・ダコタ」「インディアナ」が立ちはだかる！

カバーイラスト　高荷義之

ISBN978-4-12-501380-0 C0293　900円

## 旭日、遥かなり６

横山信義

米軍新型戦闘機Ｆ６Ｆ“ヘルキャット”がマーシャル諸島を蹂躙。空中における零戦優位の時代が終わる中、日本軍が取った奇策とは？

カバーイラスト　高荷義之

ISBN978-4-12-501381-7 C0293　900円

表示価格には税を含みません

## 旭日、遥かなり７

横山信義

米・英の大編隊が日本の最重要拠点となったトラック環礁に来襲。皇国の命運は、旧式戦艦である「伊勢」「山城」の二隻に託された——。最終決戦、ついに開幕！

ISBN978-4-12-501383-1 C0293　900円

カバーイラスト　高荷義之

## 旭日、遥かなり８

横山信義

「伊勢」「山城」の轟沈と引き替えに、トラック環礁の防衛に成功した日本軍。太平洋の覇権を賭け、「大和」「武蔵」と米英の最強戦艦が激突する。シリーズ堂々完結！

ISBN978-4-12-501385-5 C0293　900円

カバーイラスト　高荷義之

## 不屈の海１

### 「大和」撃沈指令

横山信義

公試中の「大和」に米攻撃部隊が奇襲！　さらに真珠湾に向かう一航艦も敵に捕捉されていた——。絶体絶命の中、日本軍が取った作戦は？

ISBN978-4-12-501388-6 C0293　900円

カバーイラスト　高荷義之

## 不屈の海２

### グアム沖空母決戦

横山信義

南方作戦を完了した日本軍は、米機動部隊の撃滅を目標に定める。グアム沖にて、史上初の空母決戦が幕を開ける！　シリーズ第二弾。

ISBN978-4-12-501390-9 C0293　900円

カバーイラスト　高荷義之

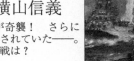

## 不屈の海 3
### ビスマルク海夜襲

横山信義

米軍は豪州領ビスマルク諸島に布陣。B17によりトラック諸島を爆撃する。連合艦隊は水上砲戦部隊による基地攻撃を敢行するが……。

ISBN978-4-12-501391-6 C0293　900円

カバーイラスト　高荷義之

---

## 不屈の海 4
### ソロモン沖の激突

横山信義

補給線寸断を狙う日本軍と防衛にあたる米軍。ソロモン島沖にて、巨大空母四隻、さらに新型戦闘機をも投入した一大決戦が幕を開ける！　横山信義C★NOVELS100冊刊行記念作品。

ISBN978-4-12-501395-4 C0293　900円

カバーイラスト　高荷義之

---

## 不屈の海 5
### ニューギニア沖海戦

横山信義

新鋭戦闘機「剣風」を量産し、反撃の機会を狙う日本軍。しかし米国は戦略方針を転換。フィリピンの占領を狙い、ニューギニア島を猛攻し……。戦局はいよいよ佳境へ。

ISBN978-4-12-501397-8 C0293　900円

カバーイラスト　高荷義之

---

## 不屈の海 6
### 復活の「大和」

横山信義

日米決戦を前に、ついに戦艦「大和」が復活を遂げる。皇国の存亡を懸けた最終決戦の時、日本軍の仕掛ける乾坤一擲の秘策とは？　シリーズ堂々完結。

ISBN978-4-12-501400-5 C0293　900円

カバーイラスト　高荷義之

---

表示価格には税を含みません

## サイレント・コア　ガイドブック

大石英司著　安田忠幸画

大石英司Ｃ★ＮＯＶＥＬＳ１００冊突破記念として、《サイレント・コア》シリーズを徹底解析する１冊が登場。キャラクターや装備、武器紹介や、書き下ろしイラスト＆小説も満載です！

ISBN978-4-12-501319-0 C0293　1000円

カバーイラスト　安田忠幸

## オルタナ日本　上

**地球滅亡の危機**

大石英司

中曽根内閣が憲法制定を成し遂げ、自衛隊は国軍へ昇格し、また日銀がバブル経済を軟着陸させ好景気のまま日本は発展する。だが、謎の感染症と「シンク」と呼ばれる現象で滅亡の危機が迫り？

ISBN978-4-12-501416-6 C0293　1000円

カバーイラスト　安田忠幸

## オルタナ日本　下

**日本存亡を賭けて**

大石英司

シンクという物理現象と未知の感染症が地球を蝕む。だがその中、中国軍が、日本の誇る国際リニアコライダー「響」の占領を目論んで攻めてきた。土門康平陸軍中将らはそれを排除できるのか？

ISBN978-4-12-501417-3 C0293　1000円

カバーイラスト　安田忠幸

## 覇権交代１

**韓国参戦**

大石英司

ホノルルの平和を回復し、香港での独立運動を画策したアメリカに、中国はまた違うカードを切った。それは、韓国の参戦だ。泥沼化する米中の対立に、日本はどう舵を切るのか？

ISBN978-4-12-501393-0 C0293　900円

カバーイラスト　安田忠幸

## 覇権交代 2
### 孤立する日米

大石英司

韓国の離反がアメリカの威信を傷つけ激怒させた。また韓国から襲来した玄武ミサイルで大きな犠牲が出た日本も、内外の対応を迫られる。両者は因縁の地・海南島で再度ぶつかることになり？

ISBN978-4-12-501394-7 C0293　900円

カバーイラスト　安田忠幸

---

## 覇権交代 3
### ハイブリッド戦争

大石英司

米中の戦いは海南島に移動しながら続けられ、自衛隊は最悪の事態に追い込まれた。〈サイレント・コア〉姜三佐はシェル・ショックに陥り、この場の運命は若い指揮官・原田に委ねられる――。

ISBN978-4-12-501398-5 C0293　900円

カバーイラスト　安田忠幸

---

## 覇権交代 4
### マラッカ海峡封鎖

大石英司

「キルゾーン」から無事離脱を果たしたサイレント・コアだが、海南島にはまた新たな強敵が現れる。因縁の林剛大佐率いる中国軍の精鋭たちだ。戦場には更なる混乱が⁉

ISBN978-4-12-501401-2 C0293　900円

カバーイラスト　安田忠幸

---

## 覇権交代 5
### 李舜臣の亡霊

大石英司

海南島の加來空軍基地で奇襲攻撃を受けた米軍が壊滅状態に陥り、海口攻略はしばらくお預けに。一方、韓国では日本の掃海艇が攻撃されるなど、緊迫が続き――？

ISBN978-4-12-501403-6 C0293　980円

カバーイラスト　安田忠幸

---

表示価格には税を含みません

## 覇権交代 6
### 民主の女神

大石英司

ついに陸将補に昇進し浮かれる土門の前にサプライズで現れたのは、なんとハワイで別れたはずの《潰し屋》デレク・キング陸軍中将。陵水基地へ戻る予定を変更し海口攻略を命じられるが……。

ISBN978-4-12-501406-7 C0293　980円

カバーイラスト　安田忠幸

## 覇権交代 7
### ゲーム・チェンジャー

大石英司

“ゴースト”と名付けられた謎の戦闘機は、中国が開発した無人ステルス戦闘機“暗剣”だと判明した。未だにこの機体を墜とせない日米軍に、反撃手段はあるのか⁉

ISBN978-4-12-501407-4 C0293　980円

カバーイラスト　安田忠幸

## 覇権交代 8
### 香港ジレンマ

大石英司

これまでに無い兵器や情報を駆使する新時代の戦争は最終局面を迎えた。各国がそれぞれの思惑で動く中、中国軍の最後の反撃が水陸機動団長となった土門に迫る⁉　シリーズ完結。

ISBN978-4-12-501411-1 C0293　980円

カバーイラスト　安田忠幸

## 消滅世界　上

大石英司

長野で起こった住民消失事件。現場に派遣されたサイレント・コアの土門康平一佐は、ひとりの少女を保護するが、彼女はこの世界にはもういない人物からのメッセージを所持していて？

ISBN978-4-12-501387-9 C0293　900円

カバーイラスト　安田忠幸

## 消滅世界　下

大石英司

長野での住民消失事件を解決したサイレント・コアの土門だが、気づくと記憶喪失になっていた。更に他のメンバーも、各地にちりぢりになり「違う」生活を営んでいるようで？

ISBN978-4-12-501389-3 C0293　900円

カバーイラスト　安田忠幸

---

## 第三次世界大戦 1
### 太平洋発火

大石英司

アメリカで起こった中国特殊部隊“ドラゴン・スカル”の発砲事件、これが後に日本を、世界をも巻き込む大戦のはじまりとなっていった。「第三次世界大戦」シリーズ、堂々スタート！

ISBN978-4-12-501366-4 C0293　900円

カバーイラスト　安田忠幸

---

## 第三次世界大戦 2
### 連合艦隊出撃す

大石英司

小さな銃撃戦から米中関係は一気に緊迫化し、多大な犠牲者が出た。一方、南沙におけるやり取りでも日中に緊張が走る。米国から要請を受けた司馬光二佐は、事態の収束に動き出すが……？

ISBN978-4-12-501368-8 C0293　900円

カバーイラスト　安田忠幸

---

## 第三次世界大戦 3
### パールハーバー奇襲

大石英司

日米の隙をつき中国が行った秘密作戦、それはパールハーバー奇襲だった。突如戦いの舞台となったハワイでは、中国軍に対抗すべく日系人や元軍人で結成されたレジスタンスが動き出す！

ISBN978-4-12-501370-1 C0293　900円

カバーイラスト　安田忠幸

---

表示価格には税を含みません

# 第三次世界大戦 4

**ゴー・フォー・ブローク！**

大石英司

「アラ・ワイ運河の恋人」と名付けられた一本の動画が世界を反中国へと動かす。中国軍は動画に登場する二人の確保に乗り出すが、その傍には元〈サイレント・コア〉隊長・音無の姿が……。

ISBN978-4-12-501372-5 C0293 900円

カバーイラスト　安田忠幸

---

# 第三次世界大戦 5

**大陸反攻**

大石英司

中国軍の練度向上、ロシアの介入で多数の死者を出した米軍は、ハワイに新たな指揮官を投入した。「潰し屋」と悪名高いデレク・キング中将だ。苛烈な指揮官の下、日米軍の巻き返しは⁉

ISBN978-4-12-501377-0 C0293 900円

カバーイラスト　安田忠幸

---

# 第三次世界大戦 6

**香港革命**

大石英司

香港に、絶大な人気をもつ改革の女神・姚芳芳が帰ってきた！　民衆が沸き上がる中、もうひとつのニュースが世間を揺るがす。それは海南島への自衛隊上陸……。米中の暴走は加速する。

ISBN978-4-12-501379-4 C0293 900円

カバーイラスト　安田忠幸

---

# 第三次世界大戦 7

**沖縄沖航空戦**

大石英司

ハワイで中国の作戦を潰したアメリカ軍が、思わぬ敵に苦しめられた。それは雲霞の如き数で押し寄せる数百機の無人攻撃機。安価で製造できるこのドローンが標的にしたのは、沖縄で——。

ISBN978-4-12-501382-4 C0293 900円

カバーイラスト　安田忠幸

# 第三次世界大戦 8

フィンテックの戦場

大石英司

千機もの無人機を退けた日米だったが、事態は思わぬことから急展開することになる。この戦争の結末は、世界の行く末は——？「第三次世界大戦」シリーズ完結！

ISBN978-4-12-501386-2 C0293　900円

カバーイラスト　安田忠幸

---

覇者の戦塵1944

# 本土防空戦

前哨

谷甲州

サイパン島での日本守備隊の頑強な抵抗により、米軍の攻撃目標は硫黄島へと移る。本土では空襲に備えた戦闘訓練中、敵偵察機が出現。夜間戦闘機・極光は追跡を開始するが……⁉

ISBN978-4-12-501350-3 C0293　900円

カバーイラスト　佐藤道明

---

覇者の戦塵1945

# 戦略爆撃阻止

谷甲州

艦上偵察機「彩雲改」が敵信を傍受。本土戦略爆撃を狙う米艦隊の偵察に踏み切るが、そこに新たな敵影が……。戦局はいよいよ佳境へ。

ISBN978-4-12-501376-3 C0293　900円

カバーイラスト　佐藤道明

---

覇者の戦塵1945

# 硫黄島航空戦線

谷甲州

厚木基地に集められた複座式零戦と二機の飛龍。硫黄島上空にて異形の航空隊が織りなす、Ｐ６１“ブラックウィドウ”撃滅の秘策とは？

ISBN978-4-12-501399-2 C0293　900円

カバーイラスト　佐藤道明

---

表示価格には税を含みません